〔新〕詩論・エッセイ文庫⑩

土曜美術社出版販売

詩人だってテレビも見るし、映画へも行く。

愛敬浩一

〔新〕詩論・エッセイ文庫10

詩人だってテレビも見るし、映画へも行く。

＊目次

□ 外国映画

Ⅲ たまに、詩を読む。

詩人だってテレビも見るし、　映画へも行く。

序詩　私のブルース

昨日、ＣＳで見た
古い日活映画の中で
小林旭は
復讐に燃える一匹狼のヤクザなのだが
刑務所から出所したばかりとは思えない
スーツ姿で
復讐相手の娘である吉永小百合とも
まるで、筋書き通りのように恋仲になる
いやいや、間違いなく筋書き通りなのだが
その背景としての
港近くのカフェや
南欧風レストランから

少し沈んでいる現実の、昭和三〇年代を走る車の台数は少なく
舗装されていないところも多いのに
まるでアメリカ映画のような
銃撃戦もあり
これもお定まりの、乱闘や
キャバレーでの、ダンサーの場面
そういう、何とも薄っぺらいモダニズムを越えて
やがて、きみは
東映のヤクザ映画の土俗性と出会う彼を見る
幻想だとはいえ
血だらけの、長どす
振り返る藤純子
彼は、彼の七〇年代を振り返る
一方、きみは
もはや誰も振り返らない物語の中で
郷瑛治がトランペットを吹き
小林旭が突然歌い出す不思議さに驚くことなく

郷愁のように汽笛が鳴り
結局は復讐などすることもなく
コートの襟を立て
小林旭が立ち去っていったラストシーンから
きみはきみの物語を
もう一度語らなければならない
俳優が演技するように
ことばもまた演戯的でなければならない
私が、きみや彼であるように
私が、きみや彼のラストシーンから
歩き始めなければならない

Ⅰ　毎日、テレビを見る。

〈つかこうへい以後〉と〈ゲシュタルト崩壊〉

――二つの恋愛ＴＶドラマ

　本来、楽しいはずのデートが苦痛でしかなく、とはいえ、どうしてもデートをしなければならない必要があり、悪戦苦闘をくりかえすというラヴ・コメディがＴＶドラマ『デート～恋とはどんなものかしら～』（フジテレビ）である。調べてみると、二〇一五年一月十九日～三月二十三日の放送で、スペシャルドラマ『デート～恋とはどんなものかしら～２０１５夏秘湯』（二〇一五年九月二十八日）もあった。間違いなくリアルタイムで見ていたものの、先日、久しぶりに再放送があり、当時、なぜ自分がそのドラマ『デート～恋とはどんなものかしら～』（以下、『デート』と略す）に強くひきつけられたのかが、ようやく分かったような気がしたのだ。

　最初に見た時も既視感があったが、今回、それが何だったのか、自分なりに、よく分かったということである。

ドラマ『デート』は、東大卒の理系女子・藪下依子（二十九歳）と、自称「高等遊民」（高学歴ニート）・谷口巧（三十五歳）という二人が主人公で、俳優は杏と長谷川博己との組み合わせである。美男・美女だが、二人とも振り切った演技で楽しい。

まず、第一回のデートの待ち合わせから始まり、そこに至る二人のやむを得ない事情が、時間を六カ月前までさかのぼり、五カ月前、四カ月前、三カ月前、二カ月前、一カ月前、二週間前、一週間前、デートまで三日と細かく裁断された、時間の断片を再構築でもするように語られる。プルースト的な意識の流れといってもいいのだが、むしろ、各場面が破片のようになり、まるでコラージュされたように全体が劇的に構成されていると言った方がいいかもしれない。

何はともあれ、まずは物語の核心である〈デート〉から始めたというところに作者の強い意志を感じる。古沢良太脚本のオリジナル作品である。

これまでデートなどということに全く無縁であった男女が、初めてデートをする。待ち合わせ場所、待ち合わせ方法、そもそもデートとは何のためにするのか、デートではどう振舞えばよいのか、ごく当たり前の事柄が、このドラマでは、なんとも摩訶不思議なミッションのようになり、果てしもないドタバタ劇が生まれる。

引きこもり生活を十五年間も続けた谷口巧は、最近、体調が思わしくない母親に、これ以上は寄生することが難しいと考え始め、新たな寄生相手を求めて〈結婚〉しようとする。

片や、何でも理詰めにしか考えられない藪下依子は、三十歳を目前にして「目標のためには努力を惜しまない性格」により、突然〈結婚〉を思い立ち、結婚相談所に登録する。谷口巧の幼馴染の島田宗太郎（三十五歳）が勝手に「谷口巧」名で結婚相談所に申し込んだことにより、国家公務員の藪下依子と、「高等遊民」（高学歴ニート）の谷口巧が出会うことになる。「高等遊民」は、たとえば、夏目漱石の小説『それから』の主人公などのように、経済的なゆとりがあるため定職に就くことなく、自由な生活を送る人々のことである。

二人とも、ただ現在の穏やかな生活を続けるために〈結婚〉し、その前提として〈デート〉をするのである。だから、〈結婚〉には恋愛は必要がないと考える。契約書を取り交わし、理性的な男女関係を取り結ぶことの方が正しいとする。

そういう二人が、社会のマジョリティのコード、約束事と格闘するドタバタ劇が描かれる。あるいは、ドラマとしては約束事と遊ぶことにより、〈笑い〉で社会批評しているのであろう。ドラマそのものも、一つのパターンとなっているわけだから、ドラマに対する疑いという面もあるにちがいない。

当然、二人の不自然な〈デート〉が上手くいく筈もなく、一回目で終了となるのだが、思わぬ展開で、二回目、三回目、クリスマスデート、新年のご挨拶、バレンタインデーへと、サーカスの綱渡りのように続いて行く。

断片化した場面は、細かな時間設定が明示され、時間をさかのぼり、巧みに再構成され、物語に緊張感を与え、シナリオの力を見せてくれる。また、それらの場面は、マンガや映画などの引用や、有名な作家の言葉などによって色付けされている。第一話では、寺山修司の詩の引用から始まり、太宰治、芥川龍之介、モンテーニュ、サルトルと次から次へと、まるで引用の織物のようにちりばめられる。

谷口巧は、昼の十二時に待ち合わせ、藪下依子と会ったとたんに、いきなり寺山修司の詩を暗唱してみせる。

かなしくなったときは
海を見にゆく

一人ぼっちの夜も
海を見にゆく

それを聞いた藪下依子は無反応で「それで」と言うだけ、谷口巧はただ「好きなんです」というのがやっとである。

ついでながら、寺山修司の詩「かなしくなったときは」の前半部も見ておこう。

かなしくなったときは
海を見にゆく
古本屋のかえりも
海を見にゆく
あなたが病気なら
海を見にゆく
こころ貧しい朝も
海を見にゆく

第二連の「古本屋のかえり」というのが、どうして「海を見にゆく」理由になるか、ちょっと不自然な感じもするが、他の連から判断すると、生活のため「本を売り」に行ったと考えられる。まるで、石川啄木のようだし、戦後の匂いさえする。昼のデートという場では、余りにかけ離れ過ぎている詩だろう。ただ、作品の後半部の「いつかは終る」という言葉に目をとめると、実は、谷口巧が自ら生き方を変えようという意図を持っていたようにも読める。次の二連の後に、谷口巧が暗唱してみせた部分に繋がるのだ。

どんなつらい朝も
どんなむごい夜も
いつかは終る

人生はいつか終るが
海だけは終らないのだ

まあ、一々こだわっていてはキリがないのだが、もういくつか、見ておく。階段で、藪下依子と谷口巧が抱き合って転がり落ちる場面などに、さりげなく映画『転校生』（大林宣彦監督・一九八二年）対するオマージュが示されたり、スティーヴ・マックイーンの映画『ブリット』（ピーター・イェーツ監督・一九六八年）についての複数回の言及とか、マンガ『タッチ』の浅倉南に対しての「あれは恐ろしい女だ」というような発言とか、サブカルチャーについての引用が特に多い。

そんな中でも、谷口巧の父親役で登場する平田満は、たぶん彼の存在そのものが引用なのではないだろうか。

なぜなら、平田満の「今さら、どのツラさげて」という、くりかえされるセリフは、間違いなく「つかこうへいの芝居」の中のものだからだ。ごく短い期間だったが、つかさんが劇団「暫《しばらく》」にいた頃に、そこに出入りした私にはよく分かる。

考えてみれば、ドラマ『デート』そのものも、つかこうへいの芝居『郵便屋さんちょっと』や『熱海殺人事件』と、話の構造がよく似ているような気がするのだ。つまり、最初に言った既視感とは、「つかこうへいの芝居」のことなのである。

実は、私が、つかこうへいの芝居で最初に見たのが『郵便屋さんちょっと』であった。もう記憶が、だいぶ曖昧になって来たが、たぶん一九七三年か、七四年だったと思う。ずいぶんと昔の話だ。場所は、早稲田小劇場だったような気がするが、観客が入って少し経ったところで、それまで客席の案内をしていた人が、「時間ですよ」という大声で、その他のジャージ姿に「〒」マークを付けた男女数人とともに、全員が観客に顔を向けたまま、いきなり芝居が始まった。

舞台には背景も幕もなく、役者もジャージ姿で衣裳らしきものも着けず、ただ演技のみで劇空間をつくるという形式だった。作品の内容は軽い喜劇だと言った方がいいだろうが、しなやかで力強く、圧倒された。初めからフラれると分かっているラヴレターをそのまま配達できないとか、不合格通知を配達する時には、せめて予備校のパンフレットを付けるとか、ただ配達するだけなら、どこに郵便局員の〈実存〉があるのだとか、そういう世界に対する驚きは今でも新鮮である。私の記憶が正しければ、ザ・モンキーズの『デイドリーム・ビリーバー』がバックで流れていた。

あの頃は、知念正文（以下も、同様に敬称略。とはいえ、「つかさん」を呼び捨てにするのはためらう。）がスターで、三浦洋一も目立っていて、平田満は、つかさんの秘蔵っ子だとウワサされていた。長谷川康夫が、つかさんに怒鳴られている場面を、息をひそめて見たこともある。風間杜夫がつかこうへい劇に登場するのは、それからずっと後のことだ。もちろん、その他大勢の一人だった私は、それらの人々を舞台の奥や練習場の端から見ていただけである。

早稲田大学商学部校舎の最上階であったか、劇団『暫』アトリエ公演では、他の学生劇団のメンバーが「どうして『暫』の芝居は、こんなに人気があるのだろうか」と嘆いていた。

やがて、つかさんは表参道にあったBAN99ホールで『ストリッパー物語』などをやるようになり、もはや観客の一人でしかない私は、そこで根岸とし江を初めて見た。さらに、新宿の紀伊国屋ホールに進出して行くのも、私は遠くから見ていたのに過ぎない。つかさんは、どんどんメジャーになっていった。特に、『熱海殺人事件』は公演を重ねるたびに、その世界をきらびやかにした。地味で、目立つことのない犯人・大山金太郎を、刑事たちが寄って集ってメジャーな犯罪者に育てあげて行くというストーリーは、まるで芝居の中で役者を演出しているようでもあり、その結果、大山金太郎は、まるでカミュの小説『異邦人』の主人公のような、〈実存〉的な殺人犯となって行くのである。大山金太郎役では、加藤健一が印象深い。

閑話休題、話をドラマ『デート』に戻そう。シナリオを書いた古沢良太が、つかこうへいについて、どの程度の知識を持っていたのかは知らない。ただ、どう考えても映画『蒲田行進曲』（深作欣二監督・一九八二年）ぐらいは見ていたと判断していいのではないだろうか。平田満はその映画で、多くの主演男優賞を受賞している。新選組を撮るという話なのだが、主役級の〝銀ちゃん〟こと銀四郎を引き立てる、ヤスという大部屋俳優が平田満の役だった。銀ちゃんの子を孕みながらも、銀ちゃんに捨てられた小夏を押し付けられ、小夏と結婚するぐらい、ヤスはスター銀ちゃんの命令のままに動く子分である。小夏は松坂慶子、銀ちゃんは風間杜夫だった。主演男優賞は風間杜夫でもよかったと思うが、切ないヤスの役が平田満を輝かせた。松坂慶子が一番美しかった時期の松竹映画で、松坂慶子を中心に、つかこうへいの芝居で馴染みの風間杜夫と平田満の二人が絡んだ作品である。

格好悪さの一つの頂点としての平田満というイメージがあればこそ、その子の谷口巧という像が描けたのではないだろうか。そこには映画『蒲田行進曲』の原作者であり、映画のシナリオにも参加した、つかこうへいの影が見えるように思う。

つかこうへいが生きていて、このドラマ『デート』を見たら、どういう感想をもらしただろうか。そう思うくらい、この『デート』の出来は素晴らしい。つかこうへいの芝居もそうなのだが、笑えば笑うほどに泣ける話だ。寺山修司や唐十郎の劇的な芝居に比べれば、つかこうへいの芝居は恐ろしいほどに軽い、ドタバタの喜劇だ。しかし、その〈軽み〉こそが、当時の私たちの心を打ったような気がする。『郵便屋さんちょっと』が何部作まであったか忘れたが、その最後の方では、確か、郵便局員が機動隊と対峙する場面もあったはずだ。『初級革命講座』では、機動隊と学生運動のメンバーとの不思議な連帯が描かれたり、つかこうへいの芝居は軽かったが、間違いなく、時代の主題の重さも裏側で引きずっていた。

ドラマ『デート』も、表面的には喜劇であり、ドタバタ劇であるが、思いのほかに深いので驚く。

最終話で、白石加代子が登場した時、これは本物だなと思った。平田満が存在そのものの引用であるのとはまた別の意味で、白石加代子も、やはり引用の一つなのではないだろうか。

白石加代子こそ、早稲田小劇場そのもののような看板女優であり、取り換えのきかない名優の一人である。その白石加代子（役名はない）が、たまたま乗り合わせたバスの中で、藪下依子と谷口巧に言うのだ。「恋とは楽しいもの、本当にそうかしら、恋って恐ろしいものね。いったん踏み込んだら、永遠に続く底なし沼」と。そして、まるで魔法使いがお姫様に渡すように、白石加代子は、誕生日を迎えた藪下依子にリンゴをプレゼントする。

結局のところ、ドラマ『デート』は、社会の約束事に抵抗した二人が〈本当の恋〉を手に入れるまでの話である。私たちが最後に見るのは、たわいもない結論のように感じられるかもしれない。しかし、たぶん、話は逆なのだ。たわいもないことに気付くために、私たちはどれほど遠回りをしなければならないのか、つまり、現実の私たちは、真実からどれほど遠ざけられているのか、という社会批評になっているのではないだろうか。まるでアダムとイブのように、谷口巧と藪下依子が互いに一つのリンゴを食べ続ける場面が最終話にあるのだが、壮絶な感じさえする。「楽しいことより、苦しいことの方が多い。それが恋というもの」ということを心に刻むように、二人は黙って、ただただリンゴを食べ続けるのである。

ドラマ『デート』のエピソードの一つひとつに触れたいという思いに、私は抗し難い。この物語から抜け出ることなく、浸り続けたいほどだ。たとえば、第二話のフラッシュモブ・プロポーズの失敗の場面とか、気になるものは幾つもあるが、ここは、第三話のエピソードを挙げておこう。谷口巧と藪下依子のそれぞれが、マンガ『サイボーグ００９』の００９（島村ジョー）と００３（フランソワーズ・アルヌール）の扮装をして出会う、年末のカウントダウン・パーティーの場面など、何度思い直しても素晴らしいと思う。

まず、扮装のクオリティーが高い。仮装パーティーで、それぞれが様々なキャラクターの扮装をし、カウントダウンで新年を迎えた瞬間にキスするというイベントに、谷口巧は参加することになる。男女のつき合いが全くなく、キスなどとんでもないという谷口巧が、009の扮装をすることで、その高いハードルを乗り越えようという、まあ、馬鹿げた話には違いないが、「恋愛不適合者」は、何かの役でも演じなければ行動できないというわけである。谷口巧の願いを受け入れ、時間ギリギリでパーティー会場に相手役として藪下依子が現れ、スクーターから降り、003の姿でマントを翻す。その杏（藪下依子）の颯爽とした美しさを一体どう表現したらいいのだろうか。「003には加速装置が備わっていないようなので」と言う杏の姿に、しびれないわけにはいかない。

ちなみに、小説家の田中光二はマンガ『サイボーグ009』について次のように述べている。

ロボットというのは、機械を人間に近づけようという試みである。そのぎゃくに、サイボーグというのは、人間を機械に近づけようとする試みである。

しかし、人間というのは、繊細かつ脆弱な肉体のなかに素晴らしい知能を秘めている、すこぶる矛盾した存在である。この矛盾が人間の本質であり、すべての哲学、芸術を生み出しているのである。人体改造とは、この人間性の否定にほかならない。

〝サイボーグ009〟が素晴らしい作品でありえたのは、この悲劇性をテーマにしているからである。試作品のサイボーグ九人が創造者を裏切るというのは卓抜な設定であり、試作品であるがゆえに人間性をとどめているという前提が効いている。
　ここに石ノ森章太郎さんの優しさがありポエジーがある。本作品は、マンガ詩人石ノ森章太郎さんの傑作ＳＦマンガとして、長く歴史に残るだろう。

（『サイボーグ００９』十八巻解説・秋田文庫）

見ておきたいのは、「矛盾が人間の本質」と「悲劇性」というところである。藪下依子も谷口巧も、一般的な人々と随分違っているように見える。しかし、よく考えてみると、一般的な人など何処にも存在しない。人はそれぞれに少しずつ違っているだけなのだ。一般の人に比べれば、まるでサイボーグのように見える藪下依子と谷口巧は、殊更にサイボーグの扮装をすることにより、自らの人間性を発見し、自らを乗り越えようとしているかのようだと言えないだろうか。
　人は、それぞれが何らかの役割を演じながら生きている。人が、自らの役割の意味を知り、行動する時ほどイキイキとすることはない。００９と００３の扮装は、二人がそれぞれ、「恋愛不適合者」という、現在の自分自身を乗り越えようという意志を示すものであろう。自身を変えようと努力することほど人間らしいことはない。たぶん、人間だけが、自らの生き方を変えることができる。〈恋愛〉とは、ここでは自らを変えることの比喩として示されているのではないだろうか。

たぶん、ある時期から、この世界がコードで出来ているのに、そのことを抜きにして書かれたものにリアリティーを感じられなくなったりするということがあった。私にとっては、それが〈つかこうへい以後〉ということになる。ドラマ『デート』は、コードがあることを自覚し、そこでストーリーをほとんど完全に展開してくれているように思う。もしかしたら古沢良太はつかこうへいのことなど全く知らないのかもしれない。もちろん、コードを指摘したのは、つかこうへいだけではないのだから、それはそれで良い。ただ、私はドラマ『デート』に、「つかこうへいの芝居」に対するようなシンパシーを覚え、強いリアリティーを感じたということなのである。

*

同じような構造のドラマを、もう一つ見ておきたい。

TVドラマ『逃げるは恥だが役に立つ』（以下、原作者や世間一般の人と同様に『逃げ恥』と略す）も、この社会のマジョリティのコード、約束事から「逃げる」ために起こるドタバタ劇を描くラヴ・コメディではないだろうか。

院卒という高学歴でありながら派遣切りにあった、新垣結衣が演じる森山みくり（二十五歳）は、果てしなく続く「職探しスパイラル」の中で、星野源が演じる津崎平匡（三十五歳）という、有能なシステムエンジニアで「プロの独身」（絶食系男子というか、高齢童貞）に出会い、互いのメリットのため、雇用主と従業員という「契約結婚」をする。ドラマ『デート』にからめて言えば、森山みくりも、一時的に「高学歴ニート」状態になったということだろう。ただ、『デート』の谷口巧と違って、『逃げ恥』の森山みくりは、積極的に自らの人生を切り拓こうという意欲がある人物である。

もちろん経済的な安定によって、結婚制度そのものの根本が揺らぐ時、恋愛という数値化できない不確定要素がドラマの背景にあるのだろう。恋愛ドラマだから、結論は、人が他人を好きになるという不合理が、不合理ゆえに何ものをも超越するということになる。ドラマ『デート』に比べれば、すっきりとした恋愛ドラマではある。

とは言っても、こちらの作品も一筋縄ではいかない。ドラマそのものに対する疑いという点では、ドラマ『デート』より激しいかもしれない。ドラマ『逃げ恥』では、森山みくりの妄想により、特にTV番組『情熱大陸』のパロディが、番組の中で複数回つくられているが、いずれもハイクオリティーで、みくり役の新垣結衣のはつらつとした演技がドラマを越え、生き生きとしている。コードを意識し、コードで遊んでみせる。ドラマ『逃げ恥』も、ドラマ『デート』のように引用が多いが、それは各種のTV番組へのオマージュとして具体的に示される。まるで、本物の番組と同じようなクオリティーの高さに作り込むのである。それは、私たちの現在が、相対的な価値観に、激しく揺す振られていることを示してもいよう。いかにも映像的な時代なのだなと思わせる。TV番組『情熱大陸』『プロフェッショナル仕事の流儀』『NEWS23』『異論!反論!OBJECTION』『大改造!!劇的ビフォーアフター』『ザ・ベストテン』『開運!なんでも鑑定団』『新婚さんいらっしゃい!』『関口宏の東京フレンドパークⅡ』『サザエさん』『大河ドラマ・真田丸』『家政婦は見た』等、他にも、「そうだ、京都、行こう」のCM、「今でしょう」の林修、街頭演説・政権放送、スポーツ番組のインタビューなどのパロディ、「はとバス」のパロディなど、もう数え切れない引用の織物である。

比喩的に言えば、ジャングルの中で、多くの危険から逃れて生きる者のように、私たちは、何と複雑な相対化のジャングルをくぐり抜けていることだろうか。

設定としては、「小賢しい」みくりと、「自尊感情の低い」平匡の二人が、どのように社会の約束事、コードから逃げるのかということであろう。タイトルの「逃げるは恥だが役に立つ」というのは、ハンガリーのことわざだそうで、「恥ずかしい逃げ方だったとしても生き抜くことが大切」の意らしい。森山みくりは「家事代行」から仕事としての「主婦」へ、さらに「兼業主婦」から「火曜日にハグをするだけの恋人」へと役割を展開させていく。津崎平匡も良い「雇用主」であろうとすればするほど、「火曜日にハグをするだけの恋人」を乗り越えざるを得なくなる。

経済的な力関係では、『デート』と『逃げ恥』の男女関係は逆で、『デート』では藪下依子が定職に就いていて、『逃げ恥』では津崎平匡の方に経済力がある。ただ、「絶食系男子というか、高齢童貞」という点では、『デート』の谷口巧と『逃げ恥』の津崎平匡は驚くほどよく似ている。両作品ともドラマに緊張感をもたらすため、三角関係を匂わすようなイケメンを配置している。特に、『逃げ恥』では森山みくりはまだ若く、『デート』のように男女とも男女交際の経験がないという設定ができないためであろうか、森山みくりの伯母という、化粧品会社部長代理・百合ちゃん（四十八歳）の存在が、独特な役割を果たしている。言わば、『デート』での藪下依子の役割が、『逃げ恥』では森山みくりと百合ちゃんの二人に分割されている。森山みくり役の新垣結衣の魅力は申し分ないが、百合ちゃん役の石田ゆり子も当たり役で、秀逸な演技を見せてくれている。そこだけで比べると、『デート』の杏が損をしているような気がしないでもない。

ドラマ『逃げ恥』で一番印象に残るのは第三話で、ぶどう狩りに行く場面である。原作マンガはいちご狩りだが、TVドラマの方は放送された時期が秋だったためなのであろう。津崎平匡の会社の同僚の沼田（古田新太）とイケメン風見（大谷亮平）が、ドタキャンの日野（藤井隆）の代わりに同行し、急遽、車と、そのドライバーが必要になり、百合ちゃん（石田ゆり子）も参加し、ドラマの主要な五人が勢揃いすることになる。場所は甲府で、「甲斐いちのみや金桜園」という看板が見えた。

自尊感情の低い津崎平匡は、森山みくりの周辺に男性の影を感じると過剰反応し、心のシャッターを閉じてしまう。同様に、百合ちゃんも「イケメンの余裕ぶっこいた佇まい」に耐えきれないでいる。「高齢童貞」と「高齢処女」の反応が過剰で笑えるシーンだが、その後、ちょっと映画『ラ・ラ・ランド』の、あの有名なタップする丘のように、眼下に勝沼の街（たぶん）を見渡せるところで（もっとも、ドラマの方は昼間だが）、いきなり森山みくりが、『アルプスの少女』のハイジのように「おじいさん、なぜなの？」と山に向けて叫ぶ。みくりは、現状の契約結婚に苛立ち始め、以下、各自の現在の心情が明かされる場面だ。もっとも、それらのことは、本人と視聴者にしか分からない。百合ちゃんは「イケメンのバカやろう」と叫び、ゲイの沼田さんは「幸せになりたい」と叫ぶ。イケメンの風見は叫ぶことはないが、津崎平匡は「浸透力、半端ない」と叫んで、すっきりする。

実は、この場面の前、心のシャッターを閉ざしたまま、山梨で一番古いという大善寺・薬師堂で、仏像を眺めていた津崎平匡を、追いかけて来た森山みくりが、一緒に仏像を見ながら「私は平匡さんが一番好きですよ。しみじみと、しっくり、落ち着いて」と言うのだ。イケメンの風見に対して劣等感を抱えている津崎平匡は、「都会風な、風見さんのようなーー、かっこういいなあ」と言うのだが、森山みくりは「（風見さんは）かっこういいですね」と、平匡の言葉を穏やかに肯定しながらも、「私は平匡さんが一番好きですよ」とつぶやくのである。その言葉に癒された平匡が「浸透力、半端ない」と叫んだわけである。別の場面で「言葉の力は偉大です」とも言い換えている。

そもそも、ドラマ『逃げるは恥だが役に立つ』（TBS）は、二〇一六年十月十一日から十二月二十日に「火曜ドラマ」枠で放送された。残念ながら、リアルタイムで見ることはできなかったが、今年の正月の一挙放送で初めて見て、その作品の構造がドラマ『デート』によく似ていたので驚いた。

いやいや、似ていると言っても、ドラマの作り方は全然違う。過去へと遡及する方式はドラマ『デート』の古沢良太の独特のもので、ドラマ『逃げ恥』でも、いくつか、時間のずらしによって緊張を高めたりすることがあるにせよ、基本的には時間は自然に流れる。

二つの作品が似ているなどと言うと、人によっては不思議な顔をされるのかもしれない。その表現のテイストも全く違う。ドラマ『逃げ恥』には、つかこうへいを連想させるものもない。あの、泥臭いほどのドタバタはない。ドタバタ劇が全然ないということではないが、それより、各TV番組のパロディの完成度の高さが前面に出ている分、ドラマの明朗さの方が際立つ。

ただ、津崎平匡が勤めている職場の、上司役である古田新太の位置づけが、『デート』の平田満や白石加代子の役回りに少し似ているような気がするのだ。

古田新太は劇団『新感線』の看板役者だが、そもそも、劇団『新感線』の、遥か昔の第一回の公演がつかこうへいの戯曲『熱海殺人事件』だったと聞くと、ドラマ『逃げ恥』

も、やはり〈つかこうへい以後〉の世界ということではないか、と思ってしまいたくなる。つまり、コードを意識せずにはいられないドラマということだ。

最後に、〈ゲシュタルト崩壊〉について書いておきたい。ドラマ『逃げ恥』の第三話で、契約結婚を見抜いたイケメン風見が、森山みくりに対して「みくりさんをシェアしたい」と言い出し、みくりが〈ゲシュタルト崩壊〉を起こす。

ゲシュタルトなどという言葉が出てくるのは、森山みくりが就職浪人を避けるために大学院に進学し、そこで心理学を学んだことによる。一方、シェアはパソコン上で見かける言葉で、津崎平匡や風見がシステムエンジニアだから自然と出て来る用語ということなのだろう。

まず、「シェア」は、基本的には「共有する」程度の意味合いで、たぶん「他人と情報を分かち合う」と言った方が正確で、もともとは「①分けること。分配。分担。②市場の占有率。」のことをいう。当然、「～する」などという使い方は好ましくない。ちなみに、気になって、幾つかの辞書を引いてみたが、広辞苑の説明が面白い。米国の奴隷制の頃の例まで挙げている。

第三話まで、矛盾をはらみながらも、何とか保ってきた契約結婚という形態が、イケメン風見の「シェア」という言葉によって、〈ゲシュタルト崩壊〉を起こしたのである。

本来は、全体を認識する能力の低下を〈ゲシュタルト崩壊〉と呼び、例えば、漢字などの全体性が失われ、個々の構成部分にバラバラに切り離して認識し直されてしまう現象をいう。もちろん、ここでは、比喩的に使われているわけで、約束事が破たんした状態であり、コードがその役割を果たせなくなったことを示している。その意味では、ドラマそのものが、ドラマのコードそのものを問うという仕掛けにもなっている。言わずもがな、コードそのものを問うというのは、新たなコードを求めているということであり、物語のリアリティーを求めるからこそ、コードを問うのではないだろうか。

「うそ、やん」と言う高岡早紀
――ドラマ『平成細雪』

蒔岡幸子《まきおかさちこ》役の高岡早紀が「うそ、やん」と言ったのに驚いた。

妹・妙子《たえこ》と、元カレの啓ぼんが二人で歩いているのを見かけた幸子が、「うそ、やん。いつヨリが戻ったんや。あかん、見なかったことにしょ」という場面だ。あの『細雪』の次女（中《なか》あんちゃん）・幸子のセリフが、「うそ、やん」なのである。軽いのだが、新しいと感心した。分家として、三女（雪《き》あんちゃん）・雪子と、末っ子（こいさん）・妙子の監督を任されていたわけだから、本当なら厳しく注意しなければならない立場に、幸子はいるわけだ。

言い回しが粋だな、とも思った。色っぽいというより、しなやかで、女性らしいのだが、さっぱりしていて良かった。幸子という人物像は、こうであってもいい。高岡早紀というのは、こういう女優だったのだなぁと改めて感心した。

そもそも、小説『細雪』の背景には戦争があるわけだが、それを外しては『細雪』という世界が成り立たないのは当然だろう。ところが、全四話のドラマ『平成細雪』（二〇一八年）では、平成五年のバブル崩壊から平成七年の阪神淡路大震災の間に時代を設定している。名作の骨格というのは、時代を超える強度を持っているということだろうか。「平成」の中でも、小説『細雪』の話がいきいきとしていることに驚いた。

旧家の没落、本家（鶴子）と分家（幸子）の対立、雪子の見合い、妙子の駆け落ち事件等は、原作をきっちり踏まえている。観劇、お花見、螢狩、茸狩はない。特にお花見は、市川崑監督の映画『細雪』（一九八三年）では重要な要素であったが、ドラマ『平成細雪』では、最初に桜が咲いている場面がちらりとあるだけだ。まず、記憶に残らない。それより、たった一度、第一話で紅葉の下を歩く四人姉妹の和服姿が印象深い。結局のところ、四人姉妹の細やかな描き分けさえできれば、それで『細雪』という作品は成立するのだ。

作品全体としては、幸子は語り手であろうが、作品の中心には雪子の見合い話が一本の太い線としてあり、それに妙子の恋愛が曲線として絡み、それらすべての物語の奥に、鶴子の東京行きが作品に奥行きを与えている。四人姉妹の、それぞれの魅力が引き出されて、どの役も〝おいしい〟のだと思う。市川崑監督の映画『細雪』では、表面的には幸子役の佐久間良子が主演だと言っていいかと思うが、鶴子役の岸恵子が案外もうけ役だったような気がする。言うまでもなく、実質的には、貞之助（幸子の夫）役の石坂浩二が主演のようになってしまったので、佐久間良子は相対的に損をした。ドラマ『平成細雪』では、あまり表立っていない幸子役の高岡早紀が、かえって拾いものになったと思う。ドラマ『平成細雪』は高岡早紀が主演だと言っていい。本来のイメージなら、市川崑監督の映画『細雪』の、佐久間良子のような、厚みのある色っぽさの方が原作に近いかもしれないが、『平成細雪』の高岡早紀のさっぱりした感じが新しい。「うそ、やん」という軽い言い方には、確かに「平成」という時代の匂いがする。その、しなやかさと、雪子や妙子を激しくせめる第三話や第四話の幸子の過剰さに、高岡早紀という女優の、魔的な魅力を感じた。

雪子役の伊藤歩にも、びっくりした。吉永小百合が演じた雪子のイメージを踏襲しているように見えたが、なかなか内面を見せない雪子の心の裏側の闇をうかがわせるような演技だった。雪子が見合い相手を的確に見通すというのは、シナリオの段階でもはっきりしている。伊藤歩は、それを分析的に演じてくれたように思う。

第一話は、瀬越徹（三十九歳）との見合いである。雪子にとっては十九回目ということになる。私の記憶が正しければ、原作では「村瀬」という苗字だけであった。ドラマの方は名前まで付けられ、画面上には、「外資系企業社員」と「平凡だが感じのいい男」のテロップが出る。ただ、その見合いの直前に、仲人の井谷が幸子に苦言を呈する。

「――あの、実は奥さんにお願いがございますの」

井谷はそう言って、耳元へ口を寄せて、

「こんなこと、申し上げないでもむろんおわかりと存じますけれど、明日はどうか奥さんは思いきり地味《じみ》にお作りになっていたゞきたいんですの」

「えゝ、それはわかってます」

と、幸子が言うのに押《お》っ被《かぶ》せて、

「でもちょっとぐらい地味にお作りになったんではいけませんのよ。ほんとうに、思いっきり地味にしてくださらなけりゃ。――お嬢さんもお綺麗《きれい》でいらっしゃいますけれど、何しろあゝいう細面《ほそおもて》の淋しいお顔だちですから、奥さんとお並びになると一二割方損ですわ。奥さんの方はまた非常にぱっとした派手なお顔だちで、それでなくても人目につきやすくっていらっしゃるから、どうか明日だけは、十も十五も老けてお見えになるようにして、せいぐゝお嬢さんを引き立てゝ、お上げになって下さい。でないと、奥さんがついておいでになったばかりに纏《まと》まるものも纏まらないでしまうなんてことが、ないとは限りませんからね」

（上巻、九）


瀬越役は、水橋研二である。

ドラマ『平成細雪』では、あっさりした言い方にはなるが、右の原作同様の会話が、井谷と幸子（高岡早紀）の間で交わされる。考えてみれば、「平凡だが感じのいい男」というのは、おそらく幸子の感想だろう。見合いの前、ホテル内にある植物の葉をためつすがめつする雪子（伊藤歩）の不思議な場面がドラマにあるが、見た目だけで判断する幸子と、じっくり見定める雪子との違いを示すエピソードではないだろうか。

結局のところ、瀬越との縁談は、瀬越の女性関係の問題で破談となる。パリに出張中に出来た隠し子までいたという話になっている。原作は、母親が精神病で「血統上の弱点」があるというもので、まあ、今なら人権上の問題になることだろう。原作では瀬越本人に対する印象はよいままで終わる。しかし、ドラマでは、瀬越の女性問題を、妙子の恋愛話につなげてみせる。第一話の最後に、今度は、昔、啓ぼんの所の使用人だった板倉と妙子が二人で歩いている場面を見て、幸子役の高岡早紀が、もう一度、「うそ、やん」と言うのだ。まちがいなく、物語は幸子の視点で描かれていると言うべきだ。

第二話での、雪子の見合い相手は、野村博美（四十六歳）であり、ドラマの画面上には「国立大学助教授」と、「著しく老けている男」というテロップが出る。原作では「農学士で四十何歳になり水産技師」をしていて、「兵庫県下の鮎の増産」が仕事の中心なのだが、ドラマでは「マグロ博士」ということになっている。こちらも、原作では苗字だけしか示されていなかったかと思う。

幸子たち夫婦は紹介されるより前に、写真で見覚えのある紳士がロビーの椅子に独り腰かけているのを認めた。先方も、吸いかけていた煙草を灰皿にこすりつけて、性急な動作で二三度ゴシゴシと火を壓《お》し潰《つぶ》してから立ち上がったが、――体格は思いのほか頑丈《がんじょう》で、しっかりしているように見えるが、幸子が案じていた通り、写真以上に老人臭い、じゝむさい容貌《ようぼう》をしている。第一に写真ではわからなかったけれども、髪の毛が、禿げてはいないが、半分以上白髪《しらが》で、一面に薄く、ちゞれて、もじゃ〳〵と、ひどく汚らしく生えていて、顔は非常に小皺《こじわ》が多い。まずどう見ても五十四五歳ぐらいには見える。（中略）まして雪子とでは、彼女がまた実際よりも七八歳も若く、よう〳〵二十四五としか見えないので、まるで父子のような差があって、こんな所へこの妹を引っ張って来たということだけでも、幸子は何か妹にすまないことをしたような気がした。

（上巻、二十八）

野村役は、劇団「大人計画」主宰の松尾スズキである。つい先ごろ、彼の小説が芥川賞候補作になった。憎めないタイプを演じている。

引用は地の文で、幸子の心情が述べられている部分だ。語り手が幸子であり、幸子の思いが前面に出ている。「著しく老けている」と思っているのは、雪子であるより幸子の方だということだろう。

ドラマの方の幸子（高岡早紀）は言う、「うそやん。実物は更に老けてるやん。五十代中盤やん」と。さらに「こんなん、雪子ちゃんと親子にしか見えへんわ」と、内容としては変わらないものの、原作に比べれば、軽い言い回しになっている。これがドラマ『平成細雪』のテイストなのだ。見合いの席で、雪子（伊藤歩）は、野村博美の右目の上にあるホクロをじっと見つめる。そのホクロに一本毛が生えているのだ。これも新しく付け加えられた、平成版の雪子らしいエピソードではないだろうか。

雪子の感想は、「あの人やったら、何でも私の言うとおりにしてくれはるやろうし、好きなこととして暮らせるやろう思うねんわ。それに、マグロの顔もかわいかったし」というもので、マグロの件以外は、似たような言葉が原作にもある。だが、その言葉を妹の幸子から伝え聞いた姉の鶴子の「なに、怖っ」と、幸子の「怖い、やろ」という軽妙なやりとりは、いかにも平成版らしい。

破談の原因は、原作では「見合いの晩に青谷の家へ引っ張って行かれた時、佛壇に亡くなった奥さんや子供たちの写真が飾ってあるのを見て、ひどく不愉快にさせられた」という話を、雪子が妙子に話すかたちで説明されている。ドラマでも、元町の喫茶店に、雪子と妙子が二人でいた時、たまたま野村とばったり出会い、妙子も「話に聞いていたよりもまだ老けているのにびっくり」する場面はある。原作でもドラマでも、「雪姉ちゃんは風采や顔つきのことなど別に何とも言っていない」というのは同じだ。つまり、破談の理由は、「風采や顔つき」ではなく、「佛壇の写真」ということになる。ただ、ドラマの方は、さらに一ひねりして、雪子が野村に「まだ奥さんのこと忘れられないんですね。そんなに思われてうらやましい」という風に、原作とは少々ニュアンスが違う。もちろん、ドラマの方が話の深みは増す。雪子の内面の深さも見せてくれる。

市川崑監督の映画『細雪』は、原作の最大の事件である「大水害」に触れていない。全く触れないことで、たぶん花見を作品の中心に置いたのである。「大水害」は歴史的な事件だから、ドラマ『平成細雪』では描きようがない。どうするのか興味があったが、ドラマでは、ごく平凡な台風にして、妙子と板倉をつなぐエピソードとしてだけ利用したのだが、やはり弱いと思った。ドラマ『平成細雪』に対して不満を述べるとすれば、この台風と、その台風のように平凡な妙子像だけである。市川崑監督の映画で、古手川祐子が演じた、野生児のような妙子が忘れられない。

第三話での、雪子の見合い相手は橋寺誠（四十八歳）である。テロップは「製薬会社専務」と「結婚に乗り気じゃない好条件の男」であり、苗字は原作同様だが、ドラマでは「福三郎」という原作の名前を現代風に変えている。

この見合いでも、写真を見て盛り上がる幸子役の高岡早紀は、仲人の井谷に「あんさんの見合いとは違いますねんで」とクギを刺される。幸子ではなく、良人の貞之助が見合いに同席するのは原作通りだ。

貞之助はしばらく話しているうちに、この男がなかなか社交的に訓練された圓《まる》みのある人物であることがわかった。出された名刺を見ると、医学博士の肩書があって東亜製薬の専務取締役とあり、自分でも「医者はいたしておりません、薬屋の番頭をやっております」と言っているだけに、いかさま当たりの柔らかな、対応の如才ない実業家タイプで、医者らしいところはあまり見えない。年齢は四十五六と聞いたが、顔から手頸《てくび》、指の先に至るまでむっちりと脂肪分の行き亙《わた》った色白な皮膚で、目鼻立ちの整った豊頬《ほうきょう》の好男子であるけれども、肥えているために軽薄には見えず、年相応に貫禄《かんろく》のついた紳士で、まず今日までの見合いで出遇《であ》った候補者の中では、この男の風《ふう》采《さい》が一等であるかもしれない。

（下巻、十四）

橋寺役は、石黒賢である。最近は悪役もするが、まあ、二枚目で、四人の見合い相手役の中では、一番ネームバリューがあるだろう。

幸子は見た目にこだわり、雪子の目は内面に向けられているということが、改めてよくわかる。地の文の視点は、幸子の良人・貞之助であり、妻・幸子では見極めができまいからということで、介添人として見合いに付いて行った貞之助であるのに、結局のところ、

〝見立て〟は妻・幸子と違わないように思う。

原作では、見合いの後も、貞之助は理由をつけては橋寺を会社に訪ね、果てには、その自宅をのぞき、橋寺本人のみならず、その娘と会話までしている。たぶん、そんな風に、橋寺の周辺をかぎまわるのが妻・幸子では不自然なので、良人・貞之助という設定になったというのが本当のところではないだろうか。視点は、どうみても幸子である。いやいや、もちろん本当の視点は貞之助（作者＝谷崎潤一郎）で、小説上の視点として幸子が設定されているということではあろう。

ドラマ『平成細雪』では、雪子本人が橋寺の自宅まで出掛け、その娘と会話を交わす。その後、橋寺の娘へのプレゼントを買いに出た雪子を、橋寺が見かけるというエピソードに変更されている。自然な流れで、シナリオライター（蓬莱竜太）の力を感じる。市川崑監督の映画『細雪』でも思ったが、名作というのは、そのエピソードの細部を少しぐらいいじったところで、その強度が落ちることがないらしい。いやいや、少しどころか、エピソードの主体そのものを変えているのに、味わいに変化がみえない。

橋寺はどうみても、雪子にとって理想的な結婚相手であるように描かれている。だからこそ、この縁談は壊れなければならないというのは、物語じたいが求める要求であるのだろう。「運命の電話」（下巻、十八）が、そこに用意される必然がある。橋寺から好意的な電話がかかって来たのに、雪子は自分で返事ができず、お手伝いが外出している幸子を呼びに行くことになる、有名なエピソードだ。ドラマでは、ここでも「ほんなら、橋寺さん、待たせたままかいな、ええっ、うそやん」と高岡早紀は言うのだ。電話口で話をすることができないという雪子の像は、まだ電話が珍しい時代であった、原作の頃であればこそ可能な話であろう。平成の時代では、いささかキツイ。ドラマ『平成細雪』の方では、先ほどの、橋本の娘との会話で、くどいくらいに伏線を張ってみせるのだが、逆に、そこで「運命の電話」が予告されてしまうという逆説がある。それでもバブル崩壊の時期というのは、ギリギリということになるだろうか。このエピソードは歴史的には、そこまでだ。

そこから後は、ケイタイやスマホの時代だから、もう成立することはない。

第四話での、雪子の見合い相手は御牧久磨（三十九歳）である。テロップは「広告代理店勤務」と「旧華族出身…らしからぬ男」であり、苗字は原作同様だが、ドラマの名前は「旧華族」風に変えている。市川崑の映画『細雪』では、ことさら「東谷」と変更していたのだが、ドラマの方は下の名前をいじっている。

あなた方も名前はご存じであろうが、維新の際に功労のあった公家《くげ》華族で御牧《みまき》という子爵《ししゃく》がある。もっとも、国事に奔走した人は先代の廣実《ひろざね》で、当主廣親《ひろちか》はその子であるが、この人もすでによほどの高齢に達しており、かつては貴族院の研究会に属して政界に活躍した経歴の持主だけれども、今では祖先の地である京都の別邸に隠棲《いんせい》して閑日月《かんじつげつ》を送っている。ところで、自分はふとした縁で御牧家の庶子《しょし》の実という人を知っている。この人は、学習院を出て東大の理科に在学したこともあるそうであるが、中途退学して佛蘭西《フランス》へ行き、巴里《パリ》でしばらく絵を習っていたとやら、佛蘭西料理の研究をしたとやら、いろ〳〵のことを言うけれども、要するに、いずれも長く続かないで亜米利加《アメリカ》へ渡り、どこだかあまり有名でない、州立の大学へはいって航空学を修め、ともかくもそこを卒業したのであることは確かである。

でも、華冑の子弟によくある型の、交際上手な、話の面白い、趣味の廣い人で、自《みずか》ら藝術家をもって任じている天成の呑気屋《のんきや》さんであるから、当人は一向そんなことを苦に病んでいない。今度この人に細君を持たせようというのも、当人があまり呑気なので、端《はた》の者が気を揉《も》んで、あゝしておいてはよろしくないから何とかして身を固めさせよう、と言い出した次第なのである。

容貌は、長く西洋にいた人にあるように頭が禿《は》げていて、色が黒く、いわゆる好男子ではないが、さすがに育ちの良いところが窺《うかが》われる立派な顔立ちであるとは言える。体格は頑丈《がんじょう》で、どちらかといえば肥満している方であり、いまだかつて病気らしい病気をしたことがなく、どんな無理でも続くというのを誇りにしている、逞《たくま》しい健康の持主である。

（下巻、二十七）

御牧役は、ムロツヨシである。昨年の大河ドラマでも活躍し、今一番勢いのある俳優と言っていい。三枚目だが、得な役だ。

原作では、御牧について長々と記述されているが、あまりに長いので中心的な部分だけを部分的に引用した。それだけでも、御牧が雪子の結婚相手となることは予想される。市川崑の映画『細雪』では、好男子として描かれていたが、ドラマ『平成細雪』では原作のイメージに戻していると言っていい。「藤原氏の血を引く名門の出」で、「扶養しなければならない係累が一人もないこと」という点がポイントなのだろう。面子《メンツ》が立って、生活さえできればいいのだ。見た目などどうでもいい。特に、蒔岡ブランドがなくなってしまった今、雪子も妙子も、ただ自分らしく生きることだけが必要なのであろう。

妙子は破天荒な生き方をしていて、雪子は周囲の言う通りに見合いをしたというのは、表面的な見方に過ぎない。二人はベクトルの方向が違うだけで、実は、それぞれに蒔岡家から逃れたかったという思いでは共通している。裏と表の関係だ。

ドラマ『平成細雪』で、妙子が三好というバーテンの子を産み、死産になるという話は原作通りだが、市川崑監督の映画『細雪』の方は、そのエピソードを捨てている。それはそれで、妙子の生命力を示していて成程と思っていた。

ところが、ドラマ『平成細雪』で、あえて、そのエピソードを採用しているのと、雪子の結婚相手が原作通りに好男子でないというのは、セットと考えるべきかもしれない。雪子が結婚を決意するのは、妙子の〝死産〟ゆえと考えることもできそうだ。

……院長は両手に抱いている赤ん坊を示して、お生まれになったのはお嬢さんですが、この綺麗な顔を見て上げて下さい、私はずいぶんたくさんの赤ちゃんを手がけていますが、決してお世辞でも何でもなく、こんな可愛らしい、綺麗な赤ちゃんは見たことがありません。

（下巻、三十七）

ドラマ『平成細雪』では、妙子の死産を聞き、実は、その場面の最初で、幸子は、「そんなん…うそやん…」と言うのだ。大袈裟に言えば、ドラマ全体が「うそ、やん」で括られたような気さえする。病室には、鶴子夫婦、幸子夫婦、雪子が集まり、四人姉妹は声を出して泣く。第一話で、蒔岡の会社が倒産し、父親が亡くなってから、まるで初めてのように大泣きする。ドラマの大団円に相応しい場面であろう。

そして、次の場面で、御牧との結婚を決意した雪子が、御牧の家を訪れる。最後は、御牧の本家へ、挨拶に行った四姉妹が横並びに座っているところだ。そこで、幸子（高岡早紀）の妊娠が暗示される。

話の都合上、幸子と雪子の話に絞ったので、鶴子役の中山美穂に触れることもなかったが、まとめ役として良かったと思う。また、辰雄役の甲本雅裕や、貞之助役の神尾佑が好演で、印象に残った。音楽も、映像も良かった。市川崑の映画『細雪』での貞之助役の石坂浩二の役回りを、ドラマ『平成細雪』では高岡早紀がしたということになるかもしれない。

最後に、小説『細雪』における幸子の役割について触れて、もう一言だけ付け加えておきたい。

折口（信夫――引用者）は『細雪』の世界に登場する三姉妹を論評して、作者の力量を雪子を「発見」したことよりも幸子を「表現」した点にみとめ、さらに「源氏物語を読んで、須磨・明石よりも先へ読み進んだ人は、この女性の性格の中に、著しい類似を思ひ浮べたことであらう。紫上――源氏の北の方――の幻影が見られることである」という。

野口武彦『谷崎潤一郎論』（中央公論社・一九七三年八月初版、一九七九年四月再版）から引用した。「三姉妹」は分家の三姉妹という意味であろうか。折口信夫の意見に、野口武彦が思いを重ねている部分である。こういう適確な指摘をみると、ここまで私が書いたことが、すべて既に言われていたことに過ぎないことを知るのだ。

【注記】ＮＨＫテレビドラマ・二〇一八年一月七日〜二十八日（全四回）
・演出　源孝志　・脚本　蓬莱竜太　・プロデューサー　川崎直子　・音楽　稲本響

日常へ
——山崎努版のドラマ『雲霧仁左衛門』

山崎努主演のテレビドラマ『雲霧仁左衛門』が放送されたのは、一九九五年十一月二十九日から一九九六年三月十四日までの十二話であったのだそうだ。十三話以降は地上波未放送で、全十五話は、CSの時代劇チャンネルにて一九九九年三月に初放送されたようである。なぜ、そんなことになったのか。

オウム事件の影響があったというような記述を読んだこともあるが、考えてみれば、それは妙な話だ。地下鉄サリン事件が一九九五年三月二十日で、それによって、上九一色村のオウム真理教・教団施設を強制捜査したのが同年同月二十二日である。放映中の出来事だ。いやいや、三月十四日の一週間後がオウム真理教事件に絡んだというか。報道特集でもあったのか。だからこそ、オウム真理教の非合法活動の影響がドラマ版の『雲霧仁左衛門』まで及んだというのであろうか。

当時、何話かは見落としたものの、リアルタイムで見ていて、印象深く思っていたのに、どこか尻切れトンボのような感じを受けたのは、残りの三話が地上波で放映されなかったためだということを、今頃になって知った。もしも本当にオウム真理教の事件の影響があったとするなら、それもそれで怖いことだと思う。まさか、雲霧一党の、非合法的な活動が問題視されたということはないだろうな。

雲霧仁左衛門というのは、必ずしも、池波正太郎が考え出した盗賊ではない。江戸時代の『講釈　大岡政談』にあった話をもとにしたようで、再創造とも言えるが、「犯さず、殺さず、貧しき者から奪わず、仕事が終われば、雲や霧のように消えてしまう。」という、盗賊の〈しくみ〉の美学は、やはり池波正太郎のオリジナリティによるものであろう。特に、〈七化けのお千代〉は別の文献から取られて、独特な味付けになっている。時代は、享保六年（一七二一年）時点で、仁左衛門は四十三歳、お千代は二十五歳という設定。享保の改革は、八代将軍吉宗によって主導され、享保六年に目安箱が設置され、翌年には小石川養生所が出来ている。何となく、時代背景が想像できるだろうか。舞台は『鬼平犯科帳』の半世紀前ということになる。

ただ、正直なところ、池波正太郎の小説『雲霧仁左衛門』を読んで、ドラマ版の方が成熟していると感じた。一九七八年の仲代達矢版の映画があり、テレビドラマの方も、一九七九年の天知茂版、一九八七年の松方弘樹版、一九九一年の萬屋錦之介版、一九九五年の山崎努版、二〇一三年の中井貴一版の五本がある。調べてみると、天知茂版、山崎努版、中井貴一版におけるドラマ版の脚本は宮川一郎を中心としてつくられているようだ。特に、山崎努版がすばらしいのは、脚本で新たに加わっている古田求の力か、それとも工藤栄一らの監督の影響なのか、外からは判断できない。ただ、さり気ない〈リアルさ〉ということを、特に付け加えて言っておきたい。天知茂版では、派手な、無国籍的な忍者のようなコスチュームで違和感があったが、山崎努版の服装はごく日常的なものである。この〈リアルさ〉が、作品の世界をしっとりとしたものにしたのではないだろうか。

山崎努版では、何よりも池上季実子が美しい。彼女は天知茂版にも小さな役で出ているが、山崎版で満を持して〈七化けのお千代〉役を演じた。〈七化けのお千代〉役ということで言えば、天知版の大谷直子も、中井貴一版の内山理名も悪くないが、池上季実子の凄みと切なさとを合わせ持った美しさは得難い。池上季実子の代表作の一つだと言っていいのではないだろうか。一般的には、映画『陽暉楼』（五社英雄監督・一九八三年）などを代表作とするのであろうが、若い頃に高倉健と共演した映画『冬の華』（降旗康男監督・一九七八年）なども忘れがたい。

また、小頭の〈木鼠の吉五郎〉役は、同じく山崎版の石橋蓮司に尽きる。緑魔子の夫だが、いい役者だ。一九七二年に清水邦夫らと結成した「櫻社」とか、一九七六年に緑魔子と旗揚げした劇団「第七病棟」などの活動まで思い出される。

山崎努版で際立つのは、ドラマの始まりから、盗賊としての〝最後の仕事〟が強く意識されているということではないだろうか。盗賊としての、緻密な〈しくみ〉を完成しておきながら、初めから、その組織の解体が目指されている。「盗《ぬす》み」は、いずれ雲霧一党が「盗《つと》め」の道から脱した時、四十人からの配下の者の身の振り方を熟慮して、その「引退《ひき》金《がね》」を用意するためにしていると言ってもいいくらいだ。

たとえば、池波正太郎の原作小説での「わしのような仕様で盗みをはたらくことは、しだいにむずかしくなろうよ。よのなかが、いそがしくあわただしく、せせこましくなってくれば、盗《つと》めの道とても人のすることゆえ、同じことになって来よう。」というのは、小説が連載された昭和四十七年から翌年までの時代背景を思わせるだけかもしれないが、次のような部分には、もう少し深いものを感じる。


雲霧仁左衛門は、沖右衛門があやつる小舟で三好屋を出ていた。

山谷《さんや》堀《ぼり》から大川へ出た舟は、ゆるゆると南へ下って行く。

「お頭さま。いよいよ、今夜で……」

と、沖右衛門。

「うむ」

うなずいた仁左衛門が、

「ゆるりと行け」

「はい」

「定めの時刻に、新堀川へ入ればよい」

「はい、はい」

なまあたたかい夜であった。

いつしか桜花《はな》も散っている。

月もない曇った夜で、蒸し暑いほどなのである。

「留造」

と、仁左衛門が沖右衛門の〔本名〕でよんだ。

「はい、旦那《だんな》さま」

「わしを舟からおろしたなれば、まっすぐに、小田原の桐屋《きりや》へ行け」

「はい」

「いま一息じゃ、留造。越後屋の盗《つと》めがすみ、いよいよ、最後の……」

「はい、はい」

「わかっていような」

「はい、旦那さま」

「最後のつとめが終れば、わしはな、お千代とお前と、兄上と四人きりで、京の田舎で、のびのびと余生を送るつもりなのじゃ」

「すりゃ、まことで？」

「おお、まことじゃ」

「それはまあ……」

沖右衛門の声が、よろこびにふるえて、

「うれしゅうございます」

雲霧仁左衛門と沖右衛門を乗せた小舟は、大川の闇にゆらゆらとただよっている。

（『雲霧仁左衛門』後編「越後屋騒ぎ」）


山崎努版『雲霧仁左衛門』に、こんな場面はない。いや、山崎努版だけでなく、ドラマ版では、物語の最初から、どのようにして自らがつくりあげた〈しくみ〉を分解したらいいのか、ということばかりを仁左衛門は考えているようにさえ見える。大げさに言えば、生きることの疲労というようなものを感じる。仁左衛門は、あざやかな盗みをすることそれ自体に快楽を感じるというようなタイプの盗賊ではない。やむを得ず、世の中の不合理を生き抜くために盗賊になったのだという話は、最終話で明かされる。

その点で、雲霧仁左衛門は、火付盗賊改方長官・安部式部とよく似ている。旗本である安部式部は、先祖伝来の資産を全部使い果たしてでも雲霧一党を捕えようという正義の人である。対して、雲霧仁左衛門は思いがけない事情によって武家社会を追われた浪人である。片や、武家社会において安定しているのにもかかわらず、それを投げ打とうとし、片や、不合理な社会を生き抜くため盗賊になったわけだ。火付け盗賊改方長官が秩序を維持し、法を守ろうというのは当然であろう。ただ、その秩序や、その法を、ごく一部の者しか守っていないならば、雲霧仁左衛門が反逆する最低の権利もあるというべきではないか。仁左衛門の手下の多くが、火事で焼け出されたり、お助け小屋を渡り歩いたものや、貧しい階層の者たちである。

実は、火付け盗賊改方の与力や同心たちの暮らしも苦しい。だからこそ、岡田甚之助というような、雲霧一味に内通するような与力も出て来る。

求められているのは、ごく当たり前の日常生活である。穏やかな暮らしである。山崎努版『雲霧仁左衛門』のタイトルバックは、仁左衛門が子供たちの遊ぶ街中をゆったりと歩く、日常的な場面だ。

ところが、それを許さない世の中がある。

そういう不合理な社会において、何とかして生き抜こうという、その切なさこそが『雲霧仁左衛門』のテーマなのではないだろうか。ことさらに、それこそが大衆文学や芸術というものなのだとか言う気はないが、心にしみるものがある。癒される。

当初、池波正太郎としては、『鬼平犯科帳』と「反対」の物語を書きたかっただけなのかもしれない。そして、池波正太郎の思いを越えて、多くのドラマ版『雲霧仁左衛門』がつくられたということなのかもしれない。ドラマ版の『鬼平犯科帳』がシリーズ化するというのはよく分かる。健全な話だし、長谷川平蔵の人間らしさの魅力がある。食べ物に対する描写にも味わいがある。密偵を使い、次々と悪人を成敗するドラマは、まるで、西部劇で先住民族を斥候のように使った騎兵隊のように見えなくもない。その一方で、「ときの盗賊改メや町奉行所を翻弄する小説」（『完本池波正太郎大成』第十七巻「解題」）のはずだった『雲霧仁左衛門』が、ある深みを持つに至ったのは、何回ものドラマ化の中で、〈雲霧仁左衛門〉が独特なダークヒーローとして、宿命のように育ったということではないだろうか。

私の記憶が正しいなら、山崎努版『雲霧仁左衛門』では、雲霧としての山崎努は、池波正太郎の小説のようには、「最後のつとめ」の後のことを具体的に語っていない。「最後のつとめ」については、何度も言及するものの、その後については、夢のように思い描くだけだったと思う。それよりも、作品の前面にただよっているのは、一種の倦怠感の方が強かったのではないだろうか。たとえば、映画『華麗なる賭け』（ノーマン・ジュイソン監督・一九六八年）でのスティーヴ・マックイーンのような憂いだ。こちらは、大金持ちなのに犯罪に手を出すのだから、雲霧仁左衛門の場合とは全く違うのだが、その倦怠感だけはよく似ている。

とは言え、私の記憶はあまり当てにはならなかったようだ。気になって山崎努版『雲霧仁左衛門』を久々に見返したら、第十三話「お盗《つと》め前夜」の冒頭部分において、今回が「最後」だと、主要な者たちの前で言う場面があった。それが、まさに「越後屋騒ぎ」であるのだが、前に引用したような、留造とのような、さり気ない会話ではなく、一種の宣言のようになっていた。言い訳が許されるなら、私は映画の仲代達矢版と勘違いしたのだ。これも、気になって見返したら、それこそ一党の前で「最後のつとめ」を宣言している。「おかしら」の顔を知っているのは数人だけというのが、雲霧一党の〈しくみ〉の肝心なところだから、これは変だ。映画版では松屋襲撃だけで、越後屋の話がないという無理もある。五社英雄監督の作品は嫌いではないものの、『雲霧仁左衛門』のしっとりとしたテイストは、五社英雄監督が描いたものとは真逆だ。

山崎努版の第十三話「お盗《つと》め前夜」では、そこで、既に、火付盗賊改方に面が割れている〈因果小僧・六之助〉が、「最後のつとめ」から外される。この展開は、名古屋編で松屋襲撃（第七話）をした時も同じだから既視感がある。あの時は、「最後のつとめ」の話を漏れ聞いた六之助が、面が割れているため、仕事をさせてもらえない自身を持て余し、賭場へ行き、密偵お京（増田恵子）に見つかり、後を付けられたわけだ。そもそも、六之助の面が割れて、火付盗賊改方に捕らえられたのが第二話「狙われた男」だから、物語の基本的な構図は初めから出来ている。結末に向けて、基本的な構図を何度も繰り返し撫で回しているような感じがする。元々、シリーズ化出来ないような作品なのだ。痛快な話でもなければ、人情話にもなりようがない。その意味では、「最後のつとめ」は物語の始まりからの約束であり、それを口に出す、出さないは、決して重要ではないと言うべきではないだろうか。

この後、六之助は、まるで高野長英のように顔を焼いたりする話もあり、越後屋襲撃の失敗が暗示される。結局のところ、『雲霧仁左衛門』は失敗する物語なのである。

その切なさが、梅林茂の音楽によって見事に支えられている。梅林茂と言えば、多くの映画音楽を手掛けているが、私は、最近の、ウォン・カーウァイ監督の映画『グランド・マスター』（二〇一三年）などよりも、初期に担当した、森田芳光監督の映画『それから』（一九八五年）や崔洋一監督の映画『友よ、静かに瞑れ』（一九八五年）の方が印象深い。いや、それにもましてドラマ『雲霧仁左衛門』の音楽が切ない。

山崎努版『雲霧仁左衛門』のラストシーンでは、「最後のつとめ」が終わった三年後が描かれている。大阪の街中を歩く仁左衛門がいる。〈州走りの熊五郎〉（本田博太郎）が「おかしら」と言って、思わず駆け寄るが、呼びかけられた男は「どちら様ですか」と返答して、にこやかに通り過ぎる。その背後で、心得顔に「へーい」と〈州走り〉は言う。仁左衛門は雑踏の中へ消える。日常の中へ消える。まるで、ジョナサン・デミ監督の映画『羊たちの沈黙』（一九九一年）のラストで、レクター博士が南国の雑踏の中へ紛れ込むように、仁左衛門は自由になるのだ。

ドラマ『この世界の片隅に』を見て、小田実論へ向かう

　ドラマ『この世界の片隅に』[*1]の前半のクライマックスは、昭和十九年十二月に、幼馴染の水原哲が主人公・すずを訪ねる場面だろう。ドラマでは、第4回の放送であり、こうの史代の原作マンガ『この世界の片隅に』（双葉社・二〇一一年七月）では、後篇（下巻）の冒頭部分になる。[*2]

　すずは、呉の「嫁に欲しいと言う」北條家へ、江波から、既に嫁いでいる。その嫁ぎ先に、幼馴染とは言え、男友達が訪ねてくるというのは、まあ、普通ではない。

　そもそも、北條周作がすずと結婚しようとしたのは、彼が最初に好きになった相手が娼婦で、現実的に結婚が不可能であり、ちょうどそのとき、周作の母親が足を悪くし、どうしても家に女手が必要になったためだ。その意味では、すずが周作にとって〈代用〉のようでもある。よく、知りもしない家へ嫁入りをするというのは「時代」故であり、そこに、戦時下の厳しい状況の中で、なんでも〈代用〉食になっていく時代も重ね合わせてもい

る。もっとも、作品の冒頭部分で、まだ幼い周作とすずが、共に〝人さらい〟に出会い、協力して逃げるエピソードも用意されている。当初の女性をあきらめたにせよ、思いがけず「浦野すず」という名を、周作は自らの幼年時代の記憶からたぐり寄せる。もしもその時、北條周作がすずのことを思い出しもしなければ、すずは幼馴染の水原哲と一緒になっていたかもしれない。すずにとって、北條周作の方こそ〈代用〉だったかもしれない、という関係が裏側に浮かび上がる。

物語は、北條周作が最初に好きになった娼婦・白木リンとすずの出会いまで用意し、互いに「互いの関係を知っているという秘密」を口に出さない。

なお、水原哲は水兵であり、次の出撃から生きて帰ることはできそうにない。北條周作は海軍軍法会議の録事で、文官だから、武官に対しての負い目もあるかもしれない。

幼馴染の嫁ぎ先を訪ねる男と、その男を家に泊める良人との微妙な関係が、複雑な奥行きを以て示される。

登場人物は、すべて普通の人びとである。北條周作とすずは、特に恋愛期間があったわけでもないが、当時としてごく普通に結婚している。周作が最初に好きになった人をあきらめたり、すずとの結婚のために、幼い頃の思い出を用意したりするのは、物語そのものが求めている複雑さだと言ってもいいし、どんなに普通の人生であれ、なんらかの、小さな出来事や思い出くらいはあるということでもあろう。と同様に、周作とすずの幸福はごく普通でありながら、かけがえのないものだと言える。

その意味で、幼馴染の嫁ぎ先を訪ねる男の登場は、間違いなく〈事件〉であろう。

ただ、その男は水兵で、次の出撃で死ぬかもしれない。また、物資不足の折に、男は米も手土産も持参している。男の訪問を簡単に迷惑だと片付けるわけにもいかない。〈事件〉が、戦時においては特に異常だと言えないことになる。

水兵・水原哲の振る舞いは、いささか傍若無人に見える。にもかかわらず、すずの嫁ぎ先の人びとがそれを許すのは、同じ理由の繰り返しになるが、彼が水兵であり、間もなく死ぬかもしれぬ存在だからであり、また、米や貴重な食品を手土産でもらっているからでもある。

そもそも水原哲自身も、傍若無人な自分を許している。これが、最後の〝わがまま〟だと感じている様子なのだ。

夕食前の場面を、少し描写してみよう。

北條家の母親が言う、「ほう、すずさんの同郷の子かね」。「水原哲です。青葉の乗員です」と、水原が答えると、出戻りの義姉の娘が「わあ、ほんまの水兵さんじゃ。青葉いうたら巡洋艦ですね」と言い、義姉が「これこれ、晴美……」と注意する。だが、水原は「そうじゃ、ほんものの水兵さんじゃ」と、はしゃぐ。北條周作は、大人の言葉で「今日は、入湯上陸（外泊して、風呂に入ることができるということらしい。）ですか」と挨拶する。

その後、水原哲は、やや畏まって「ええ、皆さんには、すずが世話んなりよります」と挨拶しながらも、「すずは昔から、絵と海苔すきしかとりえが無うて……、ここじゃ、ただのボンヤリでしょう」とまぜっかえす。一同は、一瞬びっくりするが、良人の周作以外は大笑いで、さらに水原は「まっ、遠慮のう言うてくださりゃ連れ帰ったりますわい！」と、豪快に笑う。周作は、さすがに気色ばむが、ちょうど、その時、すず本人が鍋で水原哲の頭を叩き、「キザもたいがいにし！　すず、すず、呼び捨てしくさって」と激怒する。

少し間があって、水原哲は「む……、じぁ、どう呼びゃええんか。もう、浦野じゃ、なかろうが」と声を静める。北條家の母親が間を取るように、「す、すずさん、水兵さんに乱暴は……」と二人の会話に入る。

もう、自分の手の届かないところにすずはいる。水原哲は充分にそのことを知っている。しかし、もう死ぬことが分かっている状況の中で、彼はすずに対する自らの思いを隠すことがない自分を許している。そういう自分を、わがままに示す。それが痛いほどに分かる場面だ。そこにいる者たち全員が、そのことに対して何も言えないように、ドラマも原作も描かれている。

切ない。なぜ、切ないのかと言えば、水原哲が自分からはどうしようもない立場に追いやられているからだ。同じく、北條家の人々も戦時下にいる以上、水原哲と本質的にはそう違わない立場にいるからでもある。小田実の言い方で言うなら、「まき込まれる」側の者たちの悲哀が示されているということだろうか。

「まき込まれる」側の眼でものを見ないかぎり、そこに徹して見ないかぎり、問題の本質はあきらかになって来ないし（人間がかたちづくり、そこでくらしているこの世の中では、問題の本質は人間のことで、人間はまき込まれて生きているのです）、そもそも、自分になぜ「まき込む」根拠があるのかという根本的な疑問が起って来るべくもない。そして、その根本的な疑問に正面から答えようとしない政治は、おそかれ早かれ、おそるべき非人間的な政治になる。そして、このことを、「まき込まれる」側に立つ、無力ゆえにいやおうなしにそこに立たされてしまっている人びとは、おそらく理屈からではなく、長い人間の体験の積み重ねからからだ全体で感じとっている。

（I無数のひとりの人間　3「まき込まれる」側の政治学）

小田実『世直しの倫理と論理(上)』（岩波新書・一九七二年一月）から引用した。彼の著作の中でも、とりわけ、やさしい語りの口調で書かれ、難解な言葉が避けられている評論である。正直なところ、下巻での小田実は、やや倫理も論理もしどろもどろになり、彼の欠点が目立つ。ただ、上巻の方は小田実の空襲体験やべ平連活動の経験も踏まえられていて、普通の人々について上手く語ることができているように思う。

水原哲も北條家の人々も、特に反戦的なことを言うわけでもなく、封建的な社会に対する違和感も感ずることがないのに、「まき込まれる」側に立っていることを余すところなく示している。どちらかと言えば、戦争に協力的であり、封建的な社会の中で安住しているからこそ、「まき込まれる」側に立っている人々を見事に描き出していると言った方がいいだろうか。

先の場面に続いて、夕食後、家族の者たちが寝て、すずが一番最後の風呂に入っている間、二人だけになった北條周作と水原哲が居間で話し合う。

水原哲が言う、「やっぱり、陸《おか》はええのう」と。周作が、その言葉に重ねるように、「……青葉は、どがいなですか」と返すと、「はあ……、マニラで負傷して漸《ようよ》う戻って来ました。——ええ艦なのに、またしても活躍も沈没もせずじまいじゃ」と、水原の言葉は重くなる。何も言えずにいる周作に対して、水原は更に言う、「同期もだいぶ靖国に行ってしもうて、集会所へも寄りにくうなった。ほいで、ここへ来てしもうた。のう、周作さん。死に遅れるいうもんは、焦《じ》れるもんですのう」と。

たぶん、戦時下であれば日常的な会話であろう。まるで、田んぼとか畑の様子でも聞くように、あるいは商売についての話のように、「……青葉は、どがいなですか」という言葉があるように見える。「死にたくない」などという愚痴より、「死に遅れる」という言葉の方が悲しい。もう、「死ぬ」しかないことは、動かせぬ現実なのだ。

小田実が『世直しの倫理と論理』の中で、「死ぬ」という動詞を主に使って、「死」という名詞を使わないのは、人間の死に「どうしようもなくまとわりついているもろもろの連想」を避けたくないためだという。「断末魔の人間の苦しみ」や「におい始める死臭」などである。

また、小田実の『世直しの倫理と論理(上)』から引く。

……その息づかい、死臭において、誰の場合にも、誰の死体にも区別はなくて、私たちは異様な息苦しさにとらわれるのだが、その息苦しさは私たち自身がそうした断末魔の苦しさを自分のからだで味わっているような苦しさで、まことに居たたまれない気持のするものです。実際、そんなふうな現場に居あわせると私たちはもはや発すべきことばを失なって、あたりさわりのない世間話なんかを始めてしまうのですが、そうした息苦しさに私たちがとらえられるのは、ひとつには、そのとき、私たちもまた死ぬもの、ともに死ぬものであるという事実にあらためてふれるからにちがいありません。そんなふうなとき、彼の死、いや、彼の「死ぬ」は、あきらかに彼の「死ぬ」であってそれ以外の何ものでもないにかかわらず、まさにその事実ゆえに、私たちの「死ぬ」とつながり、私たち自身ともつながっている。彼の「死ぬ」に救いようのない運命的な孤独があるのですが、まさにそうした孤独において、彼は私たちとつながり、人間全体、人類という名で呼ばれるものとつながっている。

（II「生きもの」としての人間から　2「ともに死ぬもの」「ともに生きているもの」）

水原哲の「死に遅れるいうもんは、焦れるもんですのう」という言葉は、おそらく、水原が思っている以上に周作の胸に突き刺さったことだろう。と同時に、水原哲の「孤独」が周作の身体全体に染み渡ったのではないだろうか。

小田実が言うように、「ともに死ぬもの」という事実は、北條周作と水原哲をつなげているように思う。

北條周作は、その後、意外な行動に出る。北條周作は言う、「……水原さん。今晩は父が夜勤で戻って来ん。父の居らん間は、わしが家長じゃ。申し訳ないが、わしはあんたをここへ泊めるわけにはいかん」と。

一瞬、はっとする場面だ。北條周作は、家の中から水原哲を排除する。ただ、排除する方向が意外なのだ。

北條周作は、水原哲を母屋ではなく、納屋の二階で寝てもらうことにする。すこし前のエピソードで、叔母さんの家の布団などだけの「疎開」という話題もあった。それが伏線だったわけだ。北條周作は、風呂から上がったすずに対して、「行火《あんか》」を持って納屋へ行くように言い、「折角じゃし、ゆっくり話でもしたらええ。もう、会えんかも知れんけえのう」と送り出す。そこで、母屋の内鍵まで閉めてしまう。

この場面も、切ない。

すずは、背後で閉められた母屋の戸に、驚くものの騒がない。すずは、翌朝まで納屋で過ごす。すずも、水原哲も、北條周作の意図は承知している。しかし、すずは言うのだ、「……水原さん、うちはずっと、こういう日を待ちよった気がする……。でもこうして、あんたが来てくれて、こんなにそばに居《お》ってのに、うちは、うちは今、あの人にハラが立って仕方がない。ごめん、ほんまに、ごめん！」と。それに対して水原哲は、「あの人が好きなんじゃの」とつぶやく。すずが「……うん」と答えた言葉に被せるように、水原は「あーあー普通じゃのう」と感嘆する。続けて言う、「当たり前の事で怒って、当たり前の事で謝りよる。すず、お前はほんまに普通の人じゃ。それこそ、しばらく見んけえ、たまげたわい」という水原哲の言葉が、この作品の主旋律であろう。

戦時下で、人々が少しずつおかしなことになっていたことを、水原哲はそれとなく撃っているのではないだろうか。

みんなが、知らぬ間に、「普通」や「当たり前」を忘れている。

水原哲は、更に言う、「わしはどこで、人間の当たり前から外されたんじゃろう。それとも周りが、外れとんのか。ずっと考えよった。じゃけえ、すずが普通で安心した」と。

北條周作が母屋の戸の鍵を閉めるのも、北條家の人々が水原哲の「わがまま」を許すのも人情ではあろうが、やはり「人間の当たり前」ではないということだ。思い起こせば、幼い日、共に〝人さらい〟にあった時、北條周作に「あきらめてはならない」と言ったのも、すずであった。「ただのボンヤリ」は、「ほんまに普通の人」だからこそ行動できたのである。

また、小田実の『世直しの倫理と論理㊤』を見る。

人間、生まれつきというものがあると思うのです。生まれつきからだが強いとか弱いとかがあるように、心のほうにも強いとか弱いとかがある。勇敢な人もそうでない人もあって、もちろん、それはタンレンもし体験もつめば変わって来るにちがいないが、やっぱり、人によってちがいというものは残る。私の考えるのは、いや、自分の問題として考えたいのは、からだが弱い人、さして勇敢でもない、たくましい心ももっていない人間の歯どめのことで、それは、おれはガンバルゾ！　とどなってみたところで仕方がないことで、吹きつけて来る風にむかうからだ全体の姿勢のことではないか。

ノレンに腕押し、ということだってあるのです。あるいは、ぶざまに腰をかがめてもよろしい。それが相手に対するおじぎの姿勢に結果的になっていようと、かまうことはない。要は、自分があとずさりしていないということで、あとずさりを余儀なくされていても、いかにも遅々としたもので、そして、もっと大事なことは、相手がすきを見せたら、すぐ、まき返しに出る。進んだり、退いたり、また、進んだり。あるいは、おじぎをしていても、心の眼はゆだんなく相手を見はっていること。（中略）そうした姿勢で生きる。いや、生きつづける。

（Ⅱ「生きもの」としての人間から　7歯どめとしてのくらしのありよう）

ドラマでも原作でも、『この世界の片隅に』の大部分は、すずの「ただのボンヤリ」具合の描写が中心であり、そこに戦時下の生活がどうであったのかという興味が、現在からの視線によって浮かび上がるという構図になっている。特に、今回のドラマ化は明確にされていて、ドラマの冒頭部分を始め、いくつかの場面で、戦後七〇年後のドラマが用意されている。

もちろん、右の引用での、後半における小田実の言葉は、すずには当てはまらない。「相手がすきを見せたら、すぐ、まき返しに出る」などというのは、小田実自身の活動の願望に過ぎないだろう。すずは単に「生まれつき」の「ただのボンヤリ」でしかない。しかし、彼女は決して「あとずさりしていない」。肝心な場面で、自らの意志を見事に示す。〝人さらい〟から逃げようと言い出したのは、周作ではなく、すずであった。水原哲から思いを打ち明けられても、それに流されることなく、良人・周作への思いを述べてはばからない。「ほんまに普通の人」としての強さを示す、すずという人物がそこにいる。

　翌朝、まだ誰も起きていない頃、何事もなく、すずと水原哲は別れる。その日、すずと、北條家の人々との間に、どんな会話があったのかは描かれていない。すずが周作と本音で話し合うのは、すずの兄の葬儀からの帰りの列車の中でのことだ。

　すずは言う、「……こないだは、有難うございました」と。周作が、若干、口ごもりながら「えっ……ああ」と言うのに、重ねるように、すずは「水原哲さんの事を、お母さんにご報告できました」と、ここまでは丁寧な物言いだが、その後に、すずの本音が出る。「でも、周作さん。夫婦いうて、こんなもんですか？　……うちに、子供が出来んけえ、ええとでも、思うたんですか？」と言うすずの言葉に、周作はなかなか答えられない。それでも、しばらくして、「……そがいなん、どうでもええくせに。ほんまは、あん人と結婚したかったたくせに」と周作はやっと呟く。すずは怒る、「は！　どうでも良うないけえ、怒っとんじゃ」と。ここから先は、売り言葉に買い言葉だ。周作は、「ほー怒っとるとは知らなんだ」と言い、すずは、「注意力散漫じゃ。そっちこそ、どうでもええ思うとってじゃないね」と叫ぶ。周作は、「降りる人が居ろうが、注意力散漫はどっちな」と、ここまでは場所が車内だと意識している。ところが、そういう外づらを気にする周作を見て、すずはさらに大声になる、「ほいで、今日に限って、なんでホゲタ（穴のあいた）くつ下履いとってんですか？」と。周作は、「すずさんが、昨夜繕うたんは足が入らんこと、なっとったんじゃ」と言い、すずは「他のもんもあろうが」と突っぱねたところで、車掌さんが「お二人さん……それ今せにゃいけん、けんかかね……」と、二人の間に割って入る。二人は狭い車内で互いを抱きしめる。すずの兄の死が、二人を改めて結びつけたのである。ほとんど、「いのち」でしか繋がっていない二人が、人間的な関係を取り戻した瞬間であるかもしれない。

良い場面である。

とは言え、やはり、切ない場面である。なぜ「切ない」のかと言えば、二人が追い詰められているからだ。

小田実『世直しの倫理と論理(下)』(岩波新書・一九七二年二月)には、まさに「いのち」だけになった人間の姿についての論評があり、結末がどういうことになるかが残酷に示される。小田実はアルバート・シュペーアという、ナチ・ドイツ末期の軍需大臣だった人の言葉を思い浮かべるのだ。シュペーアは、「戦後、戦争犯罪人として二十余年を牢獄にすごした」人物で、「牢獄のなかで自叙伝を書き」、「人間の正直な告白としてなかなか評判」になっているのだという。小田実は、あるインタビュー(「プレイボーイ」一九七一年六月号)を紹介している。「どうしてユダヤ人を強制収容所に送り込むようなことをおまえは許容することができたのか」という質問に答えて、シュペーアは、犠牲者のことを「非個人化(一般化)する」、もしくは「非人間化する」ことによって、と言っているようなのだ。

「depersonalize」という英語の表現が「ガンチクのある言い方」だ、と小田実は付け加える。

そのあと、彼はことばをついで、職業を失ない、財産を奪われ、強制収容所に連れて来られた人たちは自分にとっては「抽象物」となった、自分と同様に家族をもち、野心も、心配ごとも、欲求ももっている人間だとは思えなくなったのだという意味のことを述べているのですが、この短かいことばのなかに、人間とはそもそも何ぞや、ということまでがはっきり述べられているような気がするのです。すくなくとも、人間が人間らしく生きるために何が必要なのか、ということを彼はきわめて明瞭に述べています。職業、財産（どんなちっぽけなものであれ、人間は何かしら「自分のもの」をもっています。どんな共同生活のなかでも、それは残るし、また、残さないと困るものなのでしょう。人間が人間らしくあるためには。「財産」と言っても、私がここで考えたいのは、金めのものではなく、「自分のもの」です。他の人間にとっては何の価値もなくても自分にとっては何かの価値のある何ものかです。死んだ母が書き残した家計簿、おハナちゃんがくれた伊豆のエハガキ。シュペーアさんはそんなことを言うつもりはなかったようですが、私はそういうふうにこのことばを解しておきたい）、家族、野心、心配、欲求——つまり、ここに述べられているのは、人間のくらしのなかの「しごと」と「あそび」をあらわすもので、これに「いのち」を加えれば、くらしができ上る。逆に言うと、強制収容所の人間は「いのち」だけになってしまった人間で、彼を、他の人間は「抽象物」とみなすことができる。

（VI「しくみ」のなかの人間・人間のなかの「しくみ」 1「しくみ」は人間を見えなくする）

小田実は、この『世直しの倫理と論理』の「はじめに」を、「気楽に読んで下さい」と始めている。「小さな都会の小さな病院のベッドの上に寝そべりながら（からだぐあいをわるくして、ここ半年ほど入院しています）、気楽に書いたから」と、その理由を述べているものの、いやいや、小田実としては珍しく本腰を入れているようにみえる。本人は「バカ話」だとし、マルクスというより「マン画」で、アリストテレスのように起承転結もなく、ヘーゲルのようなピラミッド的体系とも無縁で、「一種の決意を込めて、書き流して」いると、わざわざ断っているところがあやしい。「革命の本」と言うわけではないようにみせながら、ことさらに「私の本」だと見栄を切っている。

まあ、どう読んでみても、かなり本気で、自ら空襲体験による〈難死の思想〉から〈べ平連〉の運動までの、当時の思索をまとめ上げたという態であろう。

小田実は『世直しの倫理と論理』を、まるで、ただの雑談のように仕組んではいるものの、何と言ったらいいのか、彼の著作としては珍しく体系的で原理的なものにしようとしているのは間違いない。もちろん、「世直し」は〈革命〉であり、それを、あえて「世直し」という言葉を使うのは、〈革命〉という概念に付いている手垢を避けたからであろう。
小田実は「無数のひとりの人間」を見定めるところから始める。それは「類的存在」のことだとも言えるように思うが、彼はあくまでも自らの言葉で語りたいのだ。

私がもっと気にかかっているのはひとりの人間のことで、彼のくらし、感覚、考え、欲望、行為、あるいは、ため息、祈りのことで、それはいつのまにか私のからだの奥ふかく入り込んで、そこに居すわってしまっていて、私が何をしようと何を考えようと、そこから出て行くところはないし、そこにしか立ちもどって行くところはない。
（Ⅰ無数のひとりの人間　1ひとりの人間のことが気にかかる）

小田実は言う、「生来、たとえば、世界を手玉にとったような大議論は、それがまちがっているとか気にくわないとか言うまえに、この言い方がいちばんピッタリすると思うのですが、肌になじまない」と。「生身の思想」ということも言う。もんだいなのは「思想」ではなく、「人間」の方なのだ。「読む。判る。感じる。考える。想像する。分析する。記憶する。記憶をよびさます。書く。しゃべる。自問自答する。他人に問いかける。答えを受ける。行為する。ためらう。不安を感じる。勇気をふるい起こす。……」小田実は、それら、一つひとつをまとめることをしたくないのである。

次に、小田実が示すのは、〈「まき込まれる」側〉の人々のあり様である。これも、それを〈階級〉とか、〈関係の絶対性〉もしくは〈関係の客観性〉とかいう用語で説明したくなるが、小田実は徹底して具体的に考える。

つまり、〈「まき込まれる」側〉の人々こそが、「ひとりの人間」であり、人間の原型だということであろう。そういう人々が「ともに死ぬもの」であり、「ともに生きるもの」ということになる。

小田実が繰り返し言及するのは、そういう原型的な人間についてである。特に戦争期に、そういう原型的な人間のあり様がくっきりと示されるのは、彼らが〈「まき込まれる」側〉の人々であるからであろう。その具体的な姿を、私はドラマ『世界の片隅に』に感じ、久しぶりに、小田実の『世直しの倫理と論理』を思い出したわけだ。

小田実は、「ともに死ぬもの」としての極限に「いのち」を取り出す。そして、そこから逆に、人間が人間としての生活するために何が必要なのかを考え、「いのち」を生かすものとして、「しごと」と「あそび」を合わせて〝くらしの三つの要素〟とする。

私は人間のくらしを「しごと」だけで考えたくはないのです。たしかに「くらしを立てる」、くらしをくらしとして世の中にあらしめるのは「しごと」ですが、「しごと」だけで人間は生きているわけではない。「くらし」と「くらしを立てる」ことの関係にふれて言えば、人間は「くらす」ために「くらしを立てる」のであって、「くらしを立てる」ために「くらす」のではない。そこのところを考えちがいしないようにしたいと思うのです。つまり、くらしのふりはばは「くらしを立てる」ということのふりはばよりもはるかに大きい。その外に大きく広がっている。つまり、「しごと」の外に大きくくらしはひろがっている。

（Ⅴ「しくみ」をかたちづくるくらしのなかで　1くらしのふりはばと「しごと」のふりはば）

言うなら、「しごと」は公であり、「あそび」は私であろう。「しごと」は、「くらし」のために必要であることは間違いないが、時に、「しごと」が「くらし」を圧迫することもある。

いつのまにか、くらしのなかの「私」がなくなってしまうのです。「私」があるのは、わるいみたいになる。「私」をボクメツしろ、「滅私奉公」ということになる。「社会」ということばは、たいていの場合、「国家」と同義語だし、そうでなかったら、このごろでは、二つの漢字の順序をひっくり返して、「会社」ということでしょう。（中略）

いったん、こと起れば、たとえば、国家は「公」の名によって、どんなことだってやってのける。

（Ⅲくらしと「人間の都合」2「マイホーム」の幻想、「会社コミューン」の幻想）

何も、戦争期だけではなく、「しごと」が「くらし」を圧迫することもある。残業時間が人を殺すことさえある。ブラック企業などというものが、ニュースの前面に出てくる。そこで、人間にとっては「私」こそが大事であり、「あそび」が反逆の起点になるわけだ。いやいや、なる可能性があるはずであるのに、それがなかなか難しい。

うるさいのは、「あそび」の部分です。ここで、人間は遊ぶばかりでなくえて勝手なことを考えたり、望んだりする。そこで、思想統制が行なわれる。異端は弾圧され、消去される。ここにも、もはや、「私」的なところがなくなった（もっとも、それは、もう「あそび」ではない。「あそび」は、「いのち」同様、私的なものです）。よろしい、今度は「いのち」だ。

戦争中、こんなことにまったくウンザリしていたものだから、戦後は、まず「くらし」の「私」性の確認から始まったと思うのです。まず、「いのち」は自分のものであること（これは、すでに、戦争末期に、日本人の多くが確認したことでしょう。私自身がそうだった）。ついで、たとえば、思想は自分のものであること。欲望も自分のものであること（「欲シガリマセン、勝ツマデハ」の逆です。簡単に言うと、「勝ッテモ負ケテモ（ソンナコトハオレノ知ッタコトカ）、欲シイモノハ欲シイ」）。三つ目には、くらしのなかではもっとも「公」性をもつ「しごと」からできるかぎりその「公」性を抜きとること。つまり、「しごと」を「たつき」としてもっぱらとらえること。戦争中は、「しごと」は、ただ、「はたらき」でした。すくなくとも、そんなふうになっていた。その逆です。

（Ⅲくらしと「人間の都合」 3「マイホーム」の幻想、「会社コミューン」の幻想）

この「逆」が難しいのだ。「しごと」から「公」性を抜き取ることも、「しごと」を単に「生活のため」とすることは、決して簡単ではない。文中の「たつき」は「たずき」とも言うが、生活の手段のことであり、生計のことである。小田実も言っているが、人々の生活を守る存在であるはずの組合ですら機能しないのだ。「たとえば、公害に対しての労働組合のとりくみの仕方、つまり、いかにもへっぴり腰の、何もしないことをムネとするようなとりくみの仕方を見ると判るでしょう。」小田実の言う「公害」の例は、いかにも古いものだが、実態は現在でも大して変わっていない。いやいや、もっと酷《ひど》くなっているかもしれない。組合も一つの組織だから、「はたらき」としての「しごと」を組合員に強制することだってあるわけだ。スペイン市民戦争の時、共産党が反革命的な「はたらき」をしたようなものだろう。小田実も言う、「くらしのために民主主義があるのではなくて民主主義のためにくらしがある、民主主義を護るためにはくらしを犠牲にすることだって必要だ。『いのち』を投げ出すことも必要だ――というふうに論理が展開して行く民主主義」という転倒さえある、と。

たぶん、この辺りから小田実の論理も大きくうねり始める。

次に、小田実が示す概念が「しくみ」である。さまざまな具体例を語りながらも、どうにも「しごと」から「公」性を抜き取ることも出来ないし、「あそび」を反逆の起点にすることも出来ない。そこで、小田実は新たな観点として、世の中は三つの「しくみ」から成り立っているとする。すなわち、経済の「しくみ」、政治の「しくみ」、文化の「しくみ」である。おそらく、小田実は一種の国家論を語ろうとしたのではないかと思う。小田実がべ平連の活動で、「ベトナム戦線から脱走して来たアメリカ兵たちを助け始めた」話は興味深いが、彼自身もその行為の行き詰まりには気づいている。つまり、この地球上には「国家でないところ」はない。脱走兵は、ベトナム戦線から逃げることが出来たとしても、スウェーデンという「国家」でくらしを立てなければならないのだ。

ここから先、小田実は思いつくまま、あれこれ具体例を繰り出す。『世直しの倫理と論理』の下巻は、ほとんどが小田実のおしゃべりで、連想が連想を呼び、今から見れば、いささか危ういことまで言う。三島由紀夫や全共闘、「棄民」としての田中正造や中国の文化大革命、「ペンタゴン文書」やアメリカの人種差別等々、思うままに語るのはいいのだが、論理は空転していると言っていい。多くの話題で〈「まき込まれる」側〉の論理を敷衍《ふえん》するだけで、そこから先へは全く進まない。用語を変え、「タダの人」とするのもいいが、「しくみ」から抜け出すことも、「しくみ」をつくりかえることも出来ない。「しくみ」の中で一生懸命に生きていると、「しくみ」を維持、強化する方向にしかならない。そういう「専門家」に対して、小田実は「タダの人」という概念を示したりする。

片桐ユズル[*3]さんが「専門家は保守的だ」と題する面白い詩を書いています。引用したいところですが長くなるのでやめることにして一部をここに書いておくにとどめます。世の中にはいろんな専門家がいて、「分業」が発達していて、そうでないと、ひとりで何から何までやらなければならなくなるから（以下、小田実の文章では「／」で改行していないが、読みやすくするため、ここでは改行する——引用者。）

「あなたが何人いてもたりないことになる
そこで人類がすすむにしたがって
分業というものが発達し
けしからん奴はけしからんことを専門にかんがえだし
かんがえる専門家

実施の専門家
そして　われわれは食べることとの片手間に
反対の声をあげる
反対の専門家もいる
反対の専門家の反対の専門家もいる
反対の専門家の反対の専門家の反対の専門家もいる」

というぐあいになって行くのですが、ここで片桐ユズルは次のようにその専門家の永遠の流れを断ち切るように言う。

「おれの専門は
いきることだ
カミング[*4]おじいちゃんがいったそうだ。」

「タダの人」になるということは、そうした「専門家」の永遠の流れから自分をとき放つことだと思います。あるいは、そこに人間の専門である「生きること」――いや、私流に言わせれば「生きていること」をつき入れて、流れを断ち切ることでしょう。「専門」という「しごと」でいやおうなしに「しくみ」にからみついてしまっている、その言いなりになってしまっている、おかげで「しくみ運動」しか起こせなくなっている自分のくらしを「しくみ」からとき放つことだと言ってもよい。そして、よりくらしにひきつけて言えば、「しごと」だけに収斂してしまっていたくらしに、「いのち」と「あそび」を取り戻すことでしょう。

（Ⅷ「えらいさん」「小さな人間」「タダの人間」　8「タダの人」として）

まあ、言わんとすることは分かる。分かるが、これでは、余りにゆるすぎる。吉本隆明だったら〈大衆の原像〉というところだろうか。

片桐ユズルの詩は、もちろん良い詩だとは思う。しかし、それに乗っかっただけでは、「しごと」から「いのち」と「あそび」を取り戻せるはずもない。この「ゆるい」論理では、何も解決できない。そもそも、片桐ユズルの詩「専門家は保守的だ」は、本当は「専門家」の「門」を、ことさらに「問」にしているのに、小田実は正しく直している。いや、直したのは岩波新書の校正者だろうか。直すのはいいが、片桐ユズルが、あえて「カッコいい」から「専問家」にしていることに触れるべきであったろう。関根弘は思潮社の現代詩文庫32『片桐ユズル集』（一九七〇年四月）で、「つまり片桐ユズルは、『専問家』はまちがっているということをいっている」と指摘している。字の間違いが「専門家」の存在そのものに対する疑義も示しているわけだ。

問題は、人間はインチキである、自分をふくめてふつうの人間はインチキさにおいても徹底し得ないほどインチキであるとみきわめておいて、そこで開きなおるのではなく、さて、そこで、どうするのか、ということだと思うのです。私がこんなことを考え出したのは、ひとつには、子供のころ、敗戦まぢかの世の中、人びとのことのありようを体験したせいかも知れない。まず、何と言うか、親や教師をふくめて、大人の背中が見えてしまった。ふつう子供は身の丈が低くて大人の肩ごしに背中は見えたりしないものですが、そのころの大人はもうまったく大人としての自信を失なっていて、さきゆきどうなるかということについてもうさっぱり判らなくなっていて、何をしていいのか見当がつかない。つまり、背中が見えてしまった。ただ、そのとき、私には、子供の私自身の背中も見えてしまったのです。さきゆきどうなるかについて大人にはさっぱり見えていないにしても、それが子供に見えていたわけでもない。そこへもって来て、そのころの日々は人間をためす日々で、大人はコシヌケやなと大言壮語をしたところで、次の日には、空襲の火焔のなかで必死に逃げているコシヌケの自分を発見することになる。（X「身銭を切る」ことから　4自分の背中が見えてしまったあとで）

これが「人間古今東西チョボチョボやな」と、少年時代の小田実が実感する話だ。ここまで来ると、逆に、小田実の「ゆるさ」が彼の味なのだなとも思う。だいぶ長い間、「べ平連なんて」と思っていたが、しだいに、この「ゆるさ」も捨てたものでもないような気がして来る。

ところが、その論理の「ゆるさ」と反するように、運動論では、明確な原理を示す。

> 問題はひとつ――それも、あくまで具体的な問題にとりくむ。
> （XI　さて、どうするか　1人びとの運動・その原理とありよう）

> 問題は「何でも」では困る、また、「どこまでも」も困る、やはり、何を、いつ、どこで、どのようにして、どこまで、ということが問題追究の行為の根本のところにないと運動は力をもたない、ひろがりはいくらひろくできても、鋭さ、ふかさ、重さを欠いたものになる。
> （右に同じ）

これは、具体的に「運動」ということに関わった人の言葉だなと思う。こういう言葉を聞くと、その底に「いのち」「しごと」「あそび」などの基本概念がしっかり横たわっているのが分かる。『世直しの倫理と論理』下巻の末尾で、ようやく小田実の原理的な考察を少し読むことができたように思う。

ここには、一本、原理の筋金が入っています。それは、自分のことは自分できめるという原理で、その原理は、もちろん、生ま身の人間のくらしでもっともかんじんなことがらである人間ひとりひとりの根源的平等に裏うちされていて、そこにおいて、ひとりひとりの人間の行為に価値の上下はない。それに、私は、もっとくらしのひだのなかにまで入り込んでものごとを考えたいのです。

〈XI　さて、どうするか　1人びとの運動・その原理とありよう〉

これまで書いて来たことをせんじつめて言えば、私は、人びとの運動は、人間の多様性を前提として、むしろ、そこに活力のみなもとを見出そうとする運動だと思うのです。と言うより人間はもともとひとりひとりちがった人生を生きているのだ、それぞれはなればなれのちがった存在だということをみきわめたところから運動は出発しているのでしょう。

〈XI　さて、どうするか　2運動は自分が始める、ひとりでも始める〉

これ等も言い換えれば、吉本隆明の用語で〈自立〉ということではないだろうか。小田実が吉本隆明に言及している文章を読んだことがない。阪神淡路大震災時に、小田実の言動をからかったようなコメントが吉本隆明にあったと思う。まあ、現実的には交わることのない両者であった。ただ、同じ時代の中で、二人が同じ空気を吸っていたことは間違いない。言葉を交わすこともなかっただろう二人が、近接点で、それぞれ一人で歩き始めたことを確認しただけで、今は、よしとすることにしよう。

＊1　ドラマ『この世界の片隅に』全九話は、ＴＢＳ系「日曜劇場」枠で、二〇一八年七月十五日〜九月十六日に放送。脚本、岡田惠和。演出、土井裕泰、吉田健。出演、松本穂香、松坂桃李、村上虹郎、二階堂ふみ。
＊2　ちなみに、上・中・下形式の単行本が、既に二〇〇八年にも出たようだ。
＊3　片桐ユズル　一九三一年東京生まれ。サンフランシスコ州立大学へ留学。一九六〇年代から関西フォークク運動とかかわる。京都精華大学名誉教授。詩人。
＊4　Ｅ・Ｅ・カミングス（一八九四〜一九六二年）ハーバード大学卒業。カミングスの詩の多くは風刺的で社会的関心を示している。アメリカ合衆国の詩人、画家。

稲森いずみと山口紗耶香の涙

――ドラマ『モンテ・クリスト伯――華麗なる復讐』

復讐などということが不可能になった時代に、復讐を試みようとする――そこで、逆説的な、この物語が生まれたということではないだろうか。アレクサンドル・デュマ（ペール）の小説『モンテ・クリスト伯』のことである。いわゆる大デュマだ。殴られたら殴り返す。家族や親しい者を殺されたら、敵討ちをする。そういう単純な行為が出来なくなってしまったからこそ、それを夢見たということではないだろうか。

もちろん、それが法的に犯罪になるとか、ならないとか言うのではなく、理念のもんだいとして許されるかどうかということであろう。

現代ではなくデュマの時代でさえ、そうだったのかと改めて思った。

「よろしいですか、あなた、いまはもう中世ではないのですよ。もはや、聖ヴェーム

（中世ドイツの苛酷な秘密裁判所）もなければ、秘密裁判官もいないのですよ。そんな連中にいったいあなたはなにを期待なさろうとおっしゃるのです？　スターン（十八世紀のイギリスの小説家）も言っておりますが、『良心よ、おまえがわたしになんの用があるのだ？』ですよ。というわけで、よろしいですか、あの連中が眠っているというのでしたら、黙って眠らせておくのです。眠れないでいるなら、不眠で青い顔をさせておいてやればよいのです。そして、べつに眠れないような後悔をお持ちでないあなたのほうは黙って眠っていらっしゃればよろしいのですよ。」（95告白）

主人公のモンテ・クリスト伯（実は、エドモン・ダンテス）が、彼の恩人モレル氏の息子・マクシミリヤンに対して言っている言葉だ。

ヴィルフォール家で三度続いた、不審な死をいぶかり、マクシミリヤンがモンテ・クリスト伯に相談したものの、相手にされないという場面である。モンテ・クリスト伯はギリシャ悲劇のアトレウス家の例をあげ、次々に一族が悲劇に見舞われるしかないとし、「神様があの一家を断罪された」と言い放つ。検事総長のヴィルフォールこそ、出世と保身のため無実のエドモン・ダンテスを投獄した人物なのである。ところが、マクシミリヤンは、ヴィルフォールの娘・ヴァランティーヌを愛しているとモンテ・クリスト伯に打ち明ける。モンテ・クリスト伯は叫ぶ。「こともあろうに！　ヴァランティーヌさんを愛するとは！　呪われた一族のあの娘を愛するとは！」と。

マクシミリヤンとヴァランティーヌの話は、物語を締めくくるものなので大事ではあるのだが、今、右の引用で私が見たかったのは、「中世ではないのですよ」の一言だけである。

作品の時代背景は、十九世紀前半のフランスである。物語の発端は一八一五年二月。ナポレオン一世がエルバ島に流されていた頃で、彼の復帰を恐れるルイ十九世と王党派のため、主人公のエドモン・ダンテスが無実の罪を被せられ、逮捕・投獄されるという設定だ。

時代はもう「中世」ではなく、「近代」であるということだ。西欧史では「近世」も「近代」も、ほぼ同義であるので、「近代」という用語を使うが、つまり、もう復讐などということはできないということであろう。もっとも、ここでモンテ・クリスト伯はマクシミリヤンに、目の前の事態に対して何も関わるなというわけだから、話は少し微妙だ。もちろん、モンテ・クリスト伯はマクシミリヤンに汚れた現実に触れさせたくはないというのが物語上での意味だし、その裏側で、モンテ・クリスト伯は自らが復讐しようとしているということである。一族の悲劇を、裏で糸を引いているのがモンテ・クリスト伯本人なのだ。ただ、大前提にあるのが、今は「中世」でないのだから、マクシミリヤンに法に則った行動を求め、自身は社会の暗がりへ向かうということではないだろうか。

小説『モンテ・クリスト伯』が復讐をモチーフにしながら、そこで身をよじるように話が展開しているのは、考えてみれば不思議でもあり、彼の苦悩は作品をどこかで越えてしまっているようにさえみえる。もはや復讐などできない時代であるのに、復讐をしなければならない。復讐ができるだけの富と能力を手にいれながら、なかなか実行できない。復讐は具体的な行為であるのに、モンテ・クリスト伯は復讐という概念の周りを、ただ、ゆったりと歩いているだけのようにさえみえる。速やかに復讐をしないで、モンテ・クリスト伯は何を悩んでいるのだろうか。

ちなみに、黒岩涙香が『モンテ・クリスト伯』の翻案小説『巌窟王《がんくつおう》』を日刊紙「萬朝報」に連載（一九〇一～〇二年）したのも、明治六年に敵討禁止令（一八七三年二月七日）が出されたことと、どこかでつながっているのではないか、などとも考えてしまう。

それにしても、現代における社会の複雑さは大デュマの時代に比べるべくもない。それにもかかわらず、これまでにも、小説だけでなく、演劇や映画などで、小説『モンテ・クリスト伯』の多くの翻案作品が世界で作られ続けてきた。あからさまな復讐など、できるはずもないが、だからといって、復讐しなければならない出来事が絶えるわけもない。そう考えれば、今また、一つの『モンテ・クリスト伯』が「再生産」されることも頷かれる。

今回のドラマの設定は、二〇〇三年に事件が起きて投獄され、二〇一八年春に、投資家であるモンテ・クリスト・真海《しんかい》という人物が日本に現れるというもので、十四年間の空白は原作通りだ。架空の、ラデル共和国のテロ組織と関係があるということで柴門暖《さいもんだん》が逮捕され、獄中で、ラデル共和国の元・大統領ファリア・真海に出会い、やがて彼の遺産をシンガポールで相続するというのも、今の社会の中でイメージできそうに作られている。エデに相当するキャラクターが香港のスターの子というのも、よく考えたものだと思う。原作のように、ギリシャのアリ・パシャという王族というわけにはいかない。それぞれの名前も工夫されている。エドモン・ダンテスが柴門暖とか、明治期の命名の仕方に比べれば、まあ、まだましではないだろうか。黒岩涙香の『巖窟王』では、ダンテスが団友太郎、ファリア神父が梁谷《はりや》法師、メルセデスがお露というように、いかにも時代がかっている。

有名な原作だから、細部まで憶えていないまでも、何となく知っていた。子供用のものなら読んだことがある。ただ、今現在の日本を舞台に翻案されて、今日の俳優に演じられると、また新たな思いが生まれてしまう。そもそも、原作ではどう描かれているのかが気になってくる。

主演はディーン・フジオカで、雰囲気が出ていて良かった。ただ、今回触れたいのは脇役の方である。実は、既に多くの視聴者も指摘しているようなので、今さらくどくど述べるのも気が引けるものの、やはり、稲森いずみと山口紗弥加の怪演に心を動かされた。原作で言えば、大銀行家であるダングラールの妻・エルミーヌ役の稲森いずみにしても、検事総長であるヴィルフォールの妻・エロイーズ役の山口紗耶香にしても、決して中心的な登場人物だとは言えないが、ドラマでは、圧倒的な存在感があった。

まあ、それにしてもフェルナンの妻・メルセデス役である山本美月のことから始めようか。何よりも、かつてダンテスの婚約者だったわけなのだから。

以下、原作の名と、今回のドラマ上の名と、それを演ずる役者の名とがごちゃ混ぜになりそうなのだが、あらかじめ、お詫びを申し上げておきたい。山本美月は俳優の名で、すみれというのが役名だ。


メルセデスが帰った後、モンテ・クリスト伯の精神はふたたびすべて混乱の闇に沈みこんだ。彼の思考は周囲のことにたいしても、心の内部のことにたいしても停止してしまった。ちょうど、極度の疲労の後の肉体の場合と同じように、彼のたくましい精神も眠りこんでしまった。

「なんということだ！」と、彼は思った。ランプや蠟燭は陰気に燃えつきていき、召使いたちは控えの間でいらいらしながら待っていた。「なんということだ！　あれほどゆっくりと時間をかけて準備をし、あれほどの労苦と辛苦を費やして築きあげたこの計画が、ただ一撃で、たった一言で、わずか一息で崩れ去ってしまったとは！　いや、なんたることだ！　自分ではひとかどのものと思いこんでいたこのおれが、みずから得意に思っていたこのおれが、あのシャトー・ディフの土牢の中ではあれほどちっぽけであったが、それをみずからの力でこれほどまでに偉大に仕あげることのできたこのおれが、あしたはほんの一握りの塵《ちり》になってしまうとは！　ああ！　（中略）すべて、死んでしまったものと思いこんでいたこの心臓が、じつはただ眠りこんでいただけにすぎなかったからだ。その心臓が目をさまして鼓動をはじめてしまったからだ。そして、一人の女の声によってこの胸の底からかき立てられたその鼓動におれが打ち負かされてしまったからなのだ。それにしても」と、伯爵は、メルセデスが黙って了知した恐ろしいあすのことをあれこれしだいに深く思いめぐらしながらつづけた。（91決闘）

原作を読んでいると、カドルッスの死を確認したモンテ・クリスト伯爵は「これで一人」（84神の手）とつぶやき、そこから本格的な、華麗なる復讐が始まりそうであるのに、右の引用などを読むと、もう、それだけで、ことは終わりになってしまいそうにみえる。

原作では、メルセデスが息子のアルベールの命乞いをする。父親・モルセール伯爵（フェルナン）が侮辱されたということで、アルベールはモンテ・クリスト伯爵に決闘を申し込んでいたのだ。

今回のドラマでは、アルベールに相当する登場人物がいない。いや、アルベールの代わりに明日花という名の少女がいる。だから、決闘などあり得るはずもないものの、やはり、この少女の存在そのものが復讐を躓《つまず》かせることになる。

設定の違いで、動きやすくなっているのはエデである。ドラマでは、江田愛梨（実は、エデルヴァという香港出身者）という名で、フェルナンに相当する南条幸男という、成功した俳優の秘書になっていて、メルセデスに相当する妻・すみれという料理研究家や、その娘・明日花の家に入り込んだ存在である。

結局のところ、南条幸男は、原作のフェルナン同様に自殺を図る。現代の日本で、まさか拳銃というわけにもいかないので、首を吊ろうとするのだが、明日花のことを思いやった江田愛梨が彼を助けてしまう。香港のスターであった父親や母親を殺され、自らも苦界に沈められ、すべての原因をつくった南条幸男を、エデルヴァこと江田愛梨自身が救うのだ。自分も可愛がって来た明日花ゆえに救うのである。

ドラマの、モンテ・クリスト伯ことモンテ・クリスト・真海は、エデルヴァを責める。病院に担ぎ込まれた南条幸男を殺しに、自ら出向きさえする。しかし、主人公のモンテ・クリスト・真海も自らの計画を果たせない。原作のストーリーを大きく変化させることができないのは当然だろう。

原作では、アルベールが物語を動かす中心的な役割を果たしている。彼がいないために、ドラマでは、江田愛梨（実は、エデルヴァ）役の桜井ユキ、そして、何よりもエルミーヌに相当する役を演ずる稲森いずみや、エロイーズに相当する役を演ずる山口紗耶香の二人が、物語をダイナミックに動かすことになったのだろう。だからこそ、稲森いずみと山口紗耶香の演技がドラマの全面に溢れ出たと言ってしまえば、それが、この文章の結論である。

三十六歳というその年齢にもかかわらず、いまだ人の口にのぼるような美貌の持主であるダングラール夫人は、嵌木《はめき》細工の傑作であるピアノに向かっており、リュシアン・ドブレーのほうは裁縫台の前に坐ってアルバムを繰っていた。（48連銭葦毛）

エルミーヌ登場の場面である。ここから読み取れるのは、彼女の美しさとドブレーとの密通の暗示だ。彼女は、かつては検事総長のヴィルフォールとも関係があり、不義の子を産み、それもサイド・ストーリーとして、小説『モンテ・クリスト伯』を動かす。また、彼女はダングラールと一緒になることによって、「侯爵の未亡人」から「身分」を落とした存在でもあった。もっとも、モンテ・クリスト伯はダングラール男爵に対して次のように言っている。

「使用人には閣下、ジャーナリストにはムッシュー、ご自分の選挙民たちには市民と呼ばせておいでになられるわけですな。立憲政府の世の中にはまことに適切なお使いわけでいらっしゃいますな。」（47無制限貸出）

銀行家となったダングラールの性格がよく分かる部分だ。と同時に、エルミーヌとの関係も想像される。彼女は、たぶんダングラールの飾りなのだ。彼女が「旧家の人間」であったり、「侯爵の未亡人」であったことが、ダングラールの仕事の上で必要だったのであろう。それは、エルミーヌの悲しみに繋がるかもしれない。稲森いずみは、この「悲しみ」を体現している。

「坊や、それにさわってはいけません」と、伯爵があわてて言った。「その薬のなかには飲むだけでなくにおいをかいだだけでも危険なものがありますからね」

ヴィルフォール夫人は顔色を変えて、息子の腕をつかまえ、自分のほうに引き戻した。だが、心配がおさまると、彼女はすぐにちらっと、しかし意味深長な視線をその小箱に投げた。伯爵はそれを見逃さなかった。

ちょうどそのとき、アリがはいってきた。

（中略）

子供は唇をとがらせ、さげすむように顔をそむけた。「ずいぶんひどい顔をしてんな！」と、言った。

伯爵は、自分がそうではないかと考えていた予測を子供がそのとおり一つ叶えてくれたとでもいうように微笑を浮かべた。ヴィルフォール夫人は子供を叱りつけはしたが、その生ぬるさときたら、もしこのエドゥワール少年がエミールであったとすれ

ば、まちがいなくジャン・ジャック・ルッソーのお気に召さなかったにちがいないほど甘かった。（48連銭葦毛）

エドゥワール少年に「ずいぶんひどい顔」と言われたアリは、モンテ・クリスト伯の奴隷で、アラビア人である。ヴィルフォールの後妻・エロイーズ親子は、暴走した四輪馬車をアリに止めてもらい、命を助けられたのに、少年の方は感謝することもできない。子供に甘いのと、毒薬に興味を持っているというのが、エロイーズの像である。ドラマの山口紗耶香の美しさと哀しみは、その子供ゆえであるが、「毒薬」がそれに深い陰影を与えていて、振り切った演技になっているところが凄い。

エロイーズとの出会いを画策したのは、モンテ・クリスト伯が、彼女の良人・ヴィルフォール検事総長と接触するためであった。二人の、最初の問答が興味深い。検事総長は「奇妙な相手」に困惑する。

「あなたは外国のかたでいらっしゃいます。そして、たしかご自身でそうおっしゃったと存じますが、これまである期間東洋の国々でお暮しでした。それであなたは、あした野蛮な国々ではきわめて簡単に片づけられる裁判の問題が、この国ではいかに慎重かつ几帳面に取り扱われているかをご存知でいらっしゃらないのではないでしようか？」

「いや、存じておりますよ、知っておりますとも。古人のいわゆるpedo claudo（ホラティウスの言葉で『罰は跛《あしなえ》』の意。罰はたとえくるのが遅くてもかならずくるということ。）というやつですね。そんなことは知っていますよ。と申しますのも、わたしはとりわけ各国の司法制度について研究し、あらゆる国々の刑法と自然法との比較を試みたからです。それで、はっきり申しあげると、未開の民族の法律、つまり反坐法《はんざほう》がやはり、わたしの見るところ、いちばん神の御心にかなっているということがわかったのです」（49観念論）

加害者に被害者と同程度の苦痛を伴う刑を課する法制が、「半坐法」なのだという。ホラティウスの言葉の方は、罰はたとえ、くるのが遅くてもかならずくるということである。モンテ・クリスト伯がヴィルフォール検事総長に「議論」を吹っ掛けるのは不思議なことだとも言えるし、いかにも彼らしい復讐の仕方だと考えることもできよう。「フランスにお住まいになられている以上は、当然フランスの法律にしたがっていただかねばなりませんからね」と言う検事総長に対しては、それに相応しい復讐をすべきだということになるだろうか。あるいはまた、自らにとっても復讐の正当性を論理的にも納得したいということであろうか。遠くから見ると、復讐の逡巡のように思えなくもない。

モンテ・クリスト伯はヴィルフォール夫人・エロイーズとも「議論」をしている。東洋社会や毒薬の話から、やがて「良心」の問題に至る。

「そうです」とモンテ・クリストは言った。「そうです、幸いに、良心というものがあります。もしこれがなかったら、人間はほんとに不幸になるでしょう。ちょっとひどいことをしたあとでは、この良心がわたしたちを助けてくれます。それというのは、いろんなりっぱな口実をわれわれに提供してくれますからね。ところでその口実をりっぱだと判断するのは、われわれ自身なのです。（中略）たとえばエドワード三世は、エドワード四世の二人の王子を殺したのち、良心によって、自分の行為をりっぱに理由づけていたにちがいありません。（中略）マクベス夫人も、やはりこの良心で救われていたのです。マクベス夫人は、シェイクスピアがなんと言おうと、王位を、自分の夫にではなく、自分の子供にあたえようとしたのです。ああ！　母性愛はじつにりっぱな美徳であり、じつに力強い動機ですから、多くのことがそのために許されるのです。ダンカン（王）の死ののち、もしマクベス夫人に良心がなかったら、彼女はずいぶん不幸だったことでしょう」

ヴィルフォール夫人は、伯爵が彼独特の率直な皮肉まじりに語るこうしたおそろしい警句や、ぞっとするような反語を、むさぼるように聞いていた。（53毒物学）

まず、「母性愛」という言葉には注意しておくべきだろう。それはエロイーズの話だけでなく、メルセデスの子・アルベールも、不義の子・ベネデットもふくめてのことである。それはさておき、エロイーズの犯罪のすべてと、やがて検事総長が発狂することまでが、右の引用で既に語られているようにみえる。

ドラマの方の、エロイーズ役の山口紗耶香は本当に振り切った演技で、それこそ良妻の役を「演技」する。前妻の子・未蘭（ヴァランティーヌに相当する役）を可愛がっているのも、未蘭を毒殺しようとするのも、すべては自分の子のための「良心」であり、検事総長ヴィルフォールは保身しか考えていないから発狂するしかなかったのであろう。

ダングラール夫人はすさまじい叫び声をあげた。そして、ヴィルフォールの両手をしっかりつかんで、

「わたしの子供が生きていたんですって！」と、彼女は言った。「あなたはあの子を生きながら埋めてしまったんですのね！　あの子が死んだこともたしかめもしないで、埋めておしまいになるなんて！　ああ！……」

ダングラール夫人は立ち上がっていた。そして検事総長の華奢な両手をにぎりしめたまま、ほとんど威嚇するような勢いでまえに突っ立った。

（中略）

「ああ！　わたしの子供、わたしの可哀そうな子供！」と、男爵夫人は椅子にくずれ落ち、嗚咽《おえつ》をハンケチでおしころしながら叫んだ。

ヴィルフォールはわれにかえり、自分におそいかかる母性愛のあらしをさけるためには、自分自身感じている恐怖の気持ちを彼女にも伝えてやるよりほかはないことを理解した。

（68検事総長室）

ドラマで、原作と比べて一番違っているのが、ダングラール夫人・エルミーヌ役の稲森いずみの役割である。検事総長との間に不義の子を産み、彼に死産だったと偽られ、埋められたものの、実は助け出されたというのは原作通りだ。ただ、ドラマでは、それを知らず、母と子は出会い、男女の関係を結ぶ。描き方によっては陰惨な話になるところだが、稲森いずみの突き抜けた演技は、まさに「母性愛」を示していて、かなわない。

ドラマでは、エルミーヌの息子は、再び実の父親によって、一回目と同じように「保身」のため埋められる。そして、赤ん坊の時と同様に、今はモンテ・クリスト・真海の執事によって、また助け出されるというエピソードが付け加えられていた。実は、犯罪者となった息子を海外に逃がしてくれるように頼み、稲森いずみが、その結果を聞くため、教会で元愛人の警視庁刑事部長（検事総長ヴィルフォールの役）と待ち合わせをする場面がある。実の父親である刑事部長は、稲森いずみに「息子を無事に船に乗せ、海外に逃がした」と報告するが、稲森いずみは、その嘘を見破り、彼を罵《ののし》り、激しく絶望する。彼女は恋人に二度も裏切られたわけだから、その哀しみは想像することもできない。刑事部長が去った後、その場に現れるのがモンテ・クリスト・真海で、稲森いずみに息子が助け出されたことを知らせる。場所が教会であるというのは、余りにもあからさまであるものの、誰であれ「神よ」と呟き、涙を流さないではいられまい。

原作では、不義の子・アンドレアが裁判所で、自ら「わたしの父は検事総長をしております」（11起訴状）と告白する。ドラマでは、母親役の稲森いずみがテレビの報道番組で真実を明らかにする。原作でも、ドラマでも、追い詰められた検事総長、もしくは部長刑事は逃げる。

ヴィルフォール氏は、密集していた人々の群れが、自分の歩く道をあけてくれたのを見た。大きな苦悩は人々に尊敬の気持ちをおこさせるものである。だから、どんな末世《まっせ》においても、民衆が大きな悲劇に対して最初に感ずるものは、例外なく同情の気持ちである。憎まれていた人間が暴動の際に殺された例はたくさんある。だが、不幸な人間が、たとえほんとうに罪を犯したとしても、その死刑宣告に立ち会った人々から侮辱されたという例はめったにない。（112贖罪）

原作の方では、罪を暴かれて逃げる検事総長について、右のように書かれている。『モンテ・クリスト伯』を読んでいると、時々、こんな考察のような記述に出会う。逃げる検事総長を見る人々の顔まで思い浮かぶ。

ドラマでは、ただ逃げるだけだが、原作も、ドラマも、行く先は同じだ。ヴァランティーヌを毒殺しようとした後妻のエロイーズに対して、検事総長もしくは刑事部長は、少し前に「峻厳な裁判官のような態度をとって、死刑の宣告をした」のであった。ただ、今となっては、彼にはエロイーズしか残っていないので、彼女と息子と共に逃げ出そうする。

ヴィルフォールは扉を足で蹴やぶった。夫人の居間に通ずる部屋の入口に、ヴィルフォール夫人が、色青ざめ、ひきつった表情で、突っ立っていた。そして、思わず恐ろしくなったほど、きっとした目で彼を見すえた。

「エロイーズ！　エロイーズ！」と彼は言った。「どうしたんだ？　話してくれ！」

若い妻は、彼のほうへ、鉛色の硬直した手を差し出した。

「もう終わりましたわ、あなた」と彼女は、咽喉《のど》が破れるほど苦しくあえぎながら言った。「このうえどうしろとおっしゃるの？」

そう言ったと思うと、彼女は絨毯《じゅうたん》の上にばったり倒れた。

ヴィルフォールはかけよって、妻の手を握った。その手は、黄金の栓のついたクリスタルガラスの小壜を、痙攣《けいれん》しながら握りしめていた。（112贖罪）

ヴィルフォール検事総長は「恐ろしさのあまり茫然となって」しまう。ドラマでは、家に着いた刑事部長が山口紗耶香に対して、「どこか遠くへ行って、一緒にやり直そう」というようなことを言い、彼女を抱きしめる。山口紗耶香は「ああ、うれしい」とは言うのだが、「でも、もう遅い」とつぶやく。親子三人で暮らすことだけが彼女の望みで、そのために毒殺もしてきたわけである。ただ、前もって刑事部長に望みを断たれた彼女は、既に自ら毒薬を飲んでしまっていた。ドラマでは、「ああ、うれしい」という喜びと「でも、もう遅い」という絶望の場面を、ことさらに設定することにより、山口紗耶香の見せ場になった。

原作では、エロイーズの子供も死んでいる。「よき母親は、子供を残してはまいりません」と、自らの死の道連れにした。ドラマでは、どうなったか不明のままだ。母親役の山口紗耶香が血を吐き、父親が狂った、その現場から立ち去るモンテ・クリスト・真海をにらむ子供の姿があるだけである。

少し余分なことを言えば、エドゥワール少年は、助けてもらったアリに対して感謝の言葉をかけることのできないような、わがままな人物として描かれていて、その死は既に用意されていたと言えないでもない。例えば、映画『ブラジルから来た少年』（フランクリン・J・シャフナー監督・一九七八年）の中の少年のように、その将来が危ぶまれる存在であった。にもかかわらず、実際に少年の死を目の前にすると、モンテ・クリスト伯の心は震えるのである。

モンテ・クリストはこうした恐ろしい光景を見て、顔色を変えた。彼は、復讐の権利をはるかに越えてしまったことをさとった。自分にはもはや『神はわれにくみしまい、われとともにあり』と言えなくなったことをさとった。（112贖罪）

原作では、子供の死に対して「いいようのない苦悩」を感じ、「最後の者を助けよう」とまで言っている。カドルッスの死で「これで一人」と始まった復讐だったわけだが、周辺人物の死は幾つかあったものの、主要な人物は一人の自殺と、一人の発狂に過ぎない。ましてドラマでは、一人の自殺は未遂で終わるのだから、「華麗なる復讐」という言葉は羊頭狗肉もいいところだ。

あのエドゥワール少年が死んでからというもの、モンテ・クリストの心の中には、大きな変化が起こっていた。ゆるやかな、曲がりくねった坂道を辿《たど》って、やっと復讐

の絶頂に達した彼は、この山の反対側に、深い疑惑の谷を見出したのだった。（114過去）

このモンテ・クリスト伯の苦悩は、どこか、物語の枠組みを越えてしまっているようにもみえる。まるで、ハムレットのように、目の前に敵を見ながら何もなし得ない。

作家の佐藤賢一は、『モンテ・クリスト伯』では「キャラクターが物語を紡ぎ出す」働きをしていると言っている。カドルッスは「狂言回しの役」とし、敵役は三人で、「恋敵のフェルナンはわかりやすい悪役」で、「元同僚のダングラールは、どこかしら滑稽な印象」があり、三人目の検事総長のヴィルフォールだけが「特別な人物」として描かれているとする。

フェルナンそのものは「わかりやすい悪役」であったかもしれないが、その子・アルベールの存在がモンテ・クリスト伯の復讐を躓《つまず》かせた。ダングラールは破産に追い込まれたので、もうそれだけで充分だったのかもしれない。

ヴィルフォールは「野心家」でもなければ、「欲深いタイプ」でもない。ただ、失脚したナポレオンを支援していた実父への手紙をダンテスが持っていたため、ダンテスを牢獄送りにしたのである。実父だけでなく、自分の地位や幸せを守ろうという保身のため、まあ、仕方なくしたと言えなくもない。エルミーヌとの不義の子の話は、ヴィルフォールの存在をより敵役に相応しいものにするためのもので、彼自身は教養もあり、検事としてのいる。

正義感もあった。先のモンテ・クリスト伯との対話では「近代人」の典型として描かれている。

ちなみに、佐藤賢一はアレクサンドル・デュマ（ペール）伝とも言うべき小説『褐色の文豪』（文藝春秋・二〇〇六年一月）を書いている。

佐藤賢一は言う。

ダンテスはヴィルフォールと対峙《たいじ》する中で「自分のやっていることは正しいのか？はたして復讐というのはどこまで許されるのか？」と自問自答を繰り返し、葛藤するようになります。一度は『復讐を終えたら、自分も死のう』と思うことさえしています。仇の三人ともが、ただの邪悪な小悪党であったならば、単なる勧善懲悪のドラマで終わっていたはずですが、ヴィルフォールの存在があったからこそ、物語に深みが生まれたと考えられるのです。

最終的にヴィルフォールは精神が破綻してしまうのですが、これも象徴的です。ダンテスと同じように自らの内面と向き合い、良心と利己心のせめぎあいの中でさんざん苦しんだからこそ、自己が壊れてしまったのです。

（NHKテレビテキスト『デュマ　モンテ・クリスト伯』二〇一三年二月）

佐藤賢一は、さらに言う。小説『モンテ・クリスト伯』は、「単なる復讐のドラマ」ではなく、「人間の存在を深く掘り下げた重厚な作品」となっている、と。いやいや、むしろ、復讐についての考察が作品を「重厚」にしたのではなかったろうか。

考えることじたいが、モンテ・クリスト伯をさらに心の深みへと追いやる。「不幸な日々のことを思い出すがいい！」と自らに声をかける。

宿命がおまえをそこに押しやり、不幸がそこにおまえを導き、そしてそこで絶望がおまえを待っていたあの道を、もう一度辿ってみるがいい！（114過去）

復讐をしたからといって「不幸な日々」がなくなるわけでもない。同様に、復讐を止めたからといって「不幸な日々」が消えるわけでもない。もしもモンテ・クリスト伯に間違えたところがあるとしたら、復讐によって過去の「不幸な日々」や「絶望」がすっかり払拭《ふっしょく》されるという錯覚があったことかもしれない。いやいや、彼にはただ復讐をするという執念しかなかった。復讐について考え、復讐について準備するだけで精一杯であった。ところが、いざ復讐が具体的に始まると、彼は本当の意味で自らの復讐についての考察を始めることになるのである。表面的には、煩悶《はんもん》のようにみえることだろう。小説としては、あのエドゥワール少年の死によって「なんともいいようのない苦悩」として描かれるわけだ。

　復讐についての疑惑は「忘却への第一歩」であったのだ。「不幸な日々」や「絶望」こそがモンテ・クリスト伯をつくりあげたのに、彼はそれを忘れそうになったことこそが一番もんだいだったということではないだろうか。

　一八三〇年七月、シャルル十世の専制政治に反対しておこった「七月革命」以来、もはや観光名所のようになったイフ城へモンテ・クリスト伯の訪れる場面が物語の結末近くにあるということは注意すべきであろう。

　モンテ・クリスト伯は、見物客としてイフ城の中に入る。彼は自らが閉じ込められていたイフ城の「隅から隅まで知ってはいた」のに、そこで、覚えず「額が冷たく青ざめ、額ににじみでた氷のように冷たい汗が心臓へ逆流するような感じ」を受けている。彼は、間違いなく「不幸な日々」や「絶望」をよみがえらせたのであろう。

　モンテ・クリスト伯は、かつて彼自身が閉じ込められていた土牢に案内してもらい、この壁面に書かれてある文字を見つける。


「神よ」とモンテ・クリストは読んだ。「われより記憶を奪いたもうなかれ」

「おお！　そうだ！」と彼は叫んだ。「これだけが、おれの最後のこころの祈りだった。おれはもう自由の身になることは望んでいなかった。おれは記憶だけを要求していた。おれは、自分が気ちがいになって、記憶を失うことを恐れていた。神さま！　あなたはわたしから記憶を奪い去らないでくださいました。わたしはものを思い出すことができました。神さま、ありがとうございました！　ありがとうございました！」（114過去）

復讐の裏側にあったのが、この「記憶」であるのだ。

モンテ・クリスト伯は、ここで「不幸な日々」や「絶望」こそが彼自身を作り上げたことを、改めて確認する。さらに、「不幸な日々」においてこそ自身を育て、「絶望」によって「復讐」を磨き、「待つ」ことと「希望」することを得たのではなかっただろうか。

エドモン・ダンテスがモンテ・クリスト伯としての自身の本質を発見したのが、無実の投獄による〝ねじれの構造〟であったというのは興味深い。彼は、そもそも自らの意志で投獄されたのではない。彼は、ただ彼自身の力で自らを作ったのではない。ファリア神父が彼を導き、「復讐」の思いが牢獄の中の彼を裏側から支えたのである。ただ、それは、本当は「復讐」というより「記憶」そのものの維持であり、考えることじたいであり、その思考が未来に向けられていたということが、「待つ」ことと「希望」ということに繋がっているのではないだろうか。

ご存知の通り、「待て、しかして希望せよ」というのは、作品の最後で、モンテ・クリスト伯がマクシミリヤンとヴァランティーヌに与えた言葉である。口当たりの良い言葉だが、考えてみると、今一つ分からない言葉でもある。何故なら、結ばれた若い二人には、もう「待つ」ことも「希望」する必要もないはずだから。

佐藤賢一によれば、原文では「待て、しかして希望せよ」という命令形になっていないという。「直訳では『待つこと、そして希望すること』くらいの言い方」だとしている。残念ながら、私にその意見の正否を判断する力はないのだが、ものを考える時に大切な秘訣として、何らかのチャンスを「待つ」ことと、そういう時を自ら「希望」することの二つを示したのではなかったろうか。「待つ」ことが他律なら、「希望」は自律ということかもしれない。

結局のところ、「復讐」はできない。過去を取り戻しようがない。仕返しというだけなら、そういう行為はあり得るだろう。しかし、それは、ただそれだけのことに過ぎない。言い換えれば、「復讐」とは、過去の自分を乗り越えることでしか示されないのかもしれない。もんだいは、たぶん、乗り越え方であろう。それが「待つこと」と、「希望すること」だというのは、大デュマ自身にとっても思いがけない発見だったようにみえる。

ガイ・エンドワ『パリの王様』は、アレクサンドル・デュマ（ペール）伝のようなものだが、その末尾近くに、こんな話がある。大デュマは自分の作品を読んだことがないというのだ。「読むか、書くか、どちらかにしなくちゃならなかったんだ。おれには両方やる時間がなかったんだ。」と息子・小デュマに語る。「読むのは読者に任せたんだ」という言葉もあるし、「おれは、読者より賢く見せかけようとしたことは一度もないんだ。」というのは、本当に素敵な言い回しだと思う。『モンテ・クリスト伯』を初めて読む、晩年の大デュマは「おまえ（小デュマ）のいうとおりだ。たしかに傑作だ」と感想をもらすものの、結末を見届けることなく一八七〇年十二月五日に亡くなる。どこまで信じたらいいのか分からないが、私は、これを『世界の人間像　1』（角川書店・一九六一年七月）の抄訳で読んだ。

［備考］　ドラマ『モンテ・クリスト伯　―華麗なる復讐―』（脚本・黒岩勉）は、フジテレビ系で二〇一八年四月十九日から六月十四日まで九回にわたり放送された。なお、小説『モンテ・クリスト伯』からの引用は、新庄嘉章（研秀版「世界文学全集」・一九七四年）による訳を使用させていただいたが、最後の「待て、しかして希望せよ」だけはドラマの訳を使用した。

Ⅱ　時々、映画へ行く。

□　日本映画

映画『細雪』を読む

　市川崑監督の映画『細雪』（東宝・一九八三年）の、ラストの、花見の回想に入る前の場面が忘れられない。その、小料理屋における貞之助（石坂浩二）と店の内儀（白石加代子）のシーンは、和田夏十が書いたのだという。特に、どうということはないのだが、白石加代子の存在感もあり、印象に残る。しみじみとする。

　大阪駅で、転勤のため東京に行く義兄一家を見送り、同じく見送りに来ていた義理の妹・雪子（吉永小百合）と婚約者の仲睦まじい姿を見た後、貞之助役の石坂浩二は一人、まだ開店前で料理を用意できない酒亭で冷酒をあおる。店の内儀に、まだ準備ができなくて申し訳ないが、それにしても酒だけでは身体に毒ですよと言われ、石坂浩二は「いっそ、毒でもあおりたいくらいや」と応える場面だ。窓の外には雪が舞っているが、やがて、それが桜の花吹雪のようになり回想が始まる。

考えてみれば、映画の最後で、貞之助（石坂浩二）という視点がようやく定まり、逆に、映画のすべては貞之助の回想ででもあったかのような、一種の円環構造を成していると言ってみたくなる。映画『細雪』を何度見ても倦《う》むことがないのは、そういう構成によっているのかもしれない。

映画の脚本担当としては、日高真也と市川崑の名がクレジットされている。和田夏十はもちろん、市川崑監督の夫人でもあり、市川映画にはなくてはならないシナリオライターでもあるので、ちょっと手助けをしたということなのだろうが、それにしても、当時、病気療養中だった和田夏十がわざわざ書いたということは、それだけ、監督も作品にどういうケリをつけたらいいのか悩んだということではないだろうか。

どこ迄が監督の演技指導でどこからが俳優の真の演技なのか、どこ迄が伴奏音楽でどこからが真の音楽なのか、どこ迄が真にキャメラマンのオリジナリティなのか、どこ迄が真に芸術担当者の独壇場なのか、何人《なんぴと》にも判然としないように出来上がるのが映画の理想でありましょう。総合芸術にあっては、個々の才能がそのまま生かされるのではなく、全体のハーモニイを形成するに必要な才能が個々に求められるのであります。故に映画にたづさわるものの常に心しなければならぬことは、或る意味で常時「己れ」という我執を殺しながら己の個性を生かし伸ばさねばならぬということなのです。／我執多き人間にとって、このことはたとえようもないつらい事であります。ほとんど神業に近いことだと思えて来る時さえあります。

谷川俊太郎編『和田夏十の本』（晶文社・二〇〇〇年五月）に収録されている、和田夏十の「総合芸術『映画』と個との関係についての一考」という文章から引用した。

確かに、映画の個々の作業と作品全体の関係を考えると、「神業」と言うしかない演技とか、場面とかがある。そもそも、映画『細雪』は、原作をよく刈り込んでいて、原作と同じ台詞があっても、発言者は自在に変えられているのに、決して不自然ではない。それはやはり、日高真也と市川崑の力業《ちからわざ》であり、そうであればこそ、あのラストシーンも、まるで当たり前のように出来たのであろう。

そもそも、映画は、原作『細雪』の最大の事件である「大水害」に触れていない。原作では数年にわたる話を、映画では、わざわざ「昭和十三年」と全体を一年だけの話に限定しながら、「七月五日の、死者約三八〇名、行方不明約一八〇名、流失、全壊家屋は四、〇〇〇戸余におよんだ」出来事に触れない。まあ、逆に言えば、だからこそ、映画としては成功したと言えないでもない。それは、単に「大水害」を省くだけでなく、「螢狩り」や、近所の西洋人の話その他多くの重要な出来事に触れず、印象的な出来事は自在に換骨奪胎したからだとも言えそうだ。

映画の冒頭は、京都の「観桜」の場面だが、そこではおよそ次のような会話がある。但し、映画と原作はずいぶん違う。ここでは、原作から引用してみる。

「僕さっきから、こいさんのお鮨食べはるのん感心して見てまんねん」

と、板倉が言った。

「何で」

「何で、、こう、金魚が麩《ふ》ウをぱくつくみたいに、口を圓《まる》くあけはって、えらい窮屈そうにしながら、そのわりにたんと食べはりますな」

「何や、人の口元《くちもと》ばかり見てる思うたわ」

「そうかて、ほんまやわ、こいちゃん」

と、悦子が声を挙げて笑った。

「そんでも、こないして食べるもんやいうこと、教《お》せてもろてん」

「誰に」

「おッ師匠《しょ》はんとこへ来る藝者の人に。——藝者が京紅《きょうべに》着けたら、唇を唾液《つばき》で濡らさんようにいつも気イつけてるねんて。物食べる時かて、唇に触らんように箸で口の真ん中へ持ッて行かんならんよってに、舞妓《まいこ》の時分から高野豆腐《こうやどうふ》で食べ方の稽古するねん。何でかいうたら、高野豆腐は一番汁気《しるけ》を吸うよってに、あれで稽古して、口

紅落とさんようになったらえゝねん」　　　　　　　（中巻二）

映画では、板倉ではなく、貞之助（石坂浩二）が雪子（吉永小百合）の口元をみて言う場面に変えられていて、確か高野豆腐の話も、貞之助がしたのだったと思う。ラストシーンに見られる、貞之助のなかなか説明しがたい雪子に対する思いが、作品の冒頭部で既に示されているわけだ。確かに、エピソードとしても、現代的な妙子に対してよりも、純日本風の雪子にこそ、ふさわしい話かもしれない。

「中姉《なかあん》ちゃん、その帯締めて行くのん」

と、姉のうしろで妙子が帯を結んでやっているのを見ると、雪子は言った。

「その帯、――――あれ、いつやったか、この前ピアノの会の時にも締めて行ったやろ」

「ふん、締めて行った」

「あの時隣に腰掛けてたら、中姉ちゃんが息するとその袋帯《ふくろおび》がお腹のところでキュウ、キュウ、言うて鳴るねんが」

「そやったかしらん」

「それが、微《かす》かな音やねんけど、キュウ、キュウ、言うて、息する度に耳について難《なん》儀《ぎ》したことがあるねんわ、そんで、その帯、音楽会にはあかん思うたわ」

「そんなら、どれにしよう。――」

そう言うとまた簞笥《たんす》の開きをあけて、幾つかの畳紙《たとう》を引き出してはそこら辺へいっぱいに並べて解き始めたが、

「これにしなさい」

と、妙子が観世水《かんぜみず》の模様のを選び出した。

「それ、似合うやろか」

「これでえゝ、これでえゝ。――もうこれにしとき」（上巻五）

映画では、長女・鶴子（岸恵子）の帯締めを、次女・幸子（佐久間良子）が手伝うという設定に変えてある。鶴子と幸子との関係は、本家と分家という面もあり、二人の親和と違和の微妙さを示すのに適切なエピソードになっている。映画では、浮世離れした感じを出すため、雪子（吉永小百合）の現実的で具体的な発言はほとんどない。見合い相手からの電話にも出られないという有名なエピソード（下巻十七）は原作にもあるが、まさにその例に象徴されるような人物として描かれる。雪子は意味深な眼の演技が多く、幸子の娘・悦子に対する過度の愛情とともに、不思議なエロティシズムを醸し出している。四女の妙子（古手川祐子）は間違いなく問題児ではあるが、本当は、同程度に雪子も問題児であるというべきだ。対照的なエピソードとしては、妙子の入浴の場面（中巻二十四）があり、こちらも、

原作でも映画でも使われ、現代的で「実利主義でゆく」という性格がよく示されている。そういう二人に振り回されるようにして、本家と分家も、時に対立したり、いたわりあったりするわけだ。映画では、「キュウ、キュウ」する音が、まるで鶴子と幸子の存在そのものの喩になっているようで、考え抜かれた脚本だと思う。

いつも音楽会といえば着飾って行くのに、わけても今日は個人の邸宅に招待されて行くのであるから、精いっぱいめかしていたことは言うまでもないが、折からの快晴の秋の日に、その三人が揃って自動車からこぼれ出て阪急のフォームを駈《か》け上がるところを、居合わす人々は皆振り返って眼を欹《そばだ》てた。日曜の午後のことなので、神戸行きの電車の中はガランとしていたが、姉妹の順に三人が並んで席に就《つ》いた時、雪子は自分の真向こうに腰かけている中学生が、はにかみながら俯《うつむ》向いたとたんに、見る〳〵顔を真っ赧《か》にして燃えるように上気して行くのに心づいた。

（上巻七）

映画では、お見合いに行く時の場面として使われている。原作は、幸子、雪子、妙子の三人それぞれ個性を比較している部分だが、映画では、幸子と貞之助が雪子の見合いに付き添うという場面だ。映画では、雪子の「真向こうに腰かけている」のは、兵士である。兵士は真っ赤になって俯《うつむ》くが、雪子は眼をそらすことなく、自らの美しさを誇るように微笑む。嫌味でなく、美しく微笑むというのは、「神業」に近い。雪子の美しさの裏には、恐ろしさだけでなく、底意地の悪さのようなものさえ感じられる。

また、姉妹が揃って歩くところを「居合わす人々」が皆振り返るというのは、原作では他にもあるが、やはり、「観桜」の場面が一番印象深い。華やかさと言ってしまえば、それまでであるが、作品全体のベースになっている。映画では、作品の出来事の中心に「観桜」を置いたわけだ。

桜樹の尽きたあたりには、まだ柔らかい芽を出したばかりの楓《かえで》や樫《かし》があり、圓《まる》く刈り込んだ馬酔木《あせび》がある。貞之助は、三人の姉妹や娘を先に歩かして、あとからライカを持って追いながら、白虎池《びゃっこち》の菖蒲《しょうぶ》の生えた汀《みぎわ》を行くところ、蒼龍池《そうりゅうち》の臥龍橋《がりゅうきょう》の石の上を、水面に影を落として渡るところ、棲鳳池《せいほうち》の西側の小松山から通路へ枝をひろげている一際《ひときわ》見事な花の下に並んだところ、など、いつも写す所では必ず写して行くのであったが、こゝでも彼女たちの一行は、毎年いろ〳〵な見知らぬ人に姿を撮られるのが例で、ていねいな人はわざ〳〵その旨《むね》を申し入れて許可を求め、無躾《ぶしつけ》な人は無断で隙《すき》をうかゞってシャッターを切った。（上巻十九）

映画では、冒頭の会話の後の、花見の場面に当たる。見知らぬ人がシャッターを向けることはないが、「居合わす人々」がまぶしそうに四姉妹を見る様子は描かれる。映画で、悦子を除外したのは正解だと思う。

今年も幸子たちは、四月の中旬の土曜から日曜へかけて出かけた。袂《たもと》の長い友禅《ゆうぜん》の晴れ着などを、一年のうちに数えるほどしか着せられることのない悦子は、去年の花見に着た衣装が今年は小さくなっているので、たゞさえ着馴れないものを窮屈そうに着、この日だけ特別に薄化粧をしているために面変《おもがわ》りのした顔つきをして、歩く度ごとにエナメルの草履《ぞうり》の脱げるのを気にしていたが、瓢亭《ひょうてい》の狭い茶座敷にすわらせられると、つい洋服の癖が出て膝《ひざ》が崩《くず》れ、上《うわ》ん前がはだけて膝小僧《ひざこぞう》が露《あら》われるのを、

「それ、悦ちゃん、弁天小僧《べんてんこぞう》」

と言って、大人たちは冷やかした。

（上巻十九）

神は細部に宿るとか言うが、本当にそうだなと思う。

映画では、幸子（佐久間良子）が女中のお春（上原ゆかり）に琴の稽古をつけている場面で、お春どんの膝小僧が露われるのに対して、「弁天小僧」と幸子が言う。これは、特に重要な場面でもなんでもない。いや、むしろ、何でもない日常の光景であるからこそ、お春どんが生きた人間になっている。もっとも、稽古中にもかかわらず、雪子が「お春どん、電

話」と、お春を呼びつける、――電話に出られない雪子のエピソードにつながる伏線が張られる、意味のある場面ではあるが、いずれにせよ脚本の力を感じる。ちなみに、お春どんの琴の稽古の話は、原作では下巻十七にある。

映画では、基本的に、悦子のエピソードはすべて雪子との関係で処理され、雪子の見合い話と妙子の問題行動で、本家と分家が振り回される話が中心になる。そこで、鶴子の夫（伊丹十三）と幸子の夫（石坂浩二）の二人の婿の存在や、本家と分家の、それぞれの使用人の動きが作品の厚みを示している。特に、上本町本家の女中お久（三條美紀）と芦屋分家の女中お春（上原ゆかり）が絶品だ。助演女優賞ものだと思う。戦死の連絡を受けたお久が台所で座り込んでいる場面など印象深い。点描される兵士の姿とともに、物語が、過酷な現実によって縁取られていることをくっきりと示している。

実際のところ、原作の『細雪』は、軍部の圧力によって雑誌の連載も困難になり、私家版でさえ出版出来ず、ただ谷崎潤一郎の意志だけで戦時中も執筆が続けられた。もっとも、その圧力ゆえに、作品があまり退廃的にならず、穏やかな小説になったという、思いがけない結果にもつながった。雪子の結婚式まで書くはずだった作品が、その手前の、雪子が下痢を続けているあたりで終わりにしたというのも、戦争が終わったということもあり、谷崎潤一郎の人の悪さがよく示されているような気がする。

言うまでもなく、市川崑監督は、映画『細雪』を雪子の結婚までの喜劇としてつくっている。それが、ただ単に、浮世離れした四姉妹の物語ではなく、しみじみとした話になっているのは、やはり、二人の婿養子（伊丹十三と石坂浩二）や、本家と分家のそれぞれの使用人の存在が作品にリアリティを与えているからであるということは、何度でも言っておく必要がある。特に、二人の婿養子は、使用人や兵士その他の現実的な人々と四姉妹とを繋ぐというか、両者の媒介項のような役割で、作品の出来を左右する存在でもある。映画『細雪』の試写を見た和田夏十が、伊丹十三と石坂浩二がよく描かれていると言ったようだが、つまり、それは映画が成功したということになる。出番こそ少ないが、伊丹十三の演技は素晴らしく、それこそ谷崎潤一郎役というべき石坂浩二は作品の視点として安定している。石坂浩二にしても、ただ好い人というだけでなく、見合いの世話人・井谷夫人（横山道代）とのあやしい場面まで、わざわざ用意する周到さだ。この二人がいればこそ、四姉妹のそれぞれの美しさと哀しさが鮮やかに浮き立ったのだと思う。

同様に、雪子の結婚相手のエピソードを、映画では大きく削るばかりではなく、名前まで変えている。確かに、音感的には、「御牧」よりも「東谷」という姓の方が、今の私たちにはそれっぽく見えるかもしれない。

原作の『細雪』は完成当時、肯定的な批評ばかりでなく、「本当の大阪人が描けていない」などという否定的な感想もあったようだ。そういう、初期の批評としては、浅見淵の「『細雪』の世界」という文章が、作品の本質をつかまえていて見事だ。

……大阪においては、尠《すくな》くとも戦前までは、つまり「細雪」の背景になつている時代までは、今年六十四歳になる潤一郎が青少年時代に東京で経験したと同じ下町式な伝統的な生活様式や、その面影がまだ色濃く残つていた。そして、商人の都会であるだけに、何よりもそれが生きていた。東京の下町ツ子の潤一郎が大正十二年の関東大震災を契機にして関西に移住し、次第に関西の土地に愛着を覚えて居着くようになつたのは、取りも直さず、じつにこれが大きな原因になつている。同時に、今まで回想の世界として愛着していたものを現実に見出すや、現在の生活をそれに密着させて行くことに、即ち、回想の世界だつたものの中に再び生きて行くことに、生き甲斐と大きな喜びを発見するに至つた。そして、茲《ここ》から一種の擬古的生活が始まつた。といつて、潤一郎は関西人ではない。生粋の東京下町ツ子である。のみならず、自我を持つた近代人である。

（昭和二十四年五月「風雪」）

文中に「擬古的生活」という表現があるが、うまいことを言うなあと思う。今まで「回想の世界だつたものの中に再び生きて行くこと」というのは、まさに、映画『細雪』のラストで貞之助が回想している場面と重なり合うのではないだろうか。見たいものだけを見るためには、実に多くの障害がある。

歩くこと、映画と小説の『ノルウェイの森』

見ようか、どうしようか、最後まで迷った。原作を読んだ時の印象が強いので、映画『ノルウェイの森』（二〇一〇年）は見ない方が良いのではないかと思っていたのだ。ところが、毎月一日の、ちょうど映画の日ということで料金の割引があり、その週で上映終了というのを知ったこともあったりして、なんだか見なければいけないような気分になった。

まあ、映画は映画だ。

それも、作られたばかりの映画だ。そのまま、素直に見ようと最終的には思った。

もっとも、そうなると、あらかじめ楽しみにしていた場面があった。ワタナベと直子が都内を歩くところである。なんなら、そこだけ見て出てしまってもいい。

実は、遥か昔、原作を読んだ時、これは夏目漱石の『こころ』だなと思ったことがある。歩きながら話をするというより、ほとんど歩くだけで、ひたすら歩く。東京というのは歩いてみると、意外に起伏があり、自然もある。そこを、二人が歩くというスタイルで心を通わせるというのが印象深かかったわけである。

歩きながら話をするというのは、単に議論をするということではない。意見の交換ではない。気持ちを重ねることである。

いっしょに歩くことで、大袈裟だが、それぞれが同じ体験をする。旅行になってしまうと、見学だとか、観光だとかが中心となってしまうが、いっしょに歩く場合は、そのことじたいが意味を持ち始める。心が落ち着かない時でも、歩くことによってリズムが生まれ、思いが一つの方向へと向かう。

だから、『こころ』を読んだ時もなるほどと思い、『ノルウェイの森』を読んだ時も印象に残ったのである。実際に村上春樹が漱石の『こころ』を意識したかどうかは知らないが、良い場面だなあと思う。


Kは低い声で勉強かとききました。私はちょっと調べものがあるのだと答えました。それでもKはまだその顔を私から放しません。同じ低い調子でいっしょに散歩をしないかと言うのです。私は少し待っていればしてもいいと答えました。彼は待っていると言ったまま、すぐ私の前の空席に腰をおろしました。すると私は気が散って急に雑誌が読めなくなりました。なんだかKの胸に一物《いちもつ》があって、談判でもしに来られたように思われてしかたがないのです。私はやむをえず読みかけた雑誌を伏せて、立ち上がろうとしました。Kは落ちつきはらってもうすんだのかとききます。私はどうでもいいのだと答えて、雑誌を返すとともに、Kと図書館を出ました。

　二人は別に行く所もなかったので、龍岡町から池の端へ出て、上野の公園の中へ入りました。その時彼は例の事件について、突然向こうから口を切りました。前後の様子を総合して考えると、Kはそのために私をわざわざ散歩に引っ張り出したらしいのです。


『こころ』の場合は恋人ではなく、いわば恋敵同士による散歩である。数日前に、Kから下宿のお嬢さんに対する「切ない恋」を打ち明けられた主人公の「私」は、大きな衝撃を受けた。「私」もまた、お嬢さんに魅かれていたので、Kの不意打ちのような告白に何も言えなくなってしまう。自分の気持ちをKに切り出すタイミングを失う。そういう二人が、そのことについて話し合う時が来たのである。ただ、Kは自分自身の恋の中で迷子になっている。「私」は自らの立場を明らかにしたい。二人の気持ちは初めからすれ違っているが、同じくお嬢さんに対する思いで悩んでいるわけだ。

　Kは「恋愛の淵」でほとんど溺れそうになっている。罪のないKは、「私」に「公正な批評」を求める。Kは「私」に相談に乗って貰っていると信じている。しかし、「私」は結局、自らの立場を明らかにすることもなく、自らが心理的な上位に立ったことを良いことに、自分の恋を実現するために、卑怯にもKの恋を邪魔するよう立ち回るのである。たぶん、それは「私」自身にとっても思いがけない言動であったようだ。「もし相手がお嬢さんでなかったならば、私はどんなに都合のいい返事を、その（Kの――引用者）渇ききった顔の上に慈雨のように注いでやったか分かりません」。二人は不忍池の脇を抜け、東照宮から博物館方向へ向かったのであろうか。時代は明治である。

小説では、二人の歩いた周囲の様子が特に描写されているわけではない。とはいえ、赤門から龍岡町を通って池の端へ行く道は下りである。「私」は、まるでKの心の地図を巡るように、彼の心の最深部を探ったにちがいない。そこで、「私」は例の有名な「精神的に向上心のないもの、ばかだ」ということばを、まるで手榴弾のようにKに投げつけるのだ。

二人はそれぎり話を切り上げて、小石川の宿の方に足を向けました。わりあいに風のない暖かな日でしたけれども、なにしろ冬のことですから、公園の中は淋しいものでした。ことに霜に打たれて蒼みを失った杉の木立の茶褐色が、薄黒い空の中に、梢《こずえ》を並べてそびえているのを振り返って見た時は、寒さが背中へかじりついたような心持ちがしました。我々は夕暮れの本郷台を急ぎ足でどしどし通り抜けて、また向こうの岡へ上るべく小石川の谷へ下りたのです。私はそのころになって、ようやく外套《がいとう》の下に体《たい》の温かみを感じだしたくらいです。

一月の中旬から下旬だと思うが、いかにも寒そうである。上野公園からの帰り道はどこを通ったのだろうか。上野公園から伝通院近くの下宿まで帰るとなると、同じ道を戻るよりも、根津から言問通りを行った方が近いような気がする。「本郷台」とあるので、やはり旧制第一高等学校のあった、今の農学部の横の道を上り、本郷通りを突き抜け、そのまま「小石川の谷」へ下ったように思われる。帰りはかなり強引に一直線に歩いたのではないだろうか。

二人は議論をしたのではない。Kは「私」にすがったのであり、「私」はそれを利用してKを追い詰めたのである。Kにしてみれば、「私」は自分の相談に乗ってくれたのである。それなのに、「私」は友情を裏切るのである。全編の中でも最も重要な場面と言えよう。二人の思いが重なることで、かえって運命的な破滅に向かって、それぞれは決定的にすれ違ってしまう。なんだか、二人の息づかいまで聞こえて来るような気さえする。時代を感じさせない心理描写である。

駅の外に出ると、彼女はどこに行くとも言わずにさっさと歩きはじめた。僕は仕方なくそのあとを追うように歩いた。直子と僕のあいだには常に一メートルほどの距離があいていた。もちろんその距離を詰めようと思えば詰めることもできたのだが、なんとなく気おくれがしてそれができなかった。僕は直子の一メートルほどうしろを、彼女の背中とまっすぐな黒い髪を見ながら歩いた。彼女は茶色の大きな髪どめをつけていて、横を向くと小さな白い耳が見えた。時々直子はうしろを振り向いて僕に話しかけた。うまく答えられることもあれば、どう答えればいいのか見当もつかないようなこともあった。何を言っているのか聞きとれないということもあった。しかし、僕に聞こえても聞こえなくてもそんなことは彼女にはどちらでもいいみたいだった。直子は自分の言いたいことだけを言ってしまうと、また前を向いて歩きつづけた。まあいいや、散歩には良い日和だものな、と僕は思ってあきらめた。

しかし散歩というには直子の歩き方はいささか本格的すぎた。彼女は飯田橋で右に折れ、お堀ばたに出て、それから神保町の交差点を越えて御茶の水の坂を上り、そのまま本郷に抜けた。そして都電の線路に沿って駒込まで歩いた。ちょっとした道のりだ。駒込に着いたときには日はもう沈んでいた。穏やかな春の夕暮れだった。

「ここはどこ?」と直子がふと気づいたように訊《たず》ねた。

「駒込」と僕は言った。「知らなかったの? 我々はぐるっと回ったんだよ」

「どうしてこんなところに来たの?」

「君が来たんだよ。僕はあとをついてきただけ」

そうだ、その頃はまだ、確かに都電が走っていた。たぶん三島由紀夫が自決した頃である。学生運動の退潮期だ。例の浅間山荘事件の少し前くらいではないか。

直子と「僕」は、中央線の電車の中で偶然出会う。別にどちらも「たいした用事」もなかったので、たまたま直子が「降りましょうよ」と言って降りた駅が四ツ谷だったのである。二人は恋人同士ではない。Kと「私」の間にお嬢さんがいたように、直子と「僕」の間にはキスギという人物がいる。直子とキスギが恋人同士で、「僕」はキスギの友人だった。さらに、困ったことにキスギは少し前に自殺している。だから、「二人きりになってしまうと我々には話しあうべき話題なんてとくに何もなかった」わけだ。いやいや、むしろあり過ぎるぐらいなのだろう。キスギのことは余りにも生々しく、解決しようがないほどのもんだいであったことは説明するまでもあるまい。二人を惹きつけるのはキスギであり、同時に二人を引き離すのもキスギなのである。直子と「僕」の間が「常に一メートルほどの距離」があるのは、そこに不在のキスギがいるからにまちがいはない。

直子と「僕」は会話をしているのではない。歩くことで、気持ちを重ねているのである。直子は不在のキスギを、生きていた時と同じように感じ、「僕」も不在のキスギを実感しているのにもかかわらず、それがそれぞれ相手に対しての親愛の気持ちだと誤解し始めてしまう。「話題なんてそもそも最初からない」はずの二人が恋し始めるのである。ところが、そうなると、二人の間にいる不在のキスギが逆にもんだいとなって立ち現れて来る。

四ツ谷から飯田橋まで行って右に曲がるのは、たぶん「お茶の水の坂」を上らせたかったからではないだろうか。真っ直ぐ歩いてもお茶ノ水駅につながる訳なのに、いったんお堀ばたまで行くというのは、かなり遠回りになる。

神保町からは明治大学の前を上ったのだと思うが、もしかしたら、聖橋に出る側を上ったのかもしれない。本郷通りに入るのは、こちらの方が自然だ。後は一本道だが、こちらも、ずっと上りである。神保町からというと、赤門前を通って駒込までは擂鉢《すりばち》の底から上って行くようなものだと思う。恋人の死によって絶望の淵にいた直子は、新しい恋によって心が癒されるのだが、やがてそのために破滅することにもなる。「ここはどこ?」という直子の言葉は、この時、新しい恋に出会ったという意味であろう。彼女は自分の中の新しい感情に驚いているのである。駒込といえば、六義園が近くにあるはずだが、二人は春の緑を感じただろうか。

考えてみると「我々はぐるっと回ったんだよ」ということばも意味深い。互いにキスギという存在を中心に「ぐるっと回った」ことによって、出会ったわけだから。

さて、肝心の映画だが、ほとんどは裏切られながらも、映像美には驚いた。映画評論家の黒田邦雄という人がパンフレットで、「日本のリアルとは少しずれた風景の捉え方」はトラン・アン・ユン監督の独特な感覚だと評しているが、そういうことなのだろう。

それにしても、東京の現実の風景が全く出て来ない。もちろん、考えてみれば当然で、時代が違うのだから、駅も電車もロケで使えない。街の風景も使えない。出てくるのは、公園などの緑ばかりである。坂を上るような場面もなかった。本郷通りがないのは諦めるにせよ、私にとって坂は必要だったのだが、無理な注文というべきなのだろう。

なぜか、窓の外にはいつも雨が降っていた。トラン監督らしいと言えば、まずその湿気なのではないだろうか。雨が降っても日本的な、じめじめしたものではなく、潤いのあるものになっている。それを東南アジア的ということができるかどうか分からないが、水分がやや多目なので、かえってさっぱりしているように思えた。

凡庸な結論であり、出発点に戻ることになるが、やはり映画は映画ということだ。そこに私が思い描いたものがあろうと、なかろうと、何も言えるはずがない。

だが、どこか諦めきれずに思っていた時、天啓のように、私の思い描いた主題が、既に、別の映画で実現されていたことをふいに思い出した。

どうして、その映画をすぐに思い出さなかったのだろうか、考えてみれば不思議である。それは、ミア・ファロー主演の映画『フォロー・ミー』だ。

日本では一九七三年公開されているので、まさかロードショーには行かなかったにせよ、二番館ぐらいでは見ているはずなので、遅くても翌年には見たと思う。

本当は、私は『ノルウェイの森』を読んだ時、これは『こころ』だなと思うのではなく、これは『フォロー・ミー』だなと思ってもよかったのだ。同じ日本の小説であるし、それぞれ本郷通りでクロスしているので、連想として『こころ』を思い浮かべたのは自然だったのだが、私の求めた主題は映画『フォロー・ミー』の方が完璧なのである。

旅行でロンドンにやって来たベリンダ（ミア・ファロー）は、真面目な会計士と大恋愛したものの、いざ結婚してみると、夫の周囲の人々と打ち解けることができない。誰に相談もできず、夫が出かけると外出し、日がなロンドンをさまよい歩くしかない。すると、ある日、そういう自分を付けまわす男（トポル）に気づく。男は、一定の距離を保って、どこまでもどこまでも付いて来る。初めは気味悪く思うのだが、男は何をするでもなく、ただ黙って付いて来るだけなのだ。「ただ付いて来るだけなのに、何か言える?」ということになる。そうして、十日間、二人はロンドン中を歩き回る。やがて、謎の男（トポル）はベリンダの先を歩いて道案内までするようになる。それでも二人は話をしない。たぶん、その場面がこの映画のハイライトである。「謎の男」と言うと、少し重く感じるかもしれないが、トポルはあくまで天真爛漫、ひたすら軽い。怪演というべきであろう。二人がロンドンを歩く場面は、時間的にも逆で、ちょっと変な比較だが、ジュゼッペ・トルナトーレ監督『ニュー・シネマ・パラダイス』（一九八八年）のラストシーンでキスの場面を重ね合わせたように感動的だ。二人の気持ちが重なり合った喜びに満ち溢れている。クセの強いトポルの演技を柔らかく受け止めたミア・ファローの魅力も得がたい。

話をすることが目的なのではない。いっしょに歩くことによって、気持ちを重ねることが大事なのだ。そのように、『こころ』を読んで思ったのか、それとも映画『フォロー・ミー』を見て考えたのか、今となっては自分でも分からない。ただ、その主題が典型的に果たされているのが、映画『フォロー・ミー』であることだけはまちがいない。

ここから後は蛇足だから、映画『フォロー・ミー』を見ていない方は読まない方がいい。

実は、謎の男（トポル）は探偵なのである。妻ベリンダの行動を不審に思った夫が雇ったわけだ。それが、この話の外枠である。カリフォルニアからやって来たヒッピーのような娘と真面目なイギリス紳士との恋であるし、妻の浮気を疑う夫の話でもある。

なぜ、一定の距離を取り、話をすることもなく、付けまわすのか。もちろん探偵だからである。もしも、そこで、話しかけたくても話しかけられない探偵の思いが前面に出れば、また別の話が出来上がる。しかし、それらすべての、物語の外枠は最終的には消える。残るのは、やはり歩く場面だけしかない。歩くという、人間にとって最も初源的な喜びがそこにある。それも二人で歩き二人で同じものを見るという快楽は、ほとんど生きることそのもののように思えてくる。互いに相手を風景の中に置く時、世界はなんと輝いて見えることだろうか。

最後に、映画『フォロー・ミー』についての情報をいくつか書いておきたい。監督は『第三の男』の巨匠キャロル・リードで、これが最後の作品である。元は舞台劇だったようだが、どのようなものなのだろうか。原作・脚本は『アマデウス』をのちに書くピーター・シェーファー。また、ジョン・バリーによる美しい主題曲が繰り返し流れる。この曲だけでも涙が出てくる。劇中に出てくる映画は『吸血鬼ドラキュラの花嫁』と『フランケンシュタインの逆襲』、『ロミオとジュリエット』で、遊びではあるが、ストーリーにも関連していると見るべきだろう。前の二作は孤独なベリンダが選んだ映画で、『ロミオとジュリエット』は探偵が勧めるのである。オリヴィア・ハッセー主演のものだが、なぜか彼女が登場しない部分が使われる。

怪演をしたトポルは、一九三五年九月九日生まれのイスラエルの俳優。主な出演作品『巨大なる戦場』（一九六六年）、『屋根の上のバイオリン弾き』（一九七一年）、『フラッシュ・ゴードン』（一九八〇年）、『007ユア・アイズ・オンリー』（一九八一年）、『ジョセフ・ロージー四つの名を持つ男』（一九九八年）。

「青春」という切り口で、大島渚の映画を読む

映画監督の大島渚に、『青春』（大光社・一九七〇年十月）という本がある。大光社「語りおろしシリーズ」の一冊で、調べてみると、他に大岡昇平『戦争』、吉行淳之介『生と性』、金子光晴『人非人伝』、水上勉『一匹のひつじ』などがあったようだが、記憶に残っているのは大岡昇平と大島渚の本で、吉行淳之介の本のタイトルも『性』だけでいいのではないかと思ったことをおぼえている。大学進学のため（実際には、一年浪人したものの）上京したのが一九七一年で、本屋で大光社「語りおろしシリーズ」を見たのは、その年か、翌年、さらにもう一年後だったか、まあ、その辺りだったろうと思う。いわゆるゾッキ本屋で、大量に平積みされていた。倒産したためだというのは、素人目にも分かり、印象に残ったのである。

大島渚の名前は、高校時代から知っていた。たぶん、リアルタイムで最初に見たのは映画『帰って来たヨッパライ』（一九六八年）だったのではないかと思う。その当時でも、映

画『青春残酷物語』（一九六〇年）や映画『日本の夜と霧』（一九六〇年）その他、関連する話題が伝説のように語られていた。言うまでもないことだが、映画館や映写設備のあるところ以外で映画を見ることが出来ない時代である。私が、まず大島渚の『青春』を手に取ったのは、ごく自然のことであったろう。今から振り返ってみても、担当の編集者は上手いテーマを選んだのではないだろうか。たんに映画『青春残酷物語』からの思いつきに過ぎないかもしれないが、映画監督としての大島渚を語る切り口としては、絶妙なものだと思う。

　青春とは自分の可能性を発見する時期だ、という人がいるが、ぼくは自分には何ができないかを発見していったプロセスが自分にとっての青春であったような気がします。

大島渚の言葉である。「語りおろしシリーズ」のタイトルに絡めてのリップサービスであろう。

映画監督としての大島渚は、企業内で育ったという側面を無視して語れない。助監督として映画会社へ就職したわけだから、監督になることは当然のことのように思われがちだが、そう考えるべきではないと思う。就職難の時代である。まして、大学在学中は学生運動家としても京都府学連の要職についている。「赤い学生」だったわけだ。新聞社でも、商社でも、もし就職することが出来ていたら、そこで頭角を現わしていたのではないだろうか。実際のところ、朝日新聞社に落ち、旭硝子にも倉敷レイヨンにも落ち、大学院に残ることも敬遠されている。助監督試験を受けたのは「偶然」だったようだ。大島渚は、たんに映画会社へ就職し、仕事しているうちに、「何ができないか」を発見し、そこで初めて映画監督として生きることを選んだのではないだろうか。

ぼくは青春を二度生きたような気がするんです。一度目は終戦後から大学までの体験で、これはいちいち自分が駄目な存在だということを立証していったプロセスだった。二度目は撮影所の生活で、労働者になる修業を経て、これをステップに作家になるプロセスでもう一度青春を生きたと思っています。それがぼくにとって幸せだったのか不幸だったのか判らないけれども、現在のぼくを形成しているのはこの二つのプロセスだろうという気がします。

大島渚は素直に自分自身を振り返っているように見える。彼は「撮影所の生活」で、ほとんど初めて現実というものに出会う。「労働者になる修業」という言葉が、それをよく示している。助監督というのが、どれほどの雑務をこなさなければならないのか、ということだけは素人ながら想像がつく。どんな仕事でも、訳の分からない雑務というのはある。大島渚が助監督として努力し、その能力を示したことも分かるような気がする。と同時に、たんにスケジュール通りにプログラム・ピクチャーをつくることができない自分自身を意識したのではないだろうか。娯楽映画の中へも、自らの〈青春〉を持ち込まないわけにはいかない、そういう彼の姿勢は企業から離れるしかなかった。

大島渚の監督昇進第一作『愛と希望の街』（一九五九年）の元の題名が、『鳩を売る少年』であるというのは有名だが、会社の首脳陣が嫌ったのは分からないでもない。大衆などというのはそんなものだと、高を括っている首脳陣のようすがよく分かる。

試写の席上で撮影所長付きの人が、「君、そのネズミのクローズアップは！　このネズミはまるで豚みたいに大きいじゃないか！」と非難した。それはそうだ。ネズミだって、クローズアップで撮れば豚みたいに大きいに決っているんだが、そういう馬鹿なことを言うんだね。確かにクローズアップで撮ったネズミなんて感じは良くないけど。また、その時所長が「大島君、これは傾向映画のような感じがする」と言った。ぼくが、「傾向映画ってどういう意味ですか」と問い返すと、「これじゃ金持ちと貧乏人は永遠に和解できないように見える」というようなことを言うわけですが、その時、編集の杉原よ志さんが、「でも、所長、実際そうじゃないですか」と言ったことは生涯忘れられないと思うんです。とにかく会社首脳部の間では大変不評で、結局この映画は初めから二番館封切りに落とされて、東京では五反田とか千住の場末でひそやかに上映される運命になった。（中略）そして、この『愛と希望の街』が終わったときに小山明子と結婚する決心をしまして、それで青春が終りになる……。

私が実際に映画『愛と希望の街』を見たのは、ずっと後の事だ。多くの批評を読んで、内容もよく知っていた。にもかかわらず、初めて見た時、画面に初々しさを感じ、「階級」というのは、こういうことだなあと感心もした。当時、京子というブルジョア娘役に、大島渚は十代の鰐淵晴子を望んだものの、会社も喜ばず、鰐淵晴子自身も「主人公の少年を救えるようにならないか」と訴えたという。「晴子ちゃん、君はいいことを言う。それ程君が同情して可哀そうだと思っても、それがどうにもならないというのがぼくのテーマなんだ」というのが大島渚の答えである。もし、鰐淵晴子が出演していたら、映画『愛と希望の街』はもっと華やかになり、「映画のシャープさはそこなわれていた」かもしれないが、大島渚の映画じたいも別な展開をし、鰐淵晴子にも「ずいぶん違う道」が開けたかもしれないと、大島渚自身も言っている。確かに「運命の分かれ道」ではあったろうが、やはり、大島渚は彼の「宿命」を生きるしかなかったのであろう。

それが、彼自身の「青春」の終わりであり、逆に、彼の映画としては「青春」の始まりとなったように思える。
ところで、大島渚には劇映画以外に、多くのドキュメンタリー（主に、テレビ作品）がある。残念ながら、それらのほとんどすべてを私は見ていない。どこで、どうすれば見ることが出来るのかも知らない。

『氷の中の青春』（日本テレビ・一九六二年一月二十九日放映）
『忘れられた皇軍』（日本テレビ・一九六三年八月十六日放映）
『反骨の砦　蜂の巣城の記録』（日本テレビ・一九六四年七月五日放映）
『青春の碑』（日本テレビ・一九六四年十一月十五日放映）
『漁船遭難す　忘れられた台風被害』（日本テレビ・一九六五年九月十九日放映）
『ユンボギの日記』（創造社製作・一九六五年十二月）
『大東亜戦争』（日本テレビ・一九六八年十二月八日、十五日放映）
『毛沢東と文化大革命』（日本テレビ・一九六九年六月八日放映）
『巨人軍』（日本テレビ・一九七二年四月四日放映）
『ジョイ！　バングラ』（日本テレビ・一九七二年四月九日放映）
『ごぜ　盲目の女旅芸人』（東京12チャンネル・一九七二年十月二十八日放映）
『ベンガルの父　ラーマン』（東京12チャンネル・一九七三年一月六日放映）

『生きている日本海海戦』（日本テレビ・一九七五年十一月九日、十六日放映）
『伝記・毛沢東』（日本テレビ・一九七六年九月十二日放映）
『生きている海の墓標　トラックの海底をゆく』（日本テレビ・一九七六年十月三十一日放映）
『生きている玉砕の島　サイパンの海底をゆく』（日本テレビ・一九七六年十一月七日放映）
『横井庄一　グアム島の28年の謎を追う』（東京12チャンネル・一九七七年四月五日、十二日放映）
『死者はいつまでも若い　沖縄学童疎開船の悲劇』（東京12チャンネル・一九七七年十一月十一日放映）
『キョート、マイ・マザーズ・プレイス』（大島渚プロダクション、BBCスコットランド製作・一九九一年）
『日本映画の百年』（大島渚プロダクション製作・一九九五年）

以上、『文藝別冊　大島渚』（河出書房新社・二〇一三年五月）の〈フィルモグラフィ〉（木全公彦）から書き抜いてみた。

これで全てであるかどうか分からないが、少なくとも、大島渚はドキュメンタリー映画の監督でもあったのだという証明にはなるだろう。こうして並べて見るだけでも、幾つかの傾向が分かる。「戦争」をテーマにしたものが圧倒的に多く、それは同時に「青春」に絡んでいるようにみえる。具体的に「青春」という言葉がタイトルに使われているものもあるが、「学童」だけでなく、「戦争」の渦中にいたのが、間違いなく若者たちであったと考えるならば、「戦争」と「青春」の多くは重なり合っているのではないだろうか。
大島渚自身の言葉を借りれば、敗戦から大学卒業までが、彼にとっての第一の「青春」であり、そこには大きく「戦争」というもんだいが絡んでいる。大島渚は旧制の京都二中の二年生、十三歳の時、敗戦に接している。父親は、その六年前に既に亡くなって、母親と妹と一緒に、京都の祖父の家へ移る。「太陽でまぶしい瀬戸内海」（兵庫県二見）から京都へ移るものの、その一年後に祖父も亡くなる。そういう実生活に、「戦争」は更に暗い影を投げかけたであろうし、「敗戦」も、「戦後」も大きな影響を与えたであろう。また、大島渚の『青春』から引用する。

ぼくの第三作目の『太陽の墓場』に出てくる夕焼けのシーンは、それほどセンチメンタルなものではなく、あれは血の色だと思いますが、ぼくは夕日に対してかなり異常な執着心があるんですね。この辺の問題になると、日本の映画批評家なんてじつにだめで、誰一人言及してくれません。昨年ヨーロッパへ行った時に、アイアン・カメロンというイギリスの批評家が、その昔『太陽の墓場』を見たことがある。『飼育』も見た。「白昼の通り魔」も見た。これらの映画でさんさんと輝いていた太陽が、何故『絞死刑』以後、日の丸に代ったかと質問するんですね。ま、彼は『日本春歌考』

『無理心中　日本の夏』を見ていないから、『絞死刑』からというんですがね、これは感激だったな。もちろん、そんなふうにぼくは意識して撮っていませんよ。しかし、そんなところまで指摘するとは、さすがは批評家なんだな。その問いには、ぼくはしょうがないから、ぼくが戦後信じていた民主主義が、信じられないものに変質すると同時に、国家による統制が表面に出てきた。ぼくが見た太陽が生きたものでなく死んだものになって、逆にぼくらに覆いかぶさって来たということを無意識的に感じて日の丸に代えたのかもしれないと答えて、まあごまかしでもないけれど何とかとりつくろったんだけれど、そういう質問を受けたことは嬉しかったな。

長々と引用したが、大島渚にとっての「戦争」や「敗戦」、「戦後」の体験の象徴として、「太陽」のイメージがあるように思えて掲げてみた。

その「太陽」が、後に「日の丸」になるということは、つまり、それが、日本そのものの比喩であったというべきかもしれない。

たぶん、大島渚は映画『日本の夜と霧』などを通して、吉本隆明や谷川雁がしたような仕事をしたのだと思うが、その後の活動も彼のカンがさえている。樋口尚文『大島渚のすべて』（キネマ旬報社・二〇〇二年八月）の一節を抜いてみる。

たまさか釜ヶ崎暴動の前年に「太陽の墓場」を撮り、大学紛争が活発化する直前に「日本春歌考」を撮り、金嬉老事件に先立って「無理心中　日本の夏」を撮った大島渚は、その偶然の連鎖によってジャーナリスティックに時代の予感をつかみとる作家として「カリスマ」化していったわけだが、この釜ヶ崎という限定された閉塞世界で、愚連隊やペテン師や最下層の無自覚な市民たちが織りなすちゃちな権力関係を描くという形式は後の「飼育」の農村にもつながっているだろう。60年安保の敗退をまさに横目にしながらこの脚本を書いていたという大島渚は、一般の労働者から革命の意志は消え、学生が主導する安保闘争も挫折し、革命的なエネルギーがどこかに眠っているとしたら、こうした下層プロレタリアートが闇市そのままの世界に生きている釜ヶ崎のドヤ街ではないかと発想したのであった。

会社から映画『青春残酷物語』の続編を要望されるも、あざやかに裏切って映画『太陽の墓場』を撮った大島渚の面目躍如たるものがある。もっとも、だからこそ、次の映画『日本の夜と霧』で松竹という映画会社から離れざるを得なくなったのだろう。

今、思っても『愛と希望の街』、『青春残酷物語』、『太陽の墓場』、『日本の夜と霧』という初期の四作品の意味は大きい。第一作の映画『愛と希望の街』を一九五九年に撮った後、たった一年間に残り三作を撮っているのは、どう考えても企業内の映画監督だったからであろう。と同時に、大船調から瞬く間に離脱し、彼しか撮ることができない映画の始まりでもあった。思うように映画が撮れない大島渚は、映画監督とは思えないほどに多くの文章を書いた人でもあったが、右の、初期四作のシナリオ等を収録している大島渚作品集『日本の夜と霧　増補版』（現代思潮社・一九六六年七月）の「あとがき」で書いている。

現代の映画監督は詩人の如きものになってしまった。五年前に出版されたこの作品集に増補して再び世の中に出すことになったのだが、恐らく私の生涯の終りに至ってもページ数は今の三倍ないし四倍位になるかも知れぬがやはり一冊の作品集でもって事足りるであろう。

ちなみに、四作目までは一七二ページである。もちろん、ここで「詩人」と言うのは、自虐と自負の板ばさみのようなものであろうが、たぶん、彼が久しぶりに映画らしい映画を撮ったと言えば、映画『儀式』（一九七一年）ではないだろうか。

たとえば、映画『白昼の通り魔』（一九六六年）や『日本春歌考』（一九六七年）、『無理心中　日本の夏』（一九六七年）などについても語りたいのだが、それでは話が長くなりそうなので、それら特色ある作品については、今は触れない。

私が大学進学のために上京したのが、一九七一年四月である。もっとも、浪人したので、その年は予備校へ通っていた。それでも、〈アートシアター新宿文化〉という映画館の映画『儀式』の看板は無視出来なかった。

前年の三島由紀夫の自死も、絡んでいたのだと思う。

私は長い間、誤解していたのだが、映画『儀式』は、三島事件前に構想されていたようだ。「『儀式』で河原崎建三が演じたダメ男の満洲男の役に、三島由紀夫を最初想定していた」と、四方田犬彦『大島渚と日本』（筑摩書房・二〇一〇年三月）に書かれている。まあ、同様の指摘が多くの文献に示されているので、事実なのだろう。シナリオが完成し、プロデューサーのもとに届けられたのが一九七〇年十一月二十五日であったともいう。まさに、三島のエピゴーネンのような忠という青年が「クーデター決起書」を、満洲男の結婚式で読み上げる話がある。それも最初のシナリオからあったのだとすれば、時代と共振する大島渚の感性は尋常なものではないと改めて思う。現実の三島由紀夫は、映画『儀式』で対比的に描かれている中村敦夫が演じた輝道のように死んでしまう。当時は、輝道の凄惨な自死に三島由紀夫の影を強く感じ、ぞっとしたものだ。

いやいや、本当は「ダメ男の満洲男」に三島由紀夫を重ね合わせ、ぞっとすべきであったのかもしれない。

大島渚の映画のあらすじを振り返るには、小野沢稔彦『大島渚の時代』（毎日新聞社・二〇一三年七月）が便利である。小野沢は「満州男」と表記しているが、原作に従って「満洲男」

と訂正した。

主人公の桜田満洲男が映画の冒頭で独白する。それは、ナレーションという説明ではなく、歴史に対する彼の内的独白である。（中略）「せっかくロシア人や満人や朝鮮人に捕まらずに逃げてきたのに、何のことはない、日本に帰るってことは日本人に捕まることだったんだ」。満洲男と母とは、日本の植民地・満洲から日本の敗戦とともに日本へ逃げのび、ようやくたどりついた父の故郷で父の死を知り、彼と母を縛りつけてきた日本という国体から離れ、再び母子だけで生きることを決意する。「どこか」へ出立しようとして、その家と故郷を去ろうとした時、故郷の人々全員に捕りおさえられて家に引きもどされるのだ。日本に捕まった満洲男は、敗戦においても戦前からの支配構造とその心性を変えることのなかった日本という国家と日本人のなかで、戦前と変わらない国家と国体のなかに捕われる。

映画『太陽の墓場』のラスト近くでの炎加世子の言葉が甦る。「動乱屋、ほんまに世の中は変わるんか。……どないに変わるんや、もっとましな世の中になるんか。ここにおるルンペン野郎は、みんな、おらんようになるんか、ドヤ街は消えるんか、どや、云うたれ」という言葉が虚しかったように、大島渚は映画『儀式』でも、相変わらず同じように時代に対している。

映画『太陽の墓場』から、大島渚の映画でお馴染みのメンバーが顔を揃える。佐藤慶、戸浦六宏、渡辺文雄、小松方正等の「異形の俳優たち」については、四方田犬彦が『大島渚と日本』で一章を割いて論じている。これは四方田犬彦も言っていることだが、その「異形の俳優たち」と小山明子以外の主役級の俳優たちを、大島渚は容赦なく「使い捨て」ている。炎加世子、川口小枝、荒木一郎、伊丹十三、桜井啓子、フォーク・クルセダーズ、横尾忠則、横山リエ、唐十郎、河原崎建三、賀来敦子、栗田ひろみ、りりィ、石橋正次等々はその「固有の存在感」だけが必要であったのだろう。四方田犬彦は言っている。大島渚の映画では、「説明的な小芝居は排除される。（中略）彼は度重なるリハーサルを通して役者の脅威的な存在感がしだいに摩滅してゆき、観客に安心して観られてしまう俳優と化してしまうことに深い危惧を感じている。」と。「溝口健二的なメソッドに対する、正確な対立者である」とも言っている。

そういう大島渚映画の仕組みが終わるのが、映画『儀式』の、次の作品である映画『夏の妹』（一九七二年）となる。

沖縄返還という旬のモチーフがなければ、製作されることがなかった映画であろう。沖縄でのオールロケというのは、ドキュメンタリー映画監督としての大島渚を考える上で気にもなるが、実体としては、いささか観念的過ぎたのかもしれない。逆に、メジャーの撮影所で中心的に撮られた映画『儀式』の方が、大島渚監督のリアルな思いを示していたように感じる。映画『夏の妹』をもって、創造社は解散するのだが、実質的な部分は『儀式』で終わっていたというべきであろう。

映画『儀式』の構成は単純過ぎると言ってもいいくらいだ。

主人公の桜田満洲男が「テルミチシス――テルミチ」という電報を受け取り、南の島に向かうが、天候不順のため飛行機が飛ばず、親戚の律子と長い旅を始める、それは、彼自身の過去への旅でもあり、繰り返される葬式や結婚式を通して満洲男の戦後史が語られる。時間的には、一九四七年の正月過ぎ辺りから始まり、七〇年頃に至るのだろう。

その冒頭近くで、主人公が日本人に捕まる場面がある。日本のどこにもあるような段々畑の風景の中を、母子が逃げている姿は、どこか神話的に見えないでもない。なぜ逃げるのか、理由はない。結局は捕まってしまうというのも、夢が醒めるのと同じで、仕方ないことなのだろう。

その段々畑の端に一本だけ、日の丸が翻っていたのは、そこは日本だということを明確にするためであろうが、映画が終わって考えてみると違和感が残る。まさか、旗日でさえ、あんなところに日章旗は立てない。また、不思議なのは、その土地がどこかも示されていないことだ。満洲男の父は戦後自殺し、「一高、東大、高文、内務省」で、元高級官僚だったという祖父が、跡継ぎとして満洲男を育てるのは東京で、そういう祖父に逆らい、満洲男は京都大学へ行くという話になるが、それは話だけで、舞台はいつでも、日本のどことも示されぬ、どこか分からない田舎の旧家でしかない。

その旧家の中庭で、土に耳をつける満洲男。引き揚げの途中で、母は彼の弟を埋めたのである。いや、それは単なる比喩でしかないだろう。我々は戦後史の中で、どれほど多くのものを、そうやって埋めて（隠して）生き伸びてきたのか——という問いが、そこにある。

田んぼで行われる三角ベース（野球）の場面も、神話的で美しい。テルミチがキャッチャーで、満洲男がピッチャーとして球を投げる。律子がバッターでバットを振る。律子の母・節子役は小山明子だが、彼女が大きな声で「ストライク」と叫ぶ。満洲男の後方には、親戚の忠も控えている。

それは、まるで、大島渚が母と妹の三人で「敗戦」という現実に出会った時の構図に似ていないだろうか。大島渚は満洲男のように軟弱者でもあり、同時にテルミチのように雄々しかったかもしれない。映画『儀式』が自伝的であるというのは、そういう風な現実に対する対し方があるからで、たんに映画が戦後史をなぞっているからではない。既に父親を亡くしていた大島渚は、ほとんど素手で「敗戦」に接し、自らが何の跡継ぎかも分からないながら、「現実」に立ち向かったのではないだろうか。幻の家族を背負って投げている姿がそこにある。

大島は六歳のときに父を亡くしている。三三歳で未亡人になり、女手一つで二人の子供を大学まで行かせた気丈な母は、夫の葬儀の翌日、家の玄関に「大島渚」という表札を掲げ、「今日からはあなたが大島家の家長です」と言い聞かせたという。

小山明子『パパはマイナス50点』（集英社・二〇〇五年九月）の結末部の一節である。「介護うつを越えて、夫、大島渚を支えた10年」が話の中心なので、特に映画について書かれているわけではない。一九九六年、脳出血の後遺症を抱えながら「もう一度、映画を撮る」とリハビリに励み、一九九九年四月、映画『御法度』のクランクイン、二〇〇〇年五月、『御法度』を携えてカンヌ映画祭に参加するものの、十二指腸潰瘍穿孔で手術となる。そういうマイナスからの再出発がテーマであるが、大島渚は、そもそも「敗戦」時にマイナスから出発したのではなかったか。

テルミチのように雄々しくあれと母にも言われながら、満洲男のような軟弱者を心の内に抱えていた大島渚がそこにいたように思う。父親が水産技師であるが故に「渚」と付けられた名前は、満洲で生まれたから「満洲男」だという映画の主人公にどこか似ている。たぶん、満洲男のように軟弱ではなかったから映画監督になれたのだろうが、そういう「軟弱さ」を否定しなかったからこそ、本物の監督になれたとも言えそうだ。「何ができないかを発見していったプロセスが自分にとっての青春であった」というのは、そういう意味ではないだろうか。それを描くことが出来た映画『儀式』が、映画としての「青春」の終わりとなったようにも見える。

内面化された〝怒り〟について

――映画『椿三十郎』

黒澤明監督の映画『用心棒』（一九六一年）と『椿三十郎』（一九六二年）を比べて、「年配の人になると『椿三十郎』のほうがいいという人が多いようだ」と、ドナルド・リチーが書いている。何も、同じ映画監督の、同じような時期の二つの作品を比べて、あれこれと言う必要もないのかもしれない。ただ、改めて考えてみると、二つの作品は似ている分だけ、逆に〝違い〟が目立つ。

ドナルド・リチー『黒澤明の映画』（現代教養文庫・一九九一年四月）は便利で、黒澤明の映画について考えたいと思う時には、かならず最初に、この本を開く。久々に読み返したのは、今頃になって、森田芳光監督のリメイク版『椿三十郎』（二〇〇七年）を見たからである。

そりゃあ、織田裕二は軽いし、カラーになっているから、セットもチャチに見える。ただ、シナリオはいじっていないようなので、やはり映画が始まると目が離せなくなった。少なくとも、もう一度、オリジナルを見たい気にさせる力はあるというべきだ。

確かに映画『用心棒』と『椿三十郎』とはよく似ているが、決定的に違う。似ているのは、知恵と力によって、対立する二つの組織を巧みに操るところであろう。違うのは、映画『用心棒』で対立する二つの組織が共に悪であるのに対して、映画『椿三十郎』では、一応、善の組織と悪の組織との対立を思わせる構図になっているところだと考えられる。面白さという点で言えば、やはり、悪者たちを容赦なくやり込めるアナーキーさによって、映画『用心棒』の方に文句なく軍配が上がる。一方、映画『椿三十郎』では、冒頭に登場する青年武士たちは純粋に藩政を憂い、立ち上がろうとしている正義の者たちであり、彼らを捕えようとする大目付は藩政を牛耳る極悪人ということになる。一般的な時代劇によくありそうな話だ。話そのものとしては、映画『用心棒』の方が絶対的に新しい。だからこそ、海外でも、映画『用心棒』をもとにしたマカロニ・ウエスタン映画などが複数つくられたのではないだろうか。

クリント・イーストウッド主演の映画『荒野の用心棒』（セルジオ・レオーネ監督・一九六四年）がもっとも有名なリメイクであり、セルジオ・レオーネ監督は、その後も映画『夕陽のガンマン』（一九六五年）や映画『続・夕陽のガンマン』（一九六六年）を撮った。フランコ・ネロ主演の映画『続・荒野の用心棒』（セルジオ・コルブッチ監督・一九六六年）は、それらとは全然違う別もので、原題は、主人公の名前の通り『ジャンゴ』である。にもかかわらず、邦題に〈用心棒〉という言葉を使ったのは、それほどに黒澤明監督の映画のインパクトがあったために違いない。また、フランコ・ネロが魅力的な俳優である以上に、映画『ジャンゴ』の物語が映画『用心棒』のあらすじによく似ていたとも言える。あの棺桶を引きずり歩くキャラクターの強烈さ以上に、敵になったり、味方に付いたりするアナーキーさは〈用心棒〉という以外ないと思わせる。さらに、『新・荒野の用心棒』（レオン・クリモフスキー監督・一九六八年）などという映画まである。調べれば、もっとあるに違いない。

そういう映画『用心棒』の斬新さに比べると、映画『椿三十郎』はいかにも日本的な時代劇の〈お家騒動〉そのものに見える。海外でのリメイクなど想像することも出来ない。片や、ドナルド・リチーに言わせれば「神に見捨てられた土地」の、名もなき宿場町（なんと、まぁ、「上州」であるらしい。）における町人同士のいざこざであり、片や、武家社会における政権争いに過ぎない。

『椿三十郎』の脚本を書いた菊島隆三、小国英雄、黒澤明も、初めは自分たちが何をしようとしたのか分かっていなかったのではないだろうか。

荒れ果てた神社で、いきなり寝起きを起こされた、名もなき浪人も、これから自分が何をすればよいのか、たぶん、何も分かっていない。彼は、突然、物語の渦中に投げ込まれる。

余りにも馬鹿げた〈お家騒動〉話と、世間知らずな青年武士たちの生真面目さとの乖離《かいり》に、浪人はびっくりする。彼らの「密儀」の幼稚さと純粋さが哀れにさえ見えて来る。浪人は、間違いなく巻き込まれたのであって、その逆ではない。

荒れ果てた神社の周囲は、大目付の菊井派の藩士たちでいっぱいである。青年武士たちにとって、これ以上の危機はない。機転を利かして彼らを救った後、浪人・三十郎は、そこで礼金をもらって終わりでよかった。青年武士のリーダーらしき井坂が言う。

井坂　……あなた（三十郎こと、浪人——引用者）のお話で目がさめました……さっそく、城代家老の伯父のところへ参り、不明をわびて、その指図をあおぐつもりです。

三十郎　うん、なかなか聞き分けがいいな。いい子だ。（と、出て行きかけるが、急に立ちどまり）

三十郎　待てよ……いけねえ……こうなると、おい、その城代家老が危ねえぞ。

一同　城代が？　危い？

三十郎　そうよ……おれがもし菊井だったら城代をとっつかまえるね……いちばん悪い奴はとんでもねえところにいる、なんて図星をさされちゃほっておけねえ。

青年武士・井坂は、自らの「間抜けさ」加減に初めて気づきあわてる。一同も動揺し、その中の一人が「そうだ……こうなったら、死ぬも生きるもわれわれ九人」と言い、一同は唇を噛んで見つめ合う。そこで、三十郎は、思わず「十人だ……てめえたちのやることア、危くて見ちゃいられねえ。」となる。巻き込まれた瞬間である。

どうして、巻き込まれるのか。

ユングの大著『タイプ論（元型論）』（一九二一年）で、説明できそうな気がする。ユングは、まず「外向」と「内向」というように、大きく二つに分ける。その上で、「思考・感情・感覚・直感」という基本的心理機能によって、さらにタイプを区別するのだ。もちろん、人がどのタイプに属しているのかを見極めることは難しい。特に自分自身のこととなると判断が曇る。なぜ、難しいのかと言えば、どのタイプであれ、優勢な方のタイプの一面性を補償しようとする傾向、つまり「心的平衡」を保とうとする傾向が内在するからである。

外向や内向のメカニズムを表わす名前や概念にはさまざまなものがあり、観察者個々の立場によって違いがある。けれども、表現はさまざまであっても根本的観念がつねに一貫していることは明白である。すなわち、ある場合には関心は客体へと向かい、別の場合には客体から離れて主体へと、主体自身の心理過程へと向かうのである。前者の場合、客体は主体の傾向にたいして磁石のように働く。つまり、客体は主体を高度に制約し、ときには主体を主体自身にとって馴染みのないものにすらしてしまうのである。主体の特質が客体との同化によってあまりにも変容してしまうと、客体のほうが主体よりも高く、かつ主体にたいして決定的な意味をもつと思われるようになるだろう。あたかも主体が客体の手に全面的に委ねられることが絶対的な決定因子であり、人生や運命の特別な目的であると思われるほどになる。ところが、後者の場合は主体があらゆる関心の中心であり、そうありつづける。まるですべての生命エネルギーが究極的に主体を探究しており、そのため客体が圧倒的な影響力をふるうことをつねに妨げているように見えると言えるだろう。エネルギーが客体から流れ出し、主体は客体を自分のほうへ引きつけようとする磁石さながらである。

こうしてユングの『タイプ論』の序論から引用していると、なかなか途中で中断するのが困難になる。ユングは「逆説的な記述の危険性に走る」ことなく、「明瞭に分かりやすく記述する」のが容易ではないとしている。

まあ、単純に当てはめてはいけないのだろうが、前者は青年武士たちのようであり、後者は浪人・三十郎のように見える。

ごく普通に見れば、〝未熟者〟と〝すれっからし〟との対比というだけのようにも考えられるが、例えば「岡目八目」というような言葉を、浪人・三十郎が言うところから、やはり、「外向」と「内向」という対比がそこに隠されていると考えるべきではないだろうか。

余りにも簡単に「客体」に振り回される青年武士たちを心配し、彼らを助けようとしてしまうのは、浪人・三十郎が「後者」のタイプだからだとも言えるし、思わず「心的平衡」を保とうとしたため、つい、助けようと考えたのかもしれない。

この浪人・三十郎は、映画『用心棒』の桑畑三十郎と見かけはよく似ているが、本当は違うタイプではないだろうか。これは、黒澤明監督自身が言っていることだが、映画『椿三十郎』は山本周五郎の小説『日日平安』が原作で、原作の主人公は決して「腕っぷしが強くない」。ところが、映画『用心棒』がヒットした直後だったので、会社の意向で〝三十郎〟が再び登場することになったというのだ。

ドナルド・リチーは書いている。


「椿三十郎」を作るとき、黒澤は「用心棒」と「天国と地獄」の厳しい仕事の間でくつろいでいた。そして彼自身、これを撮るのは非常に楽しかったと言っている。確かに彼の初期の作品を除いては、どの作品よりも製作期間が短かった。彼はこれを「白痴」「生きる」「生きものの記録」のような哲学的な大型爆弾とは思っていなかった。しかし、この映画のふしぎに複雑な、それでいて省略部分の多いメッセージがこれほどハッキリ浮かび上がったのは、たぶんそのせいだろう。あるいは、おそらくその起源が「白痴」とは違って、それほど複雑でないためだろう。文体的には、作品の基礎はたったふたつの要素だ。つまり「用心棒」と、あたりまえの日本の時代劇とである。

ドナルド・リチーの言葉で一番気になるのは、「哲学的な大型爆弾」という評語だ。確かに、映画『椿三十郎』は「哲学的な大型爆弾」だと思うのである。

映画『椿三十郎』の、あの有名な「血しぶき」の場面は、森田芳光版の映画『椿三十郎』にはない。「血しぶき」はないものの、たぶん森田芳光らしい解釈と工夫があり、逆に、森田芳光版の『椿三十郎』によって、私は初めて浪人・三十郎の〝怒り〟が分かったような気がした。「血しぶき」がない分だけ、彼の〝怒り〟が内面化されていると感じたのである。森田芳光のリメイク版によって、映画『椿三十郎』が本当に「哲学的な大型爆弾」であったことを、ようやく私は感じ取ったのだと言ってもいい。

思いもかけずに、〈お家騒動〉に加担し、まるで鏡の中の、もう一人の自分自身でもあるかのような、菊井派の〝参謀〟でもあった室戸半兵衛（仲代達矢）まで切らざるを得ない三十郎（三船敏郎）の〝怒り〟を、こともあろうか、私はリメイク版で、室戸半兵衛（豊川悦司）を切った三十郎（織田裕二）の姿を見て悟ったのである。「血しぶき」が内面化されたからこそ、そこに「哲学的な大型爆弾」を感じ取ることが出来たのかもしれない。

浪人・三十郎は思いがけず、青年武士たちを助けてしまった。それは、正しかったのか。彼ら九人を助けるために、三十郎は何人を殺したことだろうか。数えてみたらいい。

そもそも、映画『椿三十郎』の青年武士は、正義の者たちというより、ただの〝跳ね上がり〟と考えれば、すべての構図は真逆になる。実際のところ、青年武士たちが正しいなどという保証がどこにあろうか。名を問われ、庭の椿を見て〈椿三十郎〉と名乗った浪人は、青年武士たちの未熟さを「正義」と見誤ったのかもしれない。ただ、〈タイプ〉として行動してしまっただけではなかったのか、という反省をするのは、ずっと先のことであろう。「桑畑」だったものが、勘違いして「椿」だなんて言うこと自体が滑稽じゃないか、というツッコミは入れておくべきだ。そこで、何を、にやけているんだと誰かが言ってやるべきだったのではなかったか。

浪人・三十郎は、武家社会そのものを叩き切ったのだと、昔は思っていた。表面的には〈時代劇〉を切ったのだろうが、黒澤明監督は社会構造そのものに触れたのだと考え、「凄い場面だな」と思い込んでいた。いやいや、そうではない。浪人・三十郎は、おのれ自身を叩き切ったのだというのが、今、ようやく思い至った考えである。であればこそ、「哲学的な大型爆弾」になるのではないだろうか。

アナーキーな浪人・三十郎は、映画『椿三十郎』において、さらに一段、「哲学的」に深いところへ降りて見せたのではないだろうか。

ドナルド・リチーは、映画『用心棒』に触れながら書いている。

何がおこったのか、理解することはできる。もしこうした怪物がディケンズ的に見えるなら、それは黒澤が、ディケンズ同様、ほとんど占有的に人間の尊厳、美、自由を扱っているからである。彼は自分の『荒涼館』を持ち、自分の『大いなる遺産』を持っている――さらに彼は、ときおり熱中のあまり、黒澤版《少女ネル》を見せてしまう。すべてがあきらかになると、つぎは世の中との闘争の新段階である。つまり涙を流して泣いたりせず、声をあげて笑うようになることである。もしこの世の中がわれわれをこれほど混乱させる理由が、この世は悪魔と天使のまじりあったもので出来ているためだとすれば、一度だけ逆に悪魔的な手を使ってみようと、永遠の疑問なら別の言葉で言いなおしてみようと、おさえていた内部の声を思いきって外に出してみようと、あんまりほどきにくいならいっそ結び目をちょん切ってしまおうと――そうしたって、現在以上に混乱するってこともないだろう。

ディケンズ的な怪物というのは、映画『用心棒』での、敵対するゴロツキどものことだ。ドナルド・リチーは、彼らは「博物館のグロテスクな人物像の陳列みたいなもの」だし、「怪物の集会みたい」だと言う。「両勢とも、烙印を押され、入れ墨された小人と巨人で構成されている。悪は最終的にグロテスクになる。」とも、語る。本当にディケンズの小説世界のようであり、だからこそ、〈用心棒〉は、まるで悪魔のように、世の中の「結び目」をちょん切って平然としている。ドナルド・リチーは言う。そうして黒澤明監督は「まず悲劇を拒否し、次にメロドラマを拒否する。そして彼は喜劇を作ることを強調する。」と。ところが、映画『椿三十郎』における黒澤明監督は、「占有的に人間の尊厳、美、自由を扱っている」わけではなく、世の中の「結び目」をちょん切るどころか、思いがけず結び直し、浪人・三十郎はおのれ自身を叩き切ることになったのではないだろうか。

逆説的に言えば、映画『椿三十郎』では、青年武士たちこそが「ディケンズ的な怪物」なのではないだろうか。

映画『椿三十郎』のラストシーンは、映画『天国と地獄』（一九六三年）のラストシーンをも予感させているとさえ言えそうだ。

薄っぺらい映画監督なら、煙突から妙な煙（モノクロームの映像における、唯一の色）が出たところで、この映画『天国と地獄』を終わりにしたことだろう。ところが、黒澤明監督は、犯人が処刑直前に主人公・権藤（三船敏郎）との面会を望む場面をラストに用意するのである。いわば〈天国と地獄〉の、それぞれの住人の代表者が対面するわけだ。薄っぺらい映画監督なら、ここで、犯人の恨みに寄り添うかもしれない。もしくは、徹底的に犯人を裁いたかもしれない。

犯人（急にいらいらしたようにしゃべり出す）どうして、そんな顔で私を見るんです。私はこれから殺される。でも、それを恐れてなんかいませんよ。だから、そんな憐れむような目つきで私を見るのはやめてください。

権藤 ……

犯人 それがいやだったから、私は教誨師もことわったんです。悔い改めたり神様にすがったり、なぜ、私までがそんなつまらないことをしなけりゃならないんです？ 私はね、親切な気持ちで嘘を言われるより、残酷な気持ちで本当のことを言ってもらうことの方がいいな。

権藤 ……

犯人 ところで、権藤さん、私が死刑になってうれしいでしょう。

権藤 ……

犯人 うれしくないんですか。

権藤 どうして、そんなことを言うんだ、きみは、なぜ、きみと私を憎み合う両極端として考えるのかね。

映画『酔いどれ天使』（一九四八年）や映画『野良犬』（一九四九年）の昔から、医者とヤクザも、刑事と犯人も、善と悪も本当は紙一重なのに、まるで「憎み合う両極端」でもあるかのようなドラマが繰り返されてきた。映画『天国と地獄』における、主人公・権藤の、この穏やかさは、既に「おのれ自身」を叩き切ってしまった浪人・三十郎のものではないだろうか。
ドナルド・リチーは、ドストエフスキーを引き合いに出して書いている。

……ドストエフスキーが指摘した通り、これこそ必要なことなのだ。自由な人間とは、自らの行為を受け入れ、さらに、他人の行為をまで自分自身のもののように受け入れるひとのことである。

ここで、もう一度、ユングの言葉を読んでおきたい。「心理学は、善悪それ自体が何なのか、知らない。心理学では、善悪を関係性についての判断として把握できるだけである。」としながらも、ユングは『アイオーン』（一九五一年）で「悪の問題」の検討をする。

自身の内に潜む悪の危険性を見過ごしてはならない、ということが今日ほど重要な時代はかつてなかった。不幸なことに悪はあまりに現実性があり、それゆえ心理学では、悪の実在性を主張せざるをえず、悪が些細なことで、現実には非存在だとする定義はすべて受け入れられない。

映画『用心棒』の桑畑三十郎は、自らの〈悪〉など考えたこともなかったろうが、映画

『椿三十郎』の浪人・三十郎は、自らの内なる〈悪〉におののいたのではなかったろうか。ユングは『ヨブへの答え』（一九五二年）で、さらに検討を続けるのだが、残念ながら、ここで引用するのは適当ではない。

ドナルド・リチーは書いている。映画『赤ひげ』（一九六五年）で、黒澤明監督は「一つの結論に達してしまった。」と。たぶん、ドナルド・リチーと私の考えには多くの違いがあるのだと思うが、「一つの結論」というのは同意見だ。〈赤ひげ〉こと、主人公・新出去定（三船敏郎）は、映画『天国と地獄』の主人公・権藤と同じように、やはり、既に「おのれ自身」を叩き切ってしまった浪人・三十郎ではないだろうか。「哲学的な大型爆弾」は既に爆発してしまっていたのである。黒澤明という監督が凄いのは、その「哲学的」な思考を映像によっておこなったことだ。黒澤明映画を意味的にだけ読めば、詰まらぬヒューマニズムぐらいしか見えてこないだろう。映画作品のあらすじだけを読んでも何にもならない。薄っぺらい映画監督なら、自らテーマを語ってみせるだろうが、黒澤明監督は映像だけにすべてを語らせる。映画それ自体によって、具体的に考えたのではないだろうか。

二つの時代劇映画
――『十三人の刺客』と『桜田門外ノ変』

たいへん寒い日だった。当日は、十月としては戦後、最も気温の低い日だったようだ。朝から雨も降っていた。もっとも映画『桜田門外ノ変』（二〇一〇年）を見るのには丁度良かったかもしれない。映像の中の雪が身に沁みる。大老暗殺という出来事の興奮が、現実の中でしだいに冷め、草花のように、しおれて行くしかない過程に胸が痛んだ。

まずは、端正な映画であると言っておきたい。

その一週間前に見た三池崇史《みいけたかし》監督の『十三人の刺客』（二〇一〇年）と比べて、殊更にそう思う。もしも外国人が両方の作品を見たとしたら、『十三人の刺客』を選ぶかもしれない。派手だし、分かりやすい。橋も爆破されるし、適度に笑いも入っている。しかし、私はうんざりして途中で何度も席を立とうかと悩んだ。昔見た、工藤栄一監督の旧作に対する愛着がなかったら、まちがいなく、最後まで見ることはなかったろう。エロもグロも諦めるとしても、死闘の後、登場人物たちは、ついにどんな虚無にもたどりついていない。ただの見世物にしかなっていない。

横暴な領主（明石藩）・松平斉昭《なりあき》（稲垣吾郎）がいて、将軍の弟なので、まもなく大老になろうとしている（実在した松平斉韶《なりつぐ》とは関係がない。フィクション上の人物）。斉昭の残虐な行為を表立って問題にすることもできないので、老中・土井（平幹二朗）は旗本・島田新左衛門（役所広司）に暗殺の密命を下す。新左衛門は、斉昭が参勤交代で帰国途上の中仙道・落合宿で待ち伏せをする。十三人で三百人の敵に対するという絶望的な戦いが始まる。武士がほとんど人など斬ったことがないという時代に設定されている割には、何とも派手な斬り合いが繰り広げられる。平和な時代が続き、真剣に自分自身を賭けるものを持たない人々が、死に直面して初めて自らの生を実感するという論理は分からないではないが、そんなことのために殺し合いをしてもらっては困る。たった一人の横暴な人物を殺すだけで、何かが解決するというのは余りにも楽観的な思考ではないだろうか。

蠟燭のゆらめきを意識的に映像化したり、女性のおはぐろにこだわったりしているのも、何だか厭な感じがした。繰り返される残酷な映像は、決してリアルではない。そこにあるのは観客の想像力を無視するような傲慢さである。リアリズムというのは、事実そのままということではない。我々がそこにリアリティーを感ずることができるようにする表現技法のことである。

最後に、斉昭の首がはばかりへと転がる場面では、余りのことに開いた口が塞がらなかった。馬鹿馬鹿しくなったと言った方がいいか。こんなことで何かを表現したと、三池崇史監督は本当に思っているのだろうか。

たまたま、そういう映画を見た後でもあったので、佐藤純彌監督の『桜田門外ノ変』のいささか、無機質ともいえるドキュメンタリータッチがかえって好ましいものにみえた。

何よりも、すばらしかったのは、桜田門の前という場所を丁寧に描いたことだろうと思う。原作者の吉村昭は、あるエッセイで次のように書いている。

七、八年前から、桜田門外ノ変の史料収集をはじめたが、都心に出てタクシーで警視庁の前を通る度に、それまでとはちがった眼でそのあたりを見まわすのが常になった。

江戸切絵図でみると、当時、警視庁の位置には松平大隅守《おおすみのかみ》（杵築《きづき》藩主松平親良《ちかよし》）邸があり、日比谷公園とは逆方向の近距離に彦根藩邸があった。

井伊大老をのせた駕籠《かご》は、彦根藩邸の門を出て濠《ほり》ばたの道を進み、桜田門外の松平大隅守邸の前に来た時、水戸脱藩士十七名、薩摩藩士一名に襲われ、大老は殺害されたのである。

タクシーは、桜田門前の信号でとまることが多い。

警視庁の入口には、警察官が立ち、濠ばたの道にはジョギングする人や、カメラを桜田門にむけている外国人の姿などが見える。

私は、車のつらなるコンクリートの路面を見つめ、ここで百三十年前に凄絶な斬合いがおこなわれたのだ、と思うのである。

この文章が書かれたのは、一九九〇年九月だから、今年は丁度、事件から百五十年目ということになる。いずれにせよ、映画の視点は、正に、この筆者の目である。映画は、小説ではなく、このエッセイの方を原作としてもいいくらいではないだろうか。吉村昭は現在の桜田門前に過去の情景を幻視している。吉村が小説の主人公を襲撃時の現場指揮者の水戸脱藩士・関鉄之介（大沢たかお）としたのは、元東京大学史料編纂所の吉田常吉教授の助言だったそうだ。鉄之介が筆まめで多くの日記を残しているからである。鉄之介が傘を片手に事件を見入ったように、吉村昭は事件を幻視した。映画はそれをよく再現しているような気がする。

映画『桜田門外ノ変』では、ほぼ実物大のオープンセットが造られた。* 同じように新作の『十三人の刺客』でも落合宿のオープンセットを建てながら、結局は爆破し、打ち壊すために、使い果たしたのとは違い、桜田門はリアルだった。濠があり、桜田門前に雪景色が広がっているだけなのだが、事件の現場としての張り詰めた美しさをたたえていた。

オープンセットとしては、特に目新しいものがあるわけではない。単に当時の桜田門前を再現しようしたのに過ぎない。ただ、その空間は取り換えがきかない。大老（伊武雅刀）が殺されたという事件を描くだけなら、映画はいくらでも撮りようがあったことだろう。しかし、それではあの奥行きを表現することはできなかったろう。事件そのものを描くことが大事なのである。事件そのものに比べれば、個々の人物は何と小さいことだろう。大きな波に飲み込まれる小舟のようなものだ。水戸藩の下級武士など何ほどの存在でもない。多くの勢力や様々な人々の思惑が交錯し、入り乱れ、その中の何名かの意志の高まりの果てに、ついに事件は起こる。しかし、起きてみれば、自分たちが起こしたはずの事件が、自分たちを軽々と乗り越えて行くのを、水戸浪士は実感したことだろう。

映画『桜田門外ノ変』には、余分な説明はない。当時、武鑑《ぶかん》片手に大名行列を見物するのは一般的であったとか、武鑑とは大名についてのガイドブックのようなものだとか説明しない。会話の中でさりげなくそういうことの一部が触れられているだけだ。観客はいきなり、現場に立ち会わされたのに等しい。ただ事件を見る。まるで事件の証人のような衝撃を受ける。関鉄之介が見たように事件を見届ける。

壮絶な斬り合いなどというと、通俗になってしまう。実際の目撃記録では、鍔《つば》ぜり合いで切り落とされた指や耳などが数多く落ちていたそうだが、佐藤純彌監督の美意識はそんなことに目を向けない。にもかかわらず、観客は刀で切り合うことの怖さを実感する。少なくても私は、目を離すことができなかった。それは全く時代劇の剣戟《けんげき》の場面とは違っているようにみえた。新作の『十三人の刺客』では、もっと壮絶な戦いが繰り広げられたはずなのに、そういう種類の怖さを感じることはなかった。

斬りかかった方も緊張したことだろうが、井伊大老の側からすれば、突然の襲撃を受け、混乱したのは無理もないことだろう。戦うべき者は戦い、逃げる者は逃げる。逃げた者は、その後、逃げ帰った藩で斬首されたようだが、その時は体が自然に反応してしまったのかもしれない。

いったん事件が起きてしまえば、もうすべては元に戻らない。それぞれの行動は、とりかえしのつかないものになっている。

新作『十三人の刺客』の主人公は、自分は無謀な賭けに勝ったといって死んで行くのだが、映画『桜田門外ノ変』の脱藩浪士たちには、大老を討ち果たしたことでの達成感はない。もんだいは大老の首をとることではなく、世の中を変えることだからだ。そもそも事件によって藩に迷惑がかからないように、直前に脱藩届けを出している。

映画は、浪士一人ひとりの最期を追う。その場で戦闘死した者や、深手のため途中で自決する者などを描く。初めからの打ち合わせ通り、数名ずつに分かれ各藩邸などへ自首するのは、事件をうやむやにさせないためである。事件そのものが闇に葬られる可能性があるからだろう。

やがて、襲撃には参加しなかったが、薩摩藩の同志と合流するために京都へ向かった水戸浪士たちにも追っ手がかかる。そこで、捕縛される者や、捕縛を避け自決する者もいる。幕府から追われるだけでなく、水戸藩にも付け狙われる。井伊大老の暗殺と同時に予定されていた、薩摩藩三千人の京都への出兵の話も立ち消えになってしまう。味方をしてくれるはずの鳥取藩にも裏切られる。救いは何処にもないようにみえる。吉村昭も言っているが、どこか二・二六事件との類似も感じてしまう。

そうなってみると、本当に逃げ場というものが世の中にはないのだと思う。たぶん、桜田門前で日常を越えてしまったということなのだろう。世界の果てまで行ったような主人公・鉄之介の虚無がそれとなく想像される。山崎正和がある文章で言っている。「非日常の世界に踏み出して、その闇をのぞき込むような無謀な意志を持つこと」ができるのは、「特別な英雄であり、プロメテウスやオイディプスのような超人」であり、「結果として悲劇に倒れるその姿を人々はあがめながら遠ざけた」と。

「大老の首一つとるために、一体どれほどの人の血が流れたことだろう」というような、関鉄之介の台詞が映画にあった。大老の暗殺で、目に見えるように世の中が変わったわけでもない。であればこそ、なおさら桜田門外の、あの場所を、鉄之介は繰り返し思い出しはしなかっただろうか。鉄之介の日記に、逃走ルートをたどるメモ以外に、なんらかの感情の表白があるのかどうか知らない。何も書いてないかもしれないが、あの雪景色が彼の心から消えるはずはないと思う。映画の中で、その雪景色が回想されるのは一回だけだったような気がするが、観客としての私は、頭の中で繰り返し雪の桜田門前の雪景色を思い浮かべた。映画の前半にその場面があったことは、成功と言っていいのではないだろうか。その事件の場としての喚起力は、いつでも私たちをそこに連れて行ってくれる。「桜」と「雪」というイメージの組み合わせも美しい。

一八五八年、将軍家定が嗣子《しし》のないまま他界した。

老中たちと老中以外の「譜代」大名は、最大の「譜代」大名、井伊直弼《なおすけ》の指揮で、紀州藩主徳川慶福《よしとみ》を後継者として支持した。徳川親藩と「外様」大名は、徳川斉昭《なりあき》の子、一橋慶喜《よしのぶ》を支持した。そこで継嗣問題が外交政策をめぐる対立を一層両極化させることになった。堀田の工作の裏をかき、かつ我が子が将軍の後継者に決まることを望んだ斉昭は、実際に朝廷の支持を仰ぎ、これがため、元来は幕府内部のものである問題に、朝廷の介入を許すことになった。言いかえれば斉昭は天皇の名によって幕府に攻撃を開始したわけである。

一八五八年には事態の思いがけぬ展開で、「老中」の活躍が必要となった。井伊直弼（一八一五―一八六〇）が党派争いを鎮める使命を帯びて、急遽「大老」として、幕政の指揮に当たることとなった。井伊は、一八五三年に、鎖国の撤廃を主張した二人の大名のうちの一人であった。いまや彼は朝廷の承認を待たず、対米通商条約の調印を進め、慶福をたてて継嗣問題に決着をつけた。数ヵ月を待たずして、五ヵ国との通商条約が調印を見、こうして、二〇〇年つづいた鎖国政策は終わりを告げた。

（J・ホール（尾鍋輝彦＝訳）『日本の歴史』下（講談社現代新書・一九七〇年七月））

当時の歴史的な状況を見れば、右の通りである。映画では、桜田門外の変の遠因としてアヘン戦争の説明から始め、黒船の出現を語り、日本の、対外危機という転換期を示す。その後、直接的な原因として、右のような将軍の継嗣問題が起こる。強力に鎖国の維持を要求する水戸烈公こと徳川斉昭（北大路欣也）の動きが、かえって幕府の弱体化を進めたのは、歴史の皮肉であろう。その主君の主張をさらに過激に行動した水戸浪士たちは、そのことで、幕府からも、水戸藩からも狙われることになる。歴史の大きなうねりの中では、彼らは本当に泡のような存在でしかない。

「西欧の衝撃」ということで言うなら、井伊直弼の開国政策が大きく時代を動かしたわけだが、いわば反動的な水戸浪士たちの行動が幕府の弱体化を進め、かえって日本の近代化を推進したというのも、ちぐはぐな感じを与える。

いわゆる「安政の大獄」によって、反対運動が地下にもぐり、より過激になったことが、「桜田門外の変」の直前の社会状況であったろう。一歩先がみえないのである。何が正しいのかが分からない。関鉄之介には何が見えていたのだろうか。深い虚無の中で初めて見えたものもあったかもしれない。

それにしても、井伊大老が最初の銃弾で動けなくなったというのは象徴的だ。開国を主張する大老を西欧の道具で倒したのが、過激な攘夷主義者なのだ。精神的な刀では、もはや諸外国と戦うことなどできないというのは自明の理である。昔、加藤周一が『雑種文化』の中で、日本主義者は必ず精神主義者となると言ったことがある。江戸末期のこの事件は、そんな点でも現在までつながっているように思われる。この映画とはいささか離れるが、日本文化の「雑種性」には、本当はどういう可能性があるのか、改めて考えてもみたい。

さて、最後に、何か結論のようなことを書いておかなければならないだろうか。映画『桜田門外ノ変』は、佐藤純彌監督の撮った初めての時代劇という宣伝文句もあったが、本当は、この映画を時代劇と呼ぶことは正しくないのではないかと思う。なぜなら、歴史は描かれているが、斬り合いがテーマではないからだ。時代がたまたま幕末だったということに過ぎない。

刀の怖さを表しているという意味では、クエンティン・タランティーノ監督『キル・ビル』やクリス・ナオン監督『ラスト・ブラッド』などの映画の方が、新しい魅力を開拓し、余程出来がいい。『ラスト・ブラッド』の、セーラー服姿に日本刀をきらめかせた少女サヤ（チョン・ジヒョン）は特に印象に残る。そう言えば、少し前になるが、藤沢周平原作で、平山秀幸監督の映画『必死剣　鳥刺し』の壮絶な斬り合いには確かに必然性があったなと思う。もし、新しい時代劇というものがあるとしたら、ああいうものでなければならない。新作の『十三人の刺客』のような、のんきな時代劇は、本当は理念としてもう既に終わっているというべきではないだろうか。

＊　映画完成後、オープンセットと記念展示館が、水戸市千波湖畔で公開された。三年間で約三十一万人が訪れたそうで、私も、その一人である。

文久二年・時計・品川

――映画『幕末太陽傳』

日活創立百周年（二〇一二年九月）を記念し、デジタル修復版の映画『幕末太陽傳』が公開された。二月の寒い日、派手な色つきのポスターにつられて近所の映画館へ出かける。たぶん、ちゃんと見たのは、これが初めてである。モノトーンがかえって新鮮に見えたりするから不思議だ。

まずアヴァンタイトルでフランキー堺が登場するまでの、物語のさわりを見せた後、タイトルが出て、カメラは突然、映画が公開された一九五七年当時の、「北品川カフェー街と呼ばれる十六軒の特飲街」の風景を捉える。売春防止法施行直前で、やがて滅びるしかない風景の中を米兵と日本人女性が「さがみホテル」に入る。そこで、ふたたび文久二年の品川宿「相模屋」に変わったところで物語が始まる。これが映画『幕末太陽傳』の出だしだ。つくづく、うまいと思う。そんな風にして、「特飲街」が一番華やかだった時代へ、するりと入ってみせてくれる。それは同時に、現実からフィクションへの移行でもあるわけであろう。

異人が馬に乗って疾走する後を侍が追う。異人がピストルを撃つ。侍が転がる。その時、侍の懐から落ちた懐中時計を主人公のフランキー堺が拾うのである。実は、それは高杉晋作のものであるので、時計が主人公と高杉をつなぎ、また、高額のものでもあるので、高杉たちの借金のカタにもなり、相模屋の道楽息子が持ち出そうとしたり、最後には、高杉晋作役の石原裕次郎からフランキー堺に預けられる。

言うまでもなく、時計が象徴しているのは「時間」である。

そこで、思い出したのが、ヤノット・シュワルツ監督の映画『ある日どこかで』（一九八〇年）だ。一九七二年という設定なのだが、例のスーパンマン役のクリストファー・リーヴが、ここでは脚本家志望の大学生で、処女作上演後のパーティーで盛り上がっている場面から始まる。その時、一人の上品な老婆が彼に近づき、「私のところへ戻って来て」と意味不明なことを言って、懐中時計を渡す。SFではないが、タイムスリップもので、クリストファー・リーヴはやがて時計に導かれるように、一九一二年のグランド・ホテルへ向かい、一人の女優（老婆の若き日の姿である）に出会う。ちなみに、一九一二年と言えば、日活という会社が出来た年でもある。

映画『幕末太陽傳』は、もちろんSFでもなければタイムスリップものでもない。だが、限りなくタイムスリップものに近いのではないだろうか、というのが、実は、私の考えである。フランキー堺の「居残り佐平次」は、少しばかり時代を超えているところがあるような気がするのだ。自分が結核であることが分かっていて、自分で薬を調合したりしている。物語の上では、横浜で外国人の医者に診察してもらったというようなことを言っているが、その近代的な精神は、そもそも、どこで培《つちか》ったのであろうか。いやいや、私は何も、「佐平次がタイムスリップしていたのだ」とかいうような、珍説を立てたいわけではない。そうではなく、ただ、佐平次の人物像の造型ということについて考えたいのである。時計を分解して組み立て直す能力もある。機転も利くし、商才もある。度胸もあれば、ユーモアもある。どうみても、文久二年という時代から頭一つ抜け出ていないだろうか。タイムスリップしたとは言わないが、まるでタイムスリップした人のようであるとは言っておきたい。

映画『ある日どこかで』のクリストファー・リーヴは、一九一二年のグランド・ホテルへタイムスリップした時、ホテル内の人々を何とも言えない愛惜の思いで眺める。本当なら会うことのない人に会い、そこにいることができないはずの場所を自分が歩いて行くのだから、当然のことであろう。観客である私たちもクリストファー・リーヴの視線を共有する。この映画の最大の成功はそこにあるように思う。一九七二年に比べてさえ、一九一二年の風俗と風景はゆったりとしていて、優雅で美しい。どこでどういう間違いを犯して、現在のような世の中を私たち人間はつくりあげてしまったのだろうか、という反省までさせられる。

映画『幕末太陽傳』を見て思うのも、ほぼ、それと同じ感想なのだ。文久二年と言えば、あのTVドラマ『JIN―仁―』（前編二〇〇九年／後編二〇一一年）の世界でもある。考えてみれば、こちらもタイムスリップものだ。江戸時代の娘役の綾瀬はるかが主人公に「黒船は十年ほど前に参りました」という時代であり、明治維新まで五、六年というところである。映画『幕末太陽傳』の時代は転形期であるが、いきいきとした風俗と品川宿の様子は、やはり美しいというべきであろう。フランキー堺の佐平次は、まずは楽しむために、文久二年の相模屋にやってきたと言っていい。彼は十二分に楽しむ。無銭飲食で「居残り」になった後は、さらに楽しむ。実際のところ、結核の養生のために「居残り」をするのだという台詞もある。そこには、楽しまなければならないという強い決意さえ感じる。相模屋の中のフランキー堺が演ずる佐平次は実にいきいきとしている。こんな風に生きられたらどんなに楽しいだろうか、と思う。観客の楽しみも、同じくそこにある。佐平次は時代を楽しむが、時代に縛られない。

たとえば、映画の中の高杉晋作は世の中を変えようとしているが、時代には縛られている。いくら「お侍にしておくのは惜しい」人物でも、結局は時代から逃れることはできない。

佐平次は侍を恐れないし、侍に媚びない。「幕府のスパイではないか」と疑う高杉に対して、例の有名な台詞を左平次は言う。「どうせ旦那方は、百姓町人から絞り上げたおかみのお金で、やれ攘夷の勤皇のと騒ぎ廻っていりゃ済むだろうが、こちとら町人はそうはいかねえ。手前一人の才覚で世渡りするからにゃあ、へへ、首が飛んでも、動いてみせまさあ」と。もっとも、「首が飛んでも、動いてみせるわ」というのは、本当は、『東海道四谷怪談』での、伊右衛門の台詞だろう。ここでは芝居の台詞を引用して、本歌取りのように使っているということなのだろうが、佐平次はそれを完全に「町人」である自分自身の台詞にし、激しく封建社会を批判していて小気味がいい。

川島雄三監督（一九一八〜六三年）は、「自作を語る」（『花に嵐の映画もあるぞ』河出書房新社・二〇〇一年七月）で、次のように言っている。

松竹にいた時から考えていた題材です。古典落語に出てくる居残り佐平次という人間と、歴史上の人物である高杉晋作がいっしょに出てくるんだが、話のこしらえ方は、割とすんなり出来ました。幕末のことは、事実を知っているひとが多くいるわけだし、史実はちゃんと調べ、ウソをつく時は、はっきりウソだという形で出したいと思いました。（中略）／調査部門で、チーフ助監督の今村昌平とセカンドの浦山桐郎の両君が、よく働いて、献身的にやってくれました。僕は、わりと人に会うのがきらいなので、下ごしらえ的に、彼らが準備してくれました。それと木村荘八さんが、土蔵相模などに愛着を感じておられて、よく協力してくれた。／そもそも居残り佐平次というのは、大阪から出た落語だと思いますが、固有名詞みたいで、普通名詞みたいなところもある、おしゃべり、おせっかい、などの意味のある言葉です。この、オブローモフ的な性格の持主佐平次に対して、片や乱世の英雄で、二九歳位で脳梅《のうばい》か何かで死んでしまう高杉晋作という、違った意味での行動力のある人間を、ぶっつけてみた。土蔵相模で高杉が遊んでいたのは事実なんですが、映画の中の設定は、史実とちょいと違います。この高杉が類型的になりすぎて、やり直したいきがします。／こういうことをみても、僕は、肯定的な人間というのが、わりと巧く描けない。否定的人間の方が、共感をもって描けるという気がします。肯定的な人間が描けないでどうするか、とも思いますが、今のところでは、否定的な側面を突いていきながら、その向こうに肯定面があることを描くよりしょうがない。否定面より入っていくよりしょうがない、と思っています。

オブローモフはゴンチャロフの小説の主人公で、「才能を持ちながらも無気力。無為の生活を送るもの」の謂いだから、正直なところ、佐平次とはちょっと違う気がする。まあ、いわゆる正業についていないということで「オブローモフ的」としているのかもしれないが、ちょっと違和感を持つ。監督の言う「肯定的人間」と「否定的人間」も分かりづらい。私からみると、フランキー堺の佐平次役というのは、いきいきと生きる決意をしているだけでなく、高杉晋作らの改革の、さらにその先を見ているような人物にさえ思われる。単に「否定的人間」とは思えない。買いかぶりかもしれぬが、だからこそ、先に「タイムスリップした人のよう」だとしたのである。

引用中の「土蔵相模」は相模屋である。相模屋は外壁が土蔵のような海鼠《なまこ》壁だったので、そう呼ばれた。高杉や久坂玄瑞《くさかげんずい》らがそこで密議をこらしただけでなく、桜田門外の変で、当日、浪士たちが出発した宿でもあったという。品川宿は、千住宿、板橋宿、内藤新宿と並んで、江戸四宿と言われ、遊郭としても賑わった。

これは、まったく余分な話だが、品川といえば、岩本素白《いわもとそはく》が育ったところである。昔、遊郭へ通う遊び人の中で、ただもう女遊びだけだという素寒貧《すかんぴん》はきっかり百文を持って行ったのだそうだ。そういう人のことを「素百」といい、その百文もないので「素白」、それを号としたと岩本素白本人が言ったそうだ。ただし、岩本素白は気品清らかで、その説は余り周囲に受け入れられなかったらしい。岩本素白は、本名、堅一。明治十六年生まれで、麻布中学を経て、早稲田大学卒業。同文学部国文科で随筆文学講座を担当。『岩本素白全集』全三巻。知る人ぞ知る孤杖飄然《こじょうひょうぜん》の散歩者である。昭和三十六年没。岩本素白は映画『幕末太陽傳』を見ただろうか。

さて、高杉晋作は文久二年五月に上海に行っている。帰国は七月で、十二月十二日に英国公使館の焼き討ちが実行された。映画『幕末太陽傳』は、大枠として、七月以降から十二月までという歴史的「時間の枠」に沿ってつくられている。映画の途中に出て来る荒神様のお祭りが、九月か十一月の二十八日だとすれば、さらに日時がはっきりする。それが歌舞伎でいう、いわゆる「世界」ということになろう。「世界」は堅牢なものでなければならないが、もんだいは、やはり佐平次の言動の方である。佐平次が文久二年の品川でどれだけいきいきと動きまわるか、どうかが大切なのではないだろうか。相模屋の他の若衆たちが嫉妬し、呼び出して制裁を加えようとしたくらいの働き方である。下敷きにしているのは落語にまちがいないだろうが、佐平次の働きは、軽々と落語を超えていると思う。佐平次の「乾いた人生観」（庵野秀明）は落語のそれとは全く違うものだ。何度も言うが、だからこそ、私はそれを「タイムスリップした人のよう」だと言ったのである。

英国公使館焼き討ちの火の手を、みんなが相模屋の二階から見物する場面がある。佐平次も一枚噛んでいることなので、にやりとしてもいいはずなのだが、どういうわけか、彼の顔色はさえない。物見高い人々はわいわいがやがやしているのだが、なぜか佐平次は落ち着かず、そわそわしているようにみえる。まずいことになったな、困ったなといった風情である。筋立てとしては、若旦那の駆け落ちのこととか、自分自身も相模屋から逃げ出さなければならぬこととかがあるので、佐平次はそういう反応をしていると言うことはできる。しかし、周囲の野次馬とはまったく別の行動をとる佐平次は、やはり「タイムスリップした人のよう」なのである。佐平次の眼は、英国公使館焼き討ちの、さらに、その向こう側を見ているようにさえ感じられる。

明治維新ということばは、ものごとの本質をごま化すことに妙を得た日本絶対主義者の数多い造語のうちで、ガダルカナル「転進」に匹敵するほどのものである。「御維新」は当年の民衆にたいしてもっぱら「御一新」として宣伝されまた期待されたあとがある。「御一新」ということばの意味するものは「世なおし」に通じており、革命であって改革でない。幕末の天保改革や文久改革のことを世人はたれも御一新とは言わなかったし世なおしともいわなかった。それでいて明治維新ということばは教科書的には王政維新または王政復古の意に用いられ、「明治革命」ということばは公式の通念では堅く拒否されていたのである。（中略）メイジ・イシンという一つのことばをもって、当年の人民にたいしては革命を約束しつつ公式には単なる王政復古《レストレイション》にすぎないとするところに、退却を称して転進とするほどの「治者の用意」がみとめられる。

服部之総「明治維新における指導と同盟」（『服部之総著作集第五巻』（理論社・一九五五年三月）所収）から引用した。佐平次がそういう「治者の用意」すら見通していた、とは言えない。

もちろん、そうは言えないが、そう思わせてくれるようなところがある。

　大抵のひとは
　雲をながめるのが好きだろう
　おれも好きだ
　昔っから好きだ

　それも
　印象派の音楽家がフルートで
　のんびり描いたような
　晴れた日のぷかぷかした雲の様もよいが
　嵐の前ぶれをみせて青黒く
　乱れた雲が何よりだ
　限りなく混沌としているようでいて
　そのくせ

ひっしひっしとひとつになって
何処かへ移っているのだ

あいつらを見ていると
大声をあげたくなる

恐ろしい速度をもっているに違いない
恐ろしい断面をもっているに違いない
あいつらを
でかいドラムと
牛のように吠えるチューバとで
思い切りうたってやりたいものだ

（「雲」全行）

昔、詩人や小説家がさかんに映画批評を書いた時代がある。誰かが『幕末太陽傳』について何か書いていないか、あれこれめくってみたが、適当なものが見つからず、黒田喜夫のものを読んだついでに、右の彼の詩が眼にはいった。まあ、テーマは「乱世」であろう。のんびりした雲も、時が来れば乱れた雲になるぞというわけである。単純といえば単純なのだが、堂々とした歌いっぷりだ。一見、のんきな「居残り」にみえる佐平次が、実は「乱れた雲」のように「限りなく混沌としている」のかもしれない、と思えたので引用してみた。佐平次は、ただ単にうまく世を渡ろうしているだけではない。そこが、落語と決定的に違うところだ。

佐平次がいよいよ「居残り」となり、座敷から蒲団部屋に移って一人きりになった場面の暗い表情は忘れられない。ドンチャン騒ぎの翌朝、海を見ようとして窓をあけたところ、犬の死骸が浮いていたり、相模屋から一歩外へ出れば、苛酷な現実ばかりである。映画の中では、近くの鈴ケ森へ向かう咎人の引き回しのシーンがあったり、遊女が田舎へお金を送る算段で悩んでいたり、大工の娘役の芦川いづみが借金のカタに女郎として売られそうになったりする。佐平次の結核も悪化して行くようにみえる。佐平次は、若旦那に「人を信じちゃあいけませんよ」と二度三度注意したりもする。佐平次は、そういう現実を生きているのだ。文久二年の相模屋で、佐平次はまるでその時代とその場所をいとおしむように楽しむ。そして、それがどういう現実の上に成り立っているか知っているのだ。

佐平次は単に喜劇の主人公であるのではない。苛酷な現実に対して泣き言を言うこともなく、主体的に自分自身を変革し、その先へ行こうする人物なのではないだろうか、と思うのである。文久二年の相模屋を十二分に楽しみながらも、佐平次には、その先が見えていたようにみえる。

品川宿のオープンセットは本当にすばらしく、文久二年に迷い込んだ気にさせる。映画『ある日どこかで』のグランド・ホテルは、実在しているホテルで撮影されたそうだ。それに比べれば、よくもまあ丁寧に作ったものだと思う。その「世界」を佐平次はいきいきと生きてみせてもくれる。ちゃんと生きていながら、その「世界」には縛られずにいるのである。何度も言うが、そのことを、私はまるで「タイムスリップした人のよう」だ、などと言ってみたわけである。その時代、その場所を誰よりもいとおしむように味わいながら、そこを越えて行く。まさに理想的な、転形期の人物像と言うべきであろう。

映画『幕末太陽傳』というのは戦後の映画であり、太陽族ブームの中で制作された異色作である。当然、その登場人物が戦後的であることは不思議でもなんでもないようにみえる。ところが、ことは、そんなに簡単ではない。時代劇をつくれば、人物はどうしても類型的になってしまう。逆に、類型的でない人物にすれば、時代劇という枠から逸脱し、単に荒唐無稽なドラマになるだけのことだ。川島雄三監督も言う通り、映画『幕末太陽傳』における高杉晋作の人物像は通り一遍のものだ。ところが、佐平次の人物像はすばらしい。シナリオもいいし、カメラもいいし、役者としてのフランキー堺の力量もある。そのどれ一つが欠けても、映画『幕末太陽傳』は成立しなかったと思う。いくらシナリオがよくても、それを生かす俳優がいなくてはどうしようもない。フランキー堺の存在感の大きさについては、いくら言っても言い切れないだろう。いくら戦後につくられたとしても、それだけで戦後的な人物像が描けるとは限らない。きっちりとした時代劇をつくりながら、そこでその時代を超えて行くような人物像をつくりだすということは、どれほど稀有《けう》で奇跡的なことなのかを考えてみた方がいい。

最後に、やっぱり南田洋子の上品な美しさについては、一言触れておきたい。この映画は、脇役がいい。山岡久乃も菅井きんもいい。岡田真澄も面白いのだが、奉公人の織田政雄や高原駿雄は他の人の芝居のジャマをすることなく、いい味を出している。若旦那の梅野泰靖もいいし、もちろん芦川いづみがさりげない役をやっているのもいい。小沢昭一も捨てがたい。それぞれすばらしいが、結局は左幸子と南田洋子がこの映画の花であろう。そして、南田洋子の美しさについては本当に驚いた。こんなに魅力のある女優さんだとは知らなかった。

（補注）映画『幕末太陽傳』（日活・一九五七年）は、川島雄三監督の三十二作目である。この後、川島監督は、四十三作目に『女は二度生まれる』（大映東京・一九六一年）、四十五作目に『雁の寺』（大映京都・一九六二年）、四十八作目に『しとやかな獣』（大映東京・一九六二年）で、若尾文子の主演映画を撮っている。

□ 外国映画

最後のヒッチコック

ドナルド・スポトー『ヒッチコック――映画と生涯』（早川書房・一九八八年六月）下巻には、「テレビ全盛の一九七五年のハリウッドでは、自分が時代遅れの人物であることに彼もおそらく気がついていたことだろう」と書かれている。「彼」とは、言うまでもなくアルフレッド・ヒッチコック監督だ。誰だって、年を取れば「時代遅れ」になるのが普通だから、その意味では、特にどうということのない指摘にみえる。むしろ、その言葉は、ヒッチコックが最後まで自分のスタイルを貫いたことを、逆に証明していると言ってもいい。

ヒッチコック監督に対して、ドナルド・スポトーは余り好意的ではない。彼はヒッチコック神話を破壊するようなエピソードを次から次へと並べ立てる。「アルフレッド・ヒッチコックの心には情欲と所有欲の悪魔がいた。出演俳優たちに粗暴で冷酷な態度をとり、暴君のようにふるまうこともあったし、ときどき同僚たちにたいして移り気で予測のつかない接しかたをした」。それらのこと一つひとつについて、私は特に興味を持たない。ヒッチコック監督が聖人君子だと考えたこともない。ただ、何故か、最近の映画と比べ、ヒッチコック監督の映画の〝古くささ〟が私にとって心地よいのである。

最近の映画の、クリアー過ぎる画面とスピード感、情報化社会の高音とスマホの便利さに、うんざりする時もある。時代の流れには抗しがたいものの、もっと、しみじみしたいという思いがあるのだ。

ヒッチコック監督が、スタジオにこだわったという話はよく聞く。片や、まるで観光案内のような映画を多く撮っているのに、特に、晩年はロケの時、「こんな寒いところで、私に演出しろと言うのかい」という嫌味を、ヒッチコックがスタッフに言ったとか聞くと、いかにも高飛車で嫌な感じがするが、逆に、スタジオで光、音等のすべてを自らの思い通りにしたいという監督の思いの方を、みておくべきなのかもしれない。

たとえば、ヒッチコックの最後の映画『ファミリー・プロット』は、架空の町という設定になっている。撮影地が特定できるものを、すべて画面上から消すというのは大変な作業である。スタッフは、その難題に応えたのだという。つまり、映画というものは〝つくりもの〟だということを、ヒッチコックがことさらに意識していたということではないだろうか。

一九六四年公開の映画『マーニー』以降、『引き裂かれたカーテン』（一九六六年）、『トパーズ』（一九六九年）、『フレンジー』（一九七二年）、『ファミリー・プロット』（一九七六年）という後期の作品群に対する評価は余り高くない。アメリカに移ってからだけでも『レベッカ』『断崖』『疑惑の影』『ダイヤルMを廻せ！』『裏窓』『泥棒成金』『めまい』『北北西に進路を取れ』『サイコ』と、思いつくままに並べてみただけでも、ヒッチコックがどれほど大きな存在であったのかということを、改めて思う。何か重要な作品を忘れたような気がしないでもないが、それらと比べて、後期の作品についてあれこれ言うのは少し酷なところがあろう。

映画『マーニー』の冒頭で、後ろ姿のヒロイン（ティッピ・ヘドレン）が駅のホームを歩く場面だけも、我々を物語に引き込む力がある。『引き裂かれたカーテン』は、アメリカへの亡命を希望するクチンスカ伯爵夫人役のリラ・ケドローヴァの怪演だけでも、捨てがたい作品だ。『トパーズ』の極上の場面は、〝キューバの女〟役のカリン・ドールが殺され、「まるで花が開くようにガウンがひろがる」ところで、映画史上でも特筆すべきものであろう。『フレンジー』では、オックスフォード警部役のアレック・マッコーエンと、夫人役のヴィヴィアン・マーチャントの食事の場面だけでも満足できる。そういう中では、映画『ファミリー・プロット』が一番淡い印象を持たれるかもしれない。

ドナルド・スポトーは、次のように評している。

「わたしももう七十八歳。心安らかに墓に入りたいのです」映画の初めのほうでキャスリーン・ネズビットのいうせりふだが、これはヒッチコック自身の心境をそのままあらわしたものともいえる。というのも、ストーリー自体はコミカルな犯罪もので、監督と脚本家やキャストのあいだにはあつれきもあったが、完成した映画にはなごやかで慈愛に満ちた雰囲気があり、芸術と生の終焉を心穏やかに受け入れようとする心境が感じられるのだ。（中略）この映画はたしかにある家庭の計画を描いたものであり、消息不明の遺産相続人、誘拐犯、宝石泥棒、そしてからっぽの墓の話である。ヒッチコックはこの題名に完全に満足したわけではなかったが、他にいい考えがうかばなかったので、この作品を『ファミリー・プロット』と呼ぶことに同意した（〝ファミリー・プロットには死体はない〟というのが宣伝文句のひとつだった）。

前作『フレンジー』の、殺しの場面の非情さに比べれば、殺人事件も死体も出てこないし、追い詰められたような心理描写もないから、インパクトに欠けると思われても仕方がない。しかし、『裏窓』『泥棒成金』『ハリーの災難』『知りすぎていた男』などのシナリオでジョン・マイケル・ヘイズによって描かれた「あたたかで喜劇的な色調」が、ふいに甦ったと思えば、これもまた、まちがいなくヒッチコック・タッチなのである。

映画『ファミリー・プロット』は、二つのカップルの、二つのストーリーが、いつの間にか混線してゆく話である。一つ目のカップルは、インチキ霊媒師の女とタクシー運転手の男で、インチキ霊媒師が大金持ちの未亡人から遺産相続人を探している話を聞き出し、恋人の運転手が弁護士を装って、謝礼金目当てに調査を始める。

このタクシー運転手は、いわば〈探偵〉である。残された断片的な情報から、過去の出来事を再構成し、事実を探る。ごく日常的なものが、何か意味があるものかもしれないという緊張感を持ち始め、特別な価値を持つ記号のように見えてくる。ヒッチコック監督の映画は何度見ても面白いが、それは、監督が画面上の、さりげない、ごく日常的なものにも、特別な意味を持たせるからだ。たぶん、登場人物よりも一歩先だけ状況を承知している観客＝私たちは、スクリーンを観ながらハラハラするし、肝心な場面では、私たち＝観客よりも一歩だけ先に行く監督が、思いもかけぬ出来事を起こし、観客＝私たちを「あっ」と言わせる。

探偵とか、スパイとかの眼から見れば、ごく当たり前な世界が特別なものに見え、そこで何かの秘密を見つけ解読しなければ、生き抜くことが出来ない。いやいや、探偵やスパイでなくとも、たとえば映画『レベッカ』の主人公のように、前妻の存在が特別なものとして自らに覆いかぶさってくれば、それだけで、日常のすべてが何らかの意味を持ち始めることになるだろう。ヒッチコック監督はいつも、登場人物をふいに非日常的な世界へ追いやる仕掛けをつくる。

逆に、映画『めまい』では、依頼され内偵する元刑事が、ことさらに非日常的な行動を続けるヒロインの行動を見せられ、大がかりなトリックにかけられる。方法は正反対だが、仕掛けそのものは同じだ。

さて、映画『ファミリー・プロット』のインチキ霊媒師とタクシー運転手の二人は、遺産相続人をようやく見つけ出す。ところが、その遺産相続人は誘拐犯で宝石泥棒の男女二人組なのだ。こちらが、二つ目のカップルである。彼らは過去を消し、裏稼業に励む。だから、親切で探してくれている（もちろん、金目当てでしかないものの）インチキ霊媒師とタクシー運転手の二人が、自分たちの犯罪を暴く者のようにしか見えない。出会うはずのない二組が出会うことによって、話が混線し、悲喜劇が起こる。

遺作としては弱いという評価もあるが、決して悪い作品ではないと思う。前作『フレンジー』は興行的には成功だったようだが、やはり、『ファミリー・プロット』のあたたかな感じは捨てがたい。

もちろん、それが非情であろうと、あたたかな感じであろうと、ヒッチコックの絶望の深さは変わらない。他人に対する恐れ、自分自身に対する恐れというものがヒッチコックの世界を厚く覆っている。ヒッチコックもまた、多くの芸術家と同様に、いつまでも「未熟」であり、「世間に対する不案内」から抜け出せなかった。ヴァルター・ベンヤミンによれば、アレゴリー（寓意）とは「知見」である。寓意家は、「破片から真の、固定された、文字のような意味を読みとる」のである。断片を集め、一つの映像をつくりあげ、意味を与える。ベンヤミンは「死んだもののなかに知見を移住させることである」とも言う。

ヒッチコックは、実に教養豊かな人物であったようだ。彼の教養は正しく言葉や映像を解読しただろうが、だからこそ、世間知に対しては「未熟」であり、「不案内」だというべきだ。同様に、「古くささ」や「時代遅れ」という評語も、つまり通俗ではないということである。ヒッチコックの映画は、いかにも大衆受けするような作風にみえるが、それはむしろ、ヒッチコックの絶望の深さゆえなのだと言っておきたい。

ここまで書いたところで、私は自分の語りたかったことが「偏見」に過ぎないことに、ようやく気づいた。

> 注釈は、価値評価とはいささかちがう。価値評価は、いやがうえにも慎重に明暗を光と影に分けてゆくものだが、注釈はそれとはちがって、対象とするテキストを古典とみなすところから、したがっていわばひとつの偏見から出発するものであり、また、テキストの美しさとポジティヴな内容とだけを問題とするものである。
>
> （ベンヤミン「ブレヒトの詩への注釈」）

そうだ、それは「古くささ」や「時代遅れ」ということではなく、ヒッチコックの映画が「古典」であるだけのことだったのだ。とはいえ、そこに読みとれる「絶望」の生臭さについては、もう一度考えるべきではないかと思う。当然のことながら、ヒッチコックの映画が「私にとっては新しい」という逆説も正しいわけだ。

お嬢さん探偵が走る

――映画『疑惑の影』と『舞台恐怖症』をめぐって

まるで赤川次郎の小説『探偵物語』みたいだなと思った。アルフレッド・ヒッチコック監督の映画『舞台恐怖症』（一九五〇年）のことである。ようやく見ることができて、私は悪くないと思った。とは言え、フランソワ・トリュフォーの評価は低く、インタビュー[*1]で「あなたのキャリアの汚点にこそなれ、けっして名誉にはならない作品」とまでヒッチコックに言い、それに呼応するようにヒッチコック本人も、あまり多くを語らない。確かに話はゆるいし、多くの弱点があるかもしれない。それに、年配の大女優役のマルレーネ・ディートリッヒの華麗さに比べれば、主演の女学生を演じたジェーン・ワイマンはだいぶ損をしている。ただ、そこに赤川次郎原作の映画『探偵物語』（根岸吉太郎監督・一九八三年）を並べてみると、ジェーン・ワイマンが、まるで薬師丸ひろ子のように見えてくる。醜い大人の犯罪の世界を駆け抜ける、お嬢さん探偵に拍手を送りたくなる。

『舞台恐怖症』は演劇を学ぶ若い女学生の物語である。彼女は現実の生活でも一つの役を演じ、殺人の汚名をきせられた男の無実を証明しようとする。男は本当に殺人を犯していたのだが、そうとは知らず犯人をさがすうちに、ヒロインの気持ちは事件を捜査している警部補に傾く。物語はいくぶんとりとめないが、現実の世界における役割演技の本質が喜劇的にあつかわれ、みごとに描き出されている。実際、開巻《かいかん》からして正しい方向を指しているといえよう。クレジット・タイトルが劇場の防火幕を背景に消え、その幕が上がるにつれ見えてくるのは舞台ではなく現実のロンドンの街であり、完全に上がりきると観客は物語の世界に入っている。それと同時に、演劇の世界と外の世界の（やがて芸術と人生の）境界がぼやけはじめるのだ。物語が進行するにつれて、だれもが身元を偽り、自分以外の役を演ずる。見かけは変わり、舞台衣裳とマチネー、慈善ガーデン・パーティと偽りの友人たちの嘘から成る世界では、確かなものは何一つないのである。

ドナルド・スポトーの『ヒッチコック――映画と生涯』（早川書房・一九八八年六月）の上巻から引用した。好評価である。私の感想に近い。

映画の最初は、舞台の幕が上がると、そこが現実のロンドンという趣向だ。画面の奥から、画面の前面に一台の車が疾走してくる。運転しているのは女性で、助手席に座っている男に「一体、何があったの」と聞く。男は「シャーロットがまずいことに……。彼女を助けずにはいられない」と言って、回想が始まる。

シャーロットは大女優で、男の名はジョナサン。ジョナサンはシャーロット主演の舞台で共演し、彼女の愛人になっていたが、ある朝、シャーロットが血だらけのドレスをコートに隠してやって来た。良人を殺してしまったと言うのだ。あなたのことで言い争って殺したのだから、助けてほしいというのである。ジョナサンは「何とかしよう、心配ない」として、着替えのドレスを取りにシャーロットの家に行くのだが、そこでメイドに見つかる。思い余ったジョナサンは知り合いの演劇学校生・イブに助けを求める。——考えてみれば、ここまでの話は、すべてジョナサンの眼によるものだ。

ジョナサンにあこがれていたイブは、ジョナサンの無実を立証するため行動を始める。もっとも、特に深い関係でもないのに、多くを聞かずに車で逃げ、イブはハンドルをにぎる。簡単にジョナサンの言葉を信ずるのは、いささか都合がよすぎるというものだろう。根拠もないのに、それほどにイブがジョナサンを信用するというのは不自然でさえある。まして、ジョナサンはシャーロットに対する愛情をイブにも告げる。それでも話が破たんしないのは、まあ、お嬢さんの好奇心が、すべてに勝るということかもしれない。イブは「友だちだから」助けたいと言うが、「私、バカね」とも呟く。シャーロットに対してのイブの対抗心を、ジョナサンが利用していると読むべきところかもしれない。

翌日から、お嬢さん探偵は動き始める。イブは捜査のようすが知りたくて、事件現場のシャーロットの家に行き、スミスという警部補と知り合う。また、シャーロットのメイドに近づき、自分は新聞記者で「取材のため」と偽り、メイドの従妹として、二日間だけ身代わりのメイドになることに成功する。イブの父親は「まるで、お前の学校の舞台だな」と皮肉り、「演じる時は、すべて魅力的な役に見える。しかし、現実の生活では、事実を直視すべきだ」と言う。

二重三重に役を演じることで、真実を見つけだそうとするのだが、イブは自分の心も分からなくなってくる。イブはジョナサンの無実を立証するために動き回っていたのだが、途中からスミス警部補の方へ思いが移ってしまう。

演ずるということは、間違いなく、この映画のモチーフの一つだ。作品の中では、「心を持たない人間、それが役者だ」というような言葉もある。シャーロットが真犯人だとするなら、良人を殺した日も舞台に立っているわけだから、そうも言えるわけだ。実際、マルレーネ・ディートリッヒは大女優としてシャーロットを演じてみせる。イブ役のジェーン・ワイマンが張り合い、悔《くや》しがったのもよく分かる。とはいえ、主役は、やはりイブである。実際の舞台には一度しかたっていない王立演劇学校生・イブが、ドタバタするから面白いのであろう。一生懸命メイドに化けたつもりでも、母親に見破られたり、メガネをかけてみたものの、何にも見えなくなったり、ヒッチコックらしいユーモアが見られる。その上、最後の場面は劇場なのだ。なお、「無実の男」を演じていたジョナサンが実は本当の殺人犯で、彼は降ろされた舞台の幕に挟まれて死ぬことになる。

映画『探偵物語』のお嬢さん（薬師丸ひろ子）と、映画『舞台恐怖症』のイブ（ジェーン・ワイマン）は、思い込みだけで行動する点で、本当によく似ているように思う。

映画『探偵物語』の探偵（松田優作）は、浮気された妻に逃げられ、今は浮気調査しているような、冴えない興信所の調査員だ。ところが、思いがけなく大金持ちのお嬢さん（薬師丸ひろ子）のボディーガードを依頼されたことから、逆に、お嬢さんを事件に巻き込んでしまう。殺人容疑で追われている元妻が探偵の家に逃げ込んで来る。つまり、お嬢さんは、この出来事に全く関係がない。探偵とお嬢さんとの立ち位置は、どこかジョナサンとイブのそれと似ていないだろうか。映画『探偵物語』の〈探偵〉は第一義的には松田優作ではあるが、実際のところは物語を主導する薬師丸ひろ子の方であることは言うまでもない。お嬢さん探偵（薬師丸ひろ子）が走るのである。もっとも、恋愛の相手は、片や警部補に変わり、片や冴えない探偵のままであるという違いはあるのだが――。

いやいや、改めて考えてみても、映画『舞台恐怖症』の出来は決して悪くはないのではないだろうか。傑作だと言わないにせよ、これまで余りにも貶《おとし》められてきたように思う。ジェーン・ワイマンも、飛び切りの美人でないものの、ヒッチコック映画の主演を務めるだけの魅力を持っている。筈見《はずみ》有弘《ありひろ》『ヒッチコック』（講談社現代新書・一九八六年六月）にも、「ロナルド・レーガンと離婚した直後のジェーン・ワイマンにはヒッチコックのヒロインらしい洒落っけやユーモアが欠如している」とあるが、これにも反対しておきたい。

さて、映画『疑惑の影』（一九四三年）についても、トリュフォーの評価は低い。*2

『疑惑の影』はあなたのいちばん好きな作品とのことですけれども、正直なところ、もしこれ以外のあなたのすべての映画がこの世からなくなってしまって『疑惑の影』だけしか見られなくなったとしたら、〈ヒッチコック・タッチ〉のよさはほとんど知ることができないのではないかとわたしは思います。それにひきかえ、『汚名』はあなたの映画のスタイルのすばらしさを最も正確に伝えてくれる作品だと思うのです。

これに対する、ヒッチコック本人の発言は「そんなふうにわたしが言ったという噂があるとしたら、それは、映画にあの例の〈らしさ〉というやつだけを求める連中のお気にいりの作品をわたしがつくってしまったということだ。〈らしさ〉とか〈首尾一貫性〉とかばかりにこだわる連中の……」というように、トリュフォーに話を合わせる。映画『舞台恐怖症』の場合とおなじだ。もっとも映画の製作順は、『疑惑の影』の方が古い。ただ、『疑惑の影』の舞台がアメリカのカリフォルニア州の平和な町サンタローザで、『舞台恐怖症』の舞台がロンドンなので、製作順が逆のように思い込んでしまう。
ドナルド・スポトーの映画『疑惑の影』に対する評価は高い。

彼（ヒッチコック──引用者）が最終的に『疑惑の影』と呼ぶことにした映画は、ヒッチコックの生涯における文学的かつ文化的な影響を考える手引きになり、また、私的な感情を職業的な形でほとんどあけすけにあらわしたものでもあった。だからこそ彼はこの作品がいちばん気にいっていたのかもしれない。

ドナルド・スポトーは、「いつもは秘密主義のヒッチコックが生まれてはじめて心の思いをすべて吐き出し、精神的な意味で自伝といえる映画をつくったのである」とも言う。
カルフォルニア州にある典型的なアメリカの田舎町サンタローザのニュートン一家の所へ、突然、叔父チャーリー・オークレー（ジョゼフ・コットン）が東部からやって来る。叔父と同じチャーリーというファースト・ネームの長女チャーリー・ニュートン（テレサ・ライト）は大喜びしたものの、不審な行動や時折見せる険《けわ》しい表情に不信感を持ち、次第に疑惑の目を向けることになる。どうも、叔父は東部で未亡人殺しをし、逃げてきたようなのだ。刑事も調査に訪れ、自慢の弟を疑うことのない母と深まる疑惑の間で、長女チャーリーは身動きが取れなくなる。さらに、図書館で叔父が隠した新聞記事を読んだ長女チャーリーに対して、叔父は騒ぎ立てれば家族の名誉も損なわれると脅《おど》す。最も仲の良かった二人が、敵対することになってしまうのだ。

叔父のチャーリーは刑事から逃げるために、サンタローザの姉の所へやって来る。姪のチャーリーは、余りにも退屈な日常から逃れるため、叔父に会いたくて電報を打とうとする。その時、まるで奇跡のように叔父からの電報が届く。姪のチャーリーは叔父とのつながりの深さを感じ、「テレパシー」が通じたのだと思う。多くのヒッチコックの映画に心理学的な発想が見られるが、これもその一つであろう。

二人のつながりの深さ故に、叔父が来た晩には、姪のチャーリーは早くも叔父の秘密を感じ取る。悪意ではなく、叔父のことを我が身同様に思うからこそ、姪のチャーリーは叔父の罪を暴くことになるのだ。映画『疑惑の影』では、チャーリーというお嬢さん探偵は走らない。ただ、叔父がサンタローザに来たことで、非日常へ追いやられてしまうのである。

展開は早い。

叔父がサンタローザに来るや否や、政府機関の国勢調査員を装った刑事二人がニュートン一家を訪れる。都合のいい話だが、若い方の刑事がチャーリー（もちろん、姪の方だ）に好意を持ち、町の案内を依頼する。チャーリーの方も、心憎からず思っているが、話のなかで、相手が刑事だと気づき、刑事の方は「きみの叔父でなければ、荒っぽいやり方もある。大きな騒ぎにしたくない。だから（自分が刑事であることを）黙っていてくれ」ということになる。

姪のチャーリーは、刑事に対しても、叔父の無実を証明するために行動するのだが、かえって叔父の罪を暴く。彼女は、そのことを家族にも刑事にも言えず、孤立する。

ヒッチコックの心の分裂は、『疑惑の影』の構成上の要素にも見ることができる――二人もしくは二つのものの組み合わせである。二人のチャーリー。チャーリー叔父さんを追う東部の二人の刑事とその後登場する西部の二人の刑事。捜索中の二人の犯人。眼鏡をかけた二人の女。二つのディナーのシーン。殺しをめぐる二つの会話に熱中する二人の素人探偵。二人の子どもと年上の二人。二つの駅のシーン。二つの教会の外のシーン。二人の医者。バー〈二時まで〉で出される二杯のダブル・ブランデー。そのバーで二週間働くウェイトレス。最後の場面までに二度殺されそうになる娘。愛の告白と殺人未遂という二つのガレージのシーン。かぞえあげればきりがない。

こちらも、ドナルド・スポトー『ヒッチコック――映画と生涯』上巻から引いた。つまり、叔父も姪も、共にヒッチコックなのである。

例えば、クロード・シャブロルは『悪を前にしたヒッチコック』（一九五四年十月）という文章で言っている。「ジェーン・ワイマン（『舞台恐怖症』）とテレサ・ライト（『疑惑の影』）は、地獄に堕ちた者の恐怖と呪い、そしてかれらの計りがたい孤独を知ることになる」。そして、彼女たちは「巧みに偽装された悪の仮面をひき剝がすことになる証拠品を、それと知らずに明らかにしてみせる」。「悪の恐るべき現実を知らぬ子供によって、真相が突然に暴かれるのである」。そこに、この二つの映画の主題があると言うのだ。

姪に事実を突き付けられた叔父が怖い。居直る叔父のチャーリー・オークレー（ジョセフ・コットン）の言葉がきつい。殺しの場面は全くないのに、鬼気《きき》迫るものがある。叔父は、未亡人殺しの理由を述べる。「未亡人は豪華なホテルに入り浸り、飲んだり、食ったり、ギャンブルで無駄に浪費していく。自慢は貴金属だけ。肥えきった強欲な女ども」と言う叔父に対して、姪のチャーリーは抗う、「でも、生きた人間よ」と。叔父はすかさず「本当に、人間なのか？　太ったブタだ。年老いたブタに存在価値はない」と言い切る。

叔父は、姪のチャーリーにさらに言うのだ。「僕は十六歳の時から世間を渡ってきたんだ。世の中には、君の知らないことがたくさんある。君は田舎に住む普通の娘だ。心配事などなく、一日が平和に暮れている。僕が悪夢を運んで来た。だが、本当の悪夢は世の中の方だとしたら？　教えてやろう。世の中はブタ小屋だ。ブタがそこらじゅうに溢れている。この世は地獄だ。目を見開き直視しろ！」という叔父の言葉は、彼自身にとっては、心の底からのものであったことであろう。真実の思いだからこそ、怖いのである。
この告白は、相手が、もう一人の自分である姪のチャーリーだから可能だったのではないだろうか。もしも相手が刑事や、その他自分を追い詰める者たちだったならば、叔父のチャーリーは不敵に笑うしかないだろう。映画では、この後、叔父が姪を二度三度殺そうとするが、まあ、蛇足というか、通俗なことである。
実のところ、ヒッチコックも、このチャーリー叔父と同じような年齢から働き始めている。ドナルド・スポトーは書いている。

ヒッチコックによれば、「十五のとき、わたしは馬車から放り出され、自分の足で歩かなきゃならなくなった。……ひとりぼっちで、ほとんど文無しだった」実際は、彼はひとりぼっちでも文無しでもなかった。ただ、彼が面倒をみなければならなくなった母親はかなり重い鬱状態で、それまで以上に愛情と心くばりを求め、友人や親戚に訪ねてもらいたがり、家に残った一人きりの子どもにべたべたしたがった。

サンタローザのロケ隊がハリウッドへ戻った後、イギリスにいた、ヒッチコックの七十五歳の母親は死亡する。映画『疑惑の影』の撮影中、ヒッチコックは、いくらすすめても、なかなか病院に入ろうとしなかった母親のことをずっと気にかけて、イギリスの弟と連絡を取っていた。

最後に、いくつか余談を書いておきたい。

お嬢さん探偵ということで言うなら、映画『泥棒成金』（一九五五年）のグレース・ケリーや、映画『巌窟《がんくつ》の野獣』（一九三九年）のモーリン・オハラを付け加えておいてもいいかもしれない。グレース・ケリーについては多言を要しない。アイルランド出身のモーリン・オハラは、映画『ノートルダムの傴僂男』（ウィリアム・ディターレ監督・一九三九年）ほか、後に多くの西部劇に出たようなのだが、大変な美形で驚いた。映画『巌窟の野獣』も決して詰まらぬ作品ではなく、お嬢さん探偵も充分に活躍して楽しい。

もう一つ、鈴木尚之『私説　内田吐夢伝』（岩波書店・一九九七年九月）に、満洲映画協会で、内田吐夢が例の甘粕正彦理事長の自死に立ち会う話があるのだが、そこで内田吐夢は、もう一人の意外な人物に出会っている。

八月二十日午前六時。／ソ連軍地上部隊の新京入場が予告されていた朝である。吐夢はなにげなく理事長の控えの間をのぞくと、そこに目を真っ赤にした側近の赤川孝一の姿を見つけた。流行作家・次郎の父の若き日である。／「徹夜でしたか、ご苦労さん」／吐夢のその声に赤川は立ちあがり、挨拶をかえした。／「おはようございます」／そのときであった。／理事長室のなかから異様なうめき声が聞こえた。

私は赤川次郎の小説を決して多く読んでいるわけではないが、彼の小説が、日常生活のすぐ隣に「悪の恐るべき姿」を描いていることぐらいは知っている。もちろん、そのことが彼の父親と関係しているなどとは簡単に言えない。ただ、小説『探偵物語』の作者・赤川次郎の父親が、あの大杉栄虐殺の関係者だというのは不思議な因縁だと思うばかりである。

＊1　『映画術　ヒッチコック／トリュフォー』（晶文社・一九八一年十二月）から引用。内容は、一九六二年にトリュフォーがユニバーサル・スタジオの会議室で試みた、ヒッチコックに対するインタビューで構成されている。インタビューは一週間以上、録音テープは五十時間に及んだのだという。関連して、二〇一五年にドキュメンタリー映画『ヒッチコック／トリュフォー』（ケント・ジョーンズ監督）も製作されている。

＊2　前出書。

恋愛映画について
――映画『ラ・ラ・ランド』、もしくは映画『私をスキーに連れてって』

公開されたのは、もう、ずいぶん前のことなのに、私の頭の中では、まだ、その音楽が鳴っている。冒頭のフリーウェイ上の渋滞の場面から、やがて二人が恋するまで、我を忘れ、時間を意識しなかった。夢の甘さも、苦い現実も、くっきりと描かれていて驚いた。デイミアン・チャゼル監督のミュージカル映画『ラ・ラ・ランド』（二〇一六年）のことである。こんな比較が成立するかどうか知らないが、まるで映画『私をスキーに連れてって』（一九八七年）のようにあざやかだと思った。

人が、ホイチョイ・プロダクション原作、一色伸幸脚本、馬場康夫監督の映画『私をスキーに連れてって』をどう評価しているか知らないが、少なくとも八〇年代の日本映画の中ではベストだ、と私は信じている。

終業間近の大会社のオフィス。ようやく仕事を片付けた青年（三上博史）が書類を課長に渡し、逃げるように帰ってしまう。青年の自宅か、車庫らしき場面。てきぱきとスタッドレスタイヤに付け替え、スキーキャリアをセットする。そこに映画のタイトルが、さり気なく入り、夜の市街地へ走り出した車のカーステレオのスイッチが入ったところで、ユーミンの音楽が流れ始める。スタッドレスがまだ珍しい時代だったし、もちろん音楽はカセットテープだったと思う。

一方、新宿駅だろうか、東京駅だろうか、志賀高原スキー場行きの夜行バスに乗り込む若い女性（原田知世）と会社の同僚の女性（鳥越マリ）。高速道にのった、そのバスを三上博史の車が追い越して行く。彼が向かうのは、友人たちのいる雪山の別荘で、近くまで行ったところで、今ならスマホだろうが、三上博史はアマチュア無線で連絡をとる。

別荘でクリスマス・パーティーなのだ。日本も、ここまで豊かになったかと、当時は驚いた。スキーは上手いが、恋愛は全く苦手というのが三上博史の役どころである。その彼のために、クリスマスプレゼントが「女の子」だなどというのは、今なら顰蹙《ひんしゅく》ものだろうが、子どもの企《たくら》みのようで楽しい。まあ、それがうまくいかないで、ゲレンデでの原田知世との思いがけない「出会い」と「すれ違い」が絡まり合いながら、恋愛ドラマが展開するわけだ。女優では、高橋ひとみと原田貴和子が好印象なのだが、今は、それに触れる余裕がない。ただ、この映画の土台は、この二人の、身のこなしの軽やかさによって支えられているのかもしれない。そもそも、原田知世より目立つ、鳥越マリのような美人女優が脇を固めているから、かえって不器用な恋人たちにスポットが当たるわけであろう。

翌日のスキー場。主人公たちのスキーの場面は文句なく楽しい。まだお互いを知らない男女二人がすれ違い、まるで必然のように出会っていく。第一印象が悪いところから始まる恋愛は、映画『ラ・ラ・ランド』も同様だ。クリスマスから大晦日へ、さらに恋人となった二人が、バレンタインで行ったスキー場で事件が起きるまでの展開はあざやか過ぎる。

この、思いがけない「出会い」と「すれ違い」は、恋愛ドラマの定石《じょうせき》だと言えよう。ところが、これを上手く描いたドラマというのが、なかなかない。少し時間が経って、よく考えてみると、多くのキズが目立つし、時の風化に耐えられないで、消えてしまうことになる。

その点、映画『私をスキーに連れてって』は、繰り返し見ても飽きることがない。同じようにつくってみても、映画『彼女が水着にきがえたら』（一九八九年）や映画『波の数だけ抱きしめて』（一九九一年）では決して上手くいっていない。不思議なものだ。同じ脚本家で、同じ監督であるのに、同じようなレベルにはならない。総合芸術だから、と言ってしまえばそれまでだ。様々な要素が絡まりあい、時に、この世ならぬものが出来上がるということか。

第二作の映画『彼女が水着にきがえたら』は同工異曲の失敗作だとしても、第三作の映画『波の数だけ抱きしめて』は少し気になる作品だ。面白い作品だとは思わないが、映画

『ラ・ラ・ランド』のラストで示される苦い現実が、そこにあるからである。中山美穂はもちろん、松下由樹が一番きれいで、いきいきしている頃の作品でもある。ところが、残念ながら、肝心の「苦い現実」を作品の冒頭で描いてしまうことの意味が、私には分からない。まあ、とても成功している作品だとは言えないが、三部作全体で映画『ラ・ラ・ランド』とつり合っていると言ってみることはできるかもしれない。

つまり、映画『ラ・ラ・ランド』の良さは、「苦い現実」によって「夢のような恋愛」を縁取ってみせた点にあるのではないだろうか。

たとえば、映画『ローマの休日』（ウィリアム・ワイラー監督・一九五三年）が名作であるのは、ラストシーンで示される、越えることのできない身分差のためであろう。〈苦い現実〉は、恋愛を夢のままに包み込んでくれる。いかにも絵にかいたような恋愛は、そのままでは、まさに絵空事に過ぎない。逆に、リアリズムによって描かれる恋愛は、結局のところ、ぶざまでしかないだろう。誰もが、王子様とお姫様のような恋愛ができるはずもない。

映画『私をスキーに連れてって』の場合は、スキー場という異空間がその夢を支えているのだと思う。二人の「出会い」がクリスマスのスキー場であり、スキー場以外では不器用な男でしかない三上博史と、原田知世が恋人としてつき合うようになるのは新年のスキー場だし、つき合い始めても、なかなかデートもできない二人の危機が救われるのもバレンタインデーのスキー場なのだ。ただ甘いだけのように見える『私をスキーに連れてって』という映画をバカにできないのは、恋愛の場を、なんとも見事に〝スキー場という異空間〟に閉じ込めた脚本家の手腕ではないだろうか。

二作目の映画『彼女が水着にきがえたら』の失敗は、海がスキー場のような異空間になっていないからだと思う。水中の場面がスキー場に見合うものとして設定されていて、多くの遊び道具が投入され、ヘリコプターまで飛ばしているが、結局はただの遊びにしかなっていない。いつでも目の前にある海は、日常の延長でしかないし、宝探しの話など、いかにもあざとい。そもそも映画『私をスキーに連れてって』にはキスシーンさえないのに、スキーだけで二人の濃密な関係を描けたことがすばらしい。

三作目の映画『波の数だけ抱きしめて』が気になるのは、「苦い現実」がくっきりと描かれていることだ。残念ながら、映画そのものの出来が良いとは言えない。ただ、『私をスキーに連れてって』という世界は、実は「苦い現実」から振り返って夢見られたものだったのかもしれない、ということを映画『波の数だけ抱きしめて』を見て思いついたのだ。

似たようなことをもう一つ言うと、「語らないこと」の重要性である。夢を夢として語るためには、余分なことは語るべきではないのだ。映画『私をスキーに連れてって』では、人間関係が数人の遊び友だちにほぼ限定されている。クリスマス・パーティーには大勢のゲストがいるのだが、ただそれだけのことだ。映画『ラ・ラ・ランド』も同様で、やはりパーティーの場面はあるものの、そこから余分な話へ発展しない。主人公の姉とか、ヒロインの親とか顔だけは出すものの、それだけのことだ。ラブストーリーだけを純粋に描いている。まるで、詩のように余白が多い。沈黙が、恋愛を支えているようにさえ見える。
ふと、私は次のような詩を思い浮かべた。

最初には何もない、最後にも
何もない、そしてこの二つの無益な無の間に
明るさと、音楽と、神と、私自身がある……いとしい人よ――
私の胸のために搏《う》つ心臓よ、その上に私の眠る豊かな胸よ――
明るさに、音楽に、神に、そして私自身になってくれ、この私のために。

最初には沈黙、最後にも
沈黙、そしてこの二つの沈黙の間に
開き、また閉じる、一輪の白い花のかすかな物音。
いとしい人よ、いとしい人よ、あの白い花になってくれ、私のために――
開き、また閉じる――そのかすかな物音は私の世界になるだろう。

米国のコンラッド・エイキンという人の詩「最初は何もない」（河野一郎訳）の第一連と第二連を引いた。第三連は「最初には混沌」と始まる。エイキンは一八八九年生まれで、『選詩集』でピューリッツァー賞を受け、『憂鬱な船旅』とかいう小説も書いているようだが、私は右の一篇の詩しか知らない。

今、引用し、再び読んでみたのだが、なんともまるで映画『ラ・ラ・ランド』のために書いたようにさえみえる。いやいや、映画『ラ・ラ・ランド』が、ただラブストーリーの典型であるというだけのことなのだろう。

恋愛が「苦い現実」によって、ふんわりと包まれているとも言えるし、語らないことによって、恋愛だけが浮き立つのだとも言える。

さて、私はようやく映画『ラ・ラ・ランド』を語る入り口に立てたような気がする。

実は、映画の最初の方で、ヒロインであるミア（エマ・ストーン）がコーヒー店でバイトをしている時に、有名な女優らしき人物が来て、テイクアウトでコーヒーを注文し、店の責任者が「サービスです」というにもかかわらず、「そんなわけにはいかない」と言って代金を支払い、すずやかに立ち去るエピソードがある。ミアがそれをあこがれの目で見送るのは、彼女が女優になりたいからであるし、その女優のさりげない行動に好感を持ったためで、特に取り立てて、どうという場面ではない。映画『ラ・ラ・ランド』にはサクセススト－リ－という側面もあるわけだから、いかにもというエピソードであるのに過ぎない。しかし、私はそこに、語らないことというか、沈黙というか、そういうもんだいはレヴィナスの「他者」の思想のようなものだなとも思ったのである。

ロシアからフランスに移住したエマニュエル・レヴィナス（一九〇六～九五年）はサルトルと同世代であったが、サルトルが亡くなった八〇年代に一般に知られるようになった哲学者である。

たとえば、「ひとは存在するのではない。ひとはみずからを存在する」（『存在することから存在するものへ』）などとレヴィナスは言う。「私」は単に存在しているだけではない。「私」は「私の存在」を引き受けなければならないというわけだ。熊野純彦『レヴィナス入門』（ちくま新書・一九九九年五月）では、「みずからで『在ること』とじぶんを『持つこと』とを二重化したうえで、しかもその存在と所有とが〈私〉において一致していなければならないのだ」と説明している。

身体であるとは他方また、「他なるもののうちで生きながら私である」ということである。身体である私は、食物を口にし、大気を呼吸する。大地の恵みを享受するとは、食物を咀嚼《そしゃく》して、他なるものと私との隔てを解消してゆくことである。私は他なるものを〈同〉化し、私であるものを〈他〉化してしてゆく。私は消化し、排泄する。私は息を吸い、息を吐く。そうした身体であることで、私は私でありつづける。その意味で「身体とは自己の所有そのもの」、他なるもののうちで自己を所有することそれ自体なのである。

レヴィナスの主著『全体性と無限』の一部を熊野純彦がまとめたものを引用した。私の力では、原典はとても読みこなせない。

> 「他者」を語るとき必要なことばがあります。それは沈黙と不在です。沈黙とは、自ら語らないことです。語らないということは、語る主体になれないということです。不在とは、歴史の中で、この世にあたかも存在しなかったかのように消えていった人々をはじめとして、今わたしたちのまわりに存在しているにもかかわらず、存在する者として配慮されない人々のことを意味します。
>
> （的場昭弘『マルクスだったらこう考える』（光文社新書・二〇〇四年十二月））

これもまた、心に響く言葉だ。ここまで来ると、もう、映画『ラ・ラ・ランド』へ戻れなくなる。ただ、映画の最後で、夢を叶えて女優になったミアを、まるでコーヒー店のバイトをしている者にでもなったつもりで見送ることしかできない。

映画『妻への家路』から考え始める

映画『妻への家路』（チャン・イーモウ監督・二〇一四年）の後半、娘が革命バレエ『紅色娘子軍《こうしょくじょうしぐん》』の主役・呉清華の踊りを、父と母のためだけに、自宅で踊って見せる場面がある。父と母は笑顔でそれを見、拍手するのだが、母親役のコン・リーは、さりげなく「兵士も悪くないわ」と言うのだ。娘は、その日のために、わざわざ呉清華の衣装を借りてきていたのに、である。印象に残るセリフだ。

そもそも映画は、舞踏学校の生徒である娘の、バレエ『紅色娘子軍』の練習の場面から始まる。いや、本当はその前に、疾走する列車の場面が短く挿入されているのだが、その意味が初めは分からない。まあ、革命バレエの練習風景の方が長く、インパクトがある。その時点では、娘が主役にふさわしいと、指導者に判断されている。ところが、その直後、地区の党委員会からの呼び出しがあり、行くと、そこには彼女の母も既に呼び出されて、神妙な顔をしている。彼女の父親が収容所から脱走したというのだ。

時は、文化大革命当時の中国である。中国の人なら、江青が指導したという革命バレエ『紅色娘子軍』の場面が出てきただけで、文革の時代だということが分かるのだろう。父親は、娘がまだ三歳の幼い子供の頃、逮捕されている。それから十数年後の今、監禁に耐え切れず、父親は妻を求め故郷を目指したというのだ。娘はバレエ『紅色娘子軍』の主役を得るため、会いに来た父親の情報を党に密告する。娘にとって、顔も知らない父親は、邪魔者であり、「階級の敵」でしかない。彼女の母親と父親が、駅で待ち合わせをするものの、もう一歩のところで会えず、父親は逮捕され、群衆で混雑する駅構内で、夫婦が互いの名前を絶叫する場面があり、映画の、前半の見せ場である。

それから三年後、一九七七年に文化大革命が終結し、名誉回復され、最初に逮捕されてから、実に二十年ぶりに解放された父親が、自宅のアパートに帰って来る。ところが、妻は彼の顔が分からず、自分の夫を密告した娘を許さず、記憶障害というより、ほとんど認知症のような状態で、自宅で一人暮らしをしている。作品としては、ここからが本編ということなのであろう。冒頭で私が述べた、娘が自宅でバレエ『紅色娘子軍』を踊る場面でも、実は、彼女の母は、自分の夫の存在を理解していない。父親のことを密告しながらも、結局のところ、主役の座を得ることができなかった娘は、今は工場で働いている。娘は、自分のことを、まだ舞踏学校の生徒だと思い込んでいる母親のため、主役の衣装で踊って見せるというのが、その場面だったのである。そこで母は、娘に「兵士も悪くないわ」と言ったわけだ。
娘がバレエの主役の座を得るために努力したことは、もちろん悪くない。幼い頃から、父親のいない家庭で育ち、まして、父親は「階級の敵」である。娘にとって、バレエだけが心の支えであったことは想像に難くない。エピソードの一つとして、娘が家にある写真の、父親の顔だけをすべて切り取ってしまうというのも理解できなくはない。それが、彼女の母親が、自分の夫の顔を見分けられなくなった理由の一つになっているというのは、少々あざといような気もするが、一種のたとえ話として受け取ればいいだろう。
まあ、あれこれ考えながら見ていたわけだが、「兵士も悪くないわ」というコン・リーのセリフを聞いたとたん、ふいに、一つの言葉が私の頭をよぎったのである。

成功と幸福とを、不成功と不幸とを同一視するようになって以来、人間は真の幸福が何であるかを理解し得なくなった。自分の不幸を不成功として考えている人間こそ、まことに憐れむべきである。

三木清の『人生論ノート』の「成功について」の一節である。さらに、三木清は「幸福は各人のもの、人格的な、性質的なもの」とし、「成功は一般的なもの、量的に考えられ得るもの」としている。「兵士も悪くないわ」というコン・リーのセリフを聞いた時、私が思い浮かべたのが、この言葉だったのである。もっとも、私が実際に思い浮かべたのは、「成功は幸福を意味しない」という内容だけで、右に引用したように、その言葉を正確に憶えていたわけではない。

三木清の言葉は、一見、特別なものには見えない。カレンダーか何かの、格言の類に近い。ところが、その時、その三木清の言葉が私の全身を貫いたのだ。

単に、娘がバレエによる「成功」と家族の「幸福」を取り違えたということではない。たぶん、国家じたいが「成功」と「幸福」を取り違えたのではないか、という批判として「兵士も悪くないわ」というセリフがあると、私は直観したのだ。あるいは、また、その言葉の裏側には、ブレヒトの戯曲『ガリレイの生涯』の、「英雄を必要とする国は不幸である」というセリフも重なっていたかもしれない。

文化大革命の悲劇の大きさを考えれば、映画『妻への家路』程度の話では済まない。たぶん、そのことは映画の制作者にも分かっていることだろう。しかし、あからさまな体制批判などできるはずもない。私は、そんなことを脈絡もなく、あれこれ考えながら見ていたのだと思う。その時、「兵士も悪くないわ」というのは、文化大革命に対する根源的な批判になっていると思ったのだ。むしろ、「兵士でいるべきだ」というようにも聞こえた。と同時に、三木清の言葉も、つまらぬ格言などではなく、戦時下の日本における、時代に対する根源的な批判ではなかったのか、とも思われたのである。三木清の言葉も、決して一般論ではなく、時代の中で吐かれたセリフだったのではないかと、「兵士も悪くないわ」というセリフの照り返しでとらえた。

三木清に触れる前に、文化大革命の概要を少々まとめておきたい。いわゆる新書の類をいくつかのぞいてみたが、よく分からない。必ずしも適切なものではないかもしれないが、昔、読んだ渡辺一衛『情報化社会主義論』（論創社・一九八四年）から、少し引用させていただく。同書の第Ⅳ章「中国『社会主義』論」に「四　死者追悼」という項目がある。初出は雑誌「方向感覚」四三号（一九八二年七月）であった。

そもそも、文化大革命では、どれほどの人が死んだのだろうか。

> 文革の死者の数がはじめて具体的に明らかにされたのは一九七四年の「李一哲の大字報」である。そこにはすでに（中略）、「広東一省だけでも殺害された革命大衆、幹部の数は四万人に近く、監禁されたものは百万人以上だった」と書かれていた。

では、中国全土ではどれくらいになるのか。

一九七八年末、三中全会のときに文革の死者は四十万人といって論議されたという話が伝わった。そしてこれについて香港の中国人達や、比較的詳しく当時の実情を知っている人達は、「少なすぎる、とてもそんなものじゃない」といっているということであった。

ひどい迫害もあり、無残な死も数知れずあった。処刑される多くの人々が「中国共産党、万歳」とか、「毛沢東《もうたくとう》、万歳」などと叫ぶので、刑場に送る「直前に喉を切って声帯を切り」、声がでなくしてしまうという残酷な例まであったという。

渡辺一衛は、さらに書く。

一九八〇年代になって中国政府の高官が全国的な調査の集計として文革による死者の数は二千万人と述べたということが新聞によって伝えられた。少し多すぎるような気もするが、家族が逮捕されたショックで自殺した人、張志新のようにずっと後になって死刑になった人なども加えて考えているのであろう。四十万人と二千万人の間のどこに正しい値があるかと考えるかは、それぞれの立場から、他の要素をも加味した判断によるしかないように思われる。

もちろん、数のもんだいでもなければ、思想のもんだいでもない。理屈を付ければ、あれこれ言えるだろうが、現実的には、中国共産党の権力闘争であった。党中央委員会副主席兼国家主席に就任した劉少奇《りゅうしょうき》や鄧小平《とうしょうへい》共産党総書記が、市場経済を部分的に導入したことがきっかけとなり、毛沢東はその政策の批判を始める。毛沢東の腹心・林彪《りんぴょう》共産党副主席は、民衆や紅衛兵に「反革命勢力」の批判や打倒を扇動《せんどう》する。共産党幹部、知識人、旧地主の子孫などが、反革命分子と定義され、劉少奇や鄧小平の失脚だけでなく、過酷な糾弾や迫害によって多数の死者がでたのである。映画『妻への家路』の父親は大学教授という設定であり、母親は高校の教員になっている。一般的には、文化大革命は一九六六年から一九七七年まで続いたとされるが、一九五七年には、「右派」と呼ばれ、五十万ぐらいが弾圧されているという。映画『妻への家路』の父親が逮捕されたのは、その頃だったのではないだろうか。

結局は、旧文化の破壊を続けた紅衛兵の暴走は毛沢東すら制御できなくなり、都市の紅衛兵を地方農村へ送り込む運動が始まる。その後、毛沢東は林彪と対立し、林彪の国外逃亡の企て、飛行機事故による死があり、さらに、一九七六年に毛沢東が死去し、直後に「四人組」が失脚して、文革が終わる。

すぐに連想すべきなのは、ソ連のスターリン時代の粛清などであろうが、私が思い浮かべたのは、「魔女裁判」の方である。

誤謬《ごびゅう》や無意味は、それ自体困りものだ。だがそれは、ひとがそれに秩序と首尾一貫性を持ち込もうとするとき、はじめて危険きわまるものになる。

ヴァルター・ベンヤミンの『子どものための文化史*』の中の「魔女裁判」についての一節である。文化大革命について書かれたものとして読んでも、何の違和感がない。民衆や紅衛兵に「秩序と首尾一貫性」が与えられ、危険極まりない暴走が始まったのではないか。

ヨーロッパで魔女として、あるいは魔女を操る男として、殺されていったひとの数がどれほどにのぼるのか、もはや確定することはできない。しかし、少なくとも一〇万人、もしかするとその数倍にものぼることは、確かである。

同じく、ベンヤミンの文章から引いた。時代が違うので、数の多さを簡単に比較できないが、魔女裁判の数が増えすぎ、やがて魔女裁判そのものが禁止になる——という逆説から考えれば、状況は文革と違わないと言っていいように思う。「ひとは拷問にかけられると、つぎつぎに別人に罪をきせてゆくので、ひとつの裁判から百もの裁判が簇生《そうせい》してきて、入れかわり立ちかわり、幾年も続く」ことになり、「あちこちの王侯」が、「理屈も何も抜き」にして「禁止」にしたというのだから、笑える。いやいや、笑えはしない。恐ろしいことだ。その時期書かれた、イエズス会士のフリードリヒ・フォン・シュペーの著述『魔女裁判への警告書』では、「学者ぶることや頭が切れることよりも人間的であることを重んずるのが、いかにたいせつであるかを、立証したのだった」とベンヤミンは解説しているが、同時に、そのイエズス会士は「魔女の存在を信じてさえいる」とも付け加えている。そういう人物でさえ、「恐るべき妄想のたぐい」に対抗したのである。

人々が考え始めるのは、その後なのだ。「聖職者と哲学者は、魔女信仰が昔の教会にはまったく存在しなかったこと、人間を大きく支配する力を神が悪魔に認容《にんよう》するはずがないことを、発見した。法学者は、拷問で無理強いされた自白には信用がおけないことに、気づいた。医者は、魔法使いでも魔女でもない人間が自分をそういうものと思いこむような病気があることを、公然と口にした。」とベンヤミンは書いている。そういう「健全な良識」は、いつでも遅れてやってくる。「学者ぶることや頭が切れること」は「成功」につながり、「幸福」とは「人間的であることを重んずる」のだと言えるとすれば、三木清の言葉はベンヤミンにもつながる。

久野収は言っている。「資質、才能、経歴、運命の点で、三木ともっともよく似た思想家は、ベンヤミンであろう。彼は三木と同様、アカデミーにいれられず、最後まで民間の危険極まりない位置で、かずかずの仕事をなしとげた」と。時期は少しずれるものの、第二次世界大戦下において、二人とも非業《ひごう》の死を遂げることになる。

三木清はドイツ留学から戻るものの、出身校の京都大学には受け入れられず、東京に出て、法政大学に哲学科教授として赴任したのが一九二七年である。しかし、三年後には、日本共産党への資金援助の嫌疑で検挙、拘留され、結果的に大学の職も失うことになる。そのことが良かったのか、悪かったのかは別として、その後、三木清の活動は多彩になる。哲学的論考や著作の発表とともに、時代に積極的に関わってゆく。評論活動の他、「岩波講座哲学」や「岩波新書」の立ち上げに尽力《じんりょく》し、近衛文麿の政策集団「昭和研究会」にも参加している。彼の『人生論ノート』が刊行されたのは昭和十六年（一九四一年）で、「後記」には、昭和十三年（一九三八年）六月以来、雑誌「文学界」に掲載してきたものであることが明記されている。また、「一つの本が出来るについて編集者の努力のいかに大きく、それがいわば著者と編集者との共同制作であるといった事情は、多くの読者にはまだそれほど理解されていないのではないかと思う。」という記述などには、注目していいのではないだろうか。編集とか、出版などが新たな段階に入ったことを示しているようにもみえる。

私の記憶が確かならば、三木清『人生論ノート』の「旅について」は高校の教科書に入っていたような気がする。たぶん、その関係で文庫本も購入し、高校時代に読んだのだと思う。その新潮文庫の『人生論ノート』解説（中島健蔵）の言葉を借りれば、「表現が固く、思弁的であって、生きた人間の思考を感じさせない」し、「おそろしく高飛車」であるという印象しかなかった。私には、入り込めない世界だと思っていた。ところが、映画『妻への家路』を見ていて、ふいに、まるで溶けた氷の中からあらわれたように、三木清の言葉が出てきたのである。
改めて、読み直して、気になったところを少し引用してみる。

不確実なものが確実なものの基礎である。哲学者は自己のうちに懐疑が生きている限り哲学し、物を書く。もとより彼は不確実なもののために働くのではない。——「ひとは不確実のために働く」とパスカルは書いている。けれども正確にいうと、ひとは不確実なもののために働くのではなく、むしろ不確実なものから働くのである。人生がただ動くことでなくて作ることであり、単なる存在でなくて形成作用であり、またそうでなければならぬ所以《ゆえん》である。そしてひとは不確実なものから働くというところから、あらゆる形成作用の根柢に賭《かけ》があるといわれ得る。

（「懐疑について」）

映画『妻への家路』の話じたいは、文革の中での、ひどい迫害や無残な死に比べれば、決して強烈なものではない。ただ、文革の「誤謬や無意味」は、明確に示されている。静かな語り口ではあるけれど、もんだいの根源に向けられているように思う。夫と妻が引き離され、娘が父親の居場所を密告する。名誉回復された夫は、妻のもとに帰る。しかし、その妻は、夫の「顔」が分からない。密告した娘は、結局のところ主役の座を手に入れることができず、今は工場に勤めている。娘の密告を許せない母は、娘を家に入れず、一人で暮らしている。帰ってきた夫は、夫の「顔」が分からない妻の家に、「夫」として「帰る」ことができない。――そういう状況を「不確実」と呼んでよければ、やはり、そこから始める以外にない。映画は、いわば、そこからの「形成作用」が描かれるわけだが、あまりに切ない。事実としての事態はあまり動かないが、映画作品としては、その「不確実」を見つめることじたいによって、そこからの「形成作用」を示しているとも言えそうだ。

この家族の置かれている状況は、決して〈幸福〉とは言えないだろう。「成功と幸福とを、不成功と不幸とを同一視する」立場にたてば、夫も妻も、親子も、それぞれに〈不幸〉なのかもしれない。

しかし、「成功と幸福とを、不成功と不幸とを同一視」しない立場からみれば、それは困難なことであれ、彼らは自らの「不確実なもの」から動き始めることができる。目の前の現実がなかなか動かないにせよ、たぶん、見えないところで、何かが「形成」されているのではないだろうか。少なくとも、映画『妻への家路』を見たものには、それが分かるように思う。

生とは想像である。

（「幸福について」）

人間的な知性の自由はさしあたり懐疑のうちにある。

（「懐疑について」）

絶望と懐疑とは同じではない。ただ知性の加わる場合のみ絶望は懐疑に変り得るのであるが、これは想像されるように容易なことではない。

（「懐疑について」）

生命とは虚無を掻《か》き集める力である。それは虚無からの形成力である。

（「人間の条件について」）

いくら引用しても、きりがない。

三木清の方は、『構想力の論理』の続編等、多くの哲学的著作を書き続け、多くの座談会などでも活躍していたが、不意に断ち切られることになる。昭和二十年（一九四五年）六月十二日、治安維持法の容疑者をかくまったという嫌疑により、三木清は検挙され、その死は、もうそこまで迫っている。『人生論ノート』では、決してのんきな人生論が語られているわけではない。危機的な状況の中で書かれたものだ。

コン・リーの抑えた演技は素晴らしい。夫役のチェン・ダオミンも名優だと思う。娘「丹丹」の役は、少し損な役回りのところがあるが、チャン・ホエウェンという女優の印象も悪くない。日本では、二〇一五年五月の公開であったそうだが、映画館で見ることはできなかった。映画『紅いコーリャン』（一九八七年）のチャン・イーモウ監督、チャオ・シャオティンの撮影で、大作映画ではないから、派手な演出もないが、丁寧に撮られている。ゲリン・ヤンという人の原作小説があるようだが、映画とはどの程度ちがうのだろうか。最近の映画評は技術的なことや、マニア的な情報ばかりだが、作品の思想に触れないでいいわけはない。書き忘れそうになったが、映画の冒頭は、貨物車が走っている場面で、父親が貨物車に隠れ乗っていたのである。ある意味では、父親は、今でも貨物車で逃げ続けているようなものなのかもしれない。

＊　ヴァルター・ベンヤミン『子どものための文化史』（晶文社・一九八八年四月）。一九二九—三二年に、ベルリンとフランクフルトのラジオ局（当時、まだ若いメディアであった）で、ベンヤミンは自らマイクの前に立ち、子どもたちに語りかけた。その放送原稿二十九篇の一つが、引用した「魔女裁判」である。

描写の厚み

――映画〈ダークナイト三部作〉を見て、野間宏論へ向かう

映画『ダークナイト　ライジング』（二〇一二年）が公開されて、これでクリフトファー・ノーラン監督の三部作が完結した。これらをまとめて〈ダークナイト三部作〉などと呼んでいいのかどうか知らないが、とりあえず便宜的にそう呼んでおく。最初の『バットマンビギンズ』（二〇〇五年）の時は、その新しさが充分に分かったわけではなかったが、二作目の『ダークナイト』（二〇〇八年）で驚き、三作目でその凄さを確かめた。こんなことを言うと、野間宏の研究家に叱られるかもしれないが、〈ダークナイト三部作〉を、私は、まるで野間宏の小説『暗い絵』や『青年の環』を読むように見たのである。

富豪の孤児がバットマンになろうとした決意と情熱に、私は戦前の日本の知識人の像を重ねた。バットマンになったことの誇りとバッドマンであることの悲哀という矛盾。英雄視されると同時に、社会的にはバケモノであるしかない自らの存在にバットマンは身を捩《よじ》

る。動き回れば回るほど、正義と悪の関係が曖昧になってゆく。バットマンの存在が逆に悪を呼び寄せるという事態さえ起こる。多くのヒーローものの中でも、ほとんど唯一、普通の人間であるという設定が意味深い。その意味では、ただの「コスプレ野郎」でしかない。ところが、いかにも通俗な、そういうアメリカンヒーローが、〈ダークナイト三部作〉ではリアルに悩み、シリアスに生きようとするのである。そして、そのリアルさは、描写の「厚み」に支えられているということがよく分かるのだ。実際のところ、私は野間宏の『青年の環』の、あの緻密な描写が一体何のために必要だったのかということを、〈ダークナイト三部作〉を見て初めて思い知ったと言ってもいいくらいなのである。この荒唐無稽なバットマンですら、これほどリアルに描けることに、ただただ驚いた。少なくとも、トム・クルーズの『ミッション・インポッシブル』シリーズやアンジェリーナ・ジョリーの『ソルト』、再映画化された、コリン・ファレル主演の『トータル・リコール』などとは全く別種の映画だということは誰にも分かるだろう。それらノンスップのアクション映画は充分面白いし、楽しい。しかし、『ダークナイト』の人物造型の深さとは質が違う。

最初の『バットマン　ビギンズ』では、アジアの辺境にある刑務所のような場所で、主人公のブルース・ウェイン（クリスチャン・ベール）が囚人と争う場面から始まる。やり場のない怒りを、ただ目の前の犯罪者を倒すことで晴らす。彼の少年時代、大企業の社長である彼の父親と母親は、観劇の帰り道で強盗に殺されてしまう。少年の彼はその時何もできなかったし、復讐しようと思った犯人はマフィアのボスに消されてしまう。汚職と腐敗が蔓延《まんえん》した社会の中で、余りにも無力な主人公は、放浪の果てに、刑務所で殴り合うのである。こう書いてしまうと、いかにも通俗な設定になってしまうが、辺境の地で泥にまみれて殴り合う姿は、やはり何とも切なくみえる。リアルさは、その飛び散る泥にある。また、これは〈ダークナイト三部作〉全体について言えるが、バットマンと悪人との戦いでは、そのほとんどの場面で、ただ殴り合うのだ。武器も様々あり、それらも登場しないではないのだが、不器用にただ殴り合う場面の方が印象に残る。バットマン本人が「銃も殺人もなしだ」と、キャットウーマンらしきセリーナ・カイル（アン・ハサウェイ）をいさめる場面もある。

　結局、主人公のブルース・ウェインは謎の男（リーアム・ニーソン）に誘われヒマラヤの奥地へ向かい、そこの組織で悪と戦う修行をする。しかし、正義をなすはずの組織が、「もう一つの悪」であることを悟った主人公は、組織と袂《たもと》を分かつ。

　バットマンは決して、バッタバッタと悪を倒すわけではない。第二作の題名が『ダークナイト』となったのは象徴的である。素顔を晒《さら》し、社会の法に従い、公明正大に正義を行う者に対して、バットマンは非合法な活動を行う「暗黒の騎士《ダークナイト》」でしかない。さらに、バットマンの前に立ちふさがる敵役・ジョーカー（ヒース・レジャー）はただの犯罪者ではなかった。ジョーカーが山と積まれた札束を燃やすシーンがあるが、彼が欲しいのは金でも権力でもなく、恐怖と混沌を人々にもたらすことだけなのである。ジョーカーがバイクで向かってくるバットマンに「さあ、ひき殺せ」と叫ぶ姿は凄まじい迫力だ。

　ジョーカーは、指紋もDNAも一切記録がないと言う設定だが、一番凄いのは自分の指でおこなったという、ピエロのような不気味なメイクである。ジョーカーは何かの理由で肌が白くなったというのが、これまでの設定であったと思うが、『ダークナイト』のジョーカーは、平凡な人間の、リアルで荒々しい普通のメイクなのである。ヒース・レジャーの熱演も合わせて、生々しい、実に存在感のあるジョーカーになった。ジョーカーは「自分がバケモノである以上に、お前もただのバケモノなんだぞ」とバットマンに言っているようにみえる。バットマンの映画で、一般の市民にとっては、バットマンの姿が「バケモノにしか見えないんだぞ」というのは、かなりリアルな視点ではないだろうか。

　そして、第三作目『ダークナイト　ライジング』は、前作から八年後という設定である。ゴッサムシティは、表面的には平和を保っている。前作で、社会の正義を守るため、バットマンはあえて罪を被り、「暗闇の騎士」となったまま姿を消し、自身の役割はもう終わったとも考えている。いやいや、どうすれば本当に終わりにすることができるのか、と悩んでいるというべきであろうか。ある意味では、『ダークナイト』のバットマンは、「仕方のない正しさ」の道に殉じて獄死するようなものである。野間宏の『暗い絵』の主人公・深見進介は小説の結末部で、「俺はもう一度、俺自身の底からくぐり出なければならない」、「仕方のない正しさをもう一度まっすぐに、しゃんと直さなければならない」と決意する。

悪夢は繰り返される。ゴッサムシティに新たな敵・ベインが現れ、バットマンは戦い、敗れる。仮面を剝がされた主人公ブルース・ウェインは、辺境の地の、巨大な井戸の底のような牢獄へ投げ込まれる。バットマンの活躍はなく、ただ一人の男の苦悩ばかりが描かれる。彼がもう一度、立ち上がるということは、またバケモノになるということではない。「暗闇の騎士」をやめるということであり、バットマンをやめるということである。「肉体と命」ではなく、「財産と知識」で社会に貢献するということである。革命家が職業にはならないように、バットマンは仕事ではない。

子供のころ、私はバットマンの米国版TVドラマを見たことがある。クリフトファー・ノーラン監督も見たかもしれない。ローン・レンジャーや快傑ゾロは、痛快に悪人をやっつけた。それと同じようにTV版の『バットマン』も本当にマンガみたいに悪人をやっつけるので、軽過ぎて思い入れできないドラマだった。いわゆる「西部劇」や、スペイン領時代、総督の圧政に立ち向かう話と比べると、バットマンのゴッサムシティでの戦いには全くリアリティがない。たんにマンガを実写にしただけという印象だった。ただ、バットマンという存在じたいに、どこか影を感じさせるところがあった。監督が目を付けたのは、そこではないだろうか。たぶん、そのために、両親の死が用意され、恋人とも思う幼馴染の死がある。バットマンが「自身の底からくぐり出なければならない」のも、「仕方のない正しさをもう一度まっすぐに、しゃんと直さなければならないのではないだろうか。もしくは、バットマンがバットマンであることを乗り超えるためなのではないだろうか。もしくは、戦いの後には何があるのかという問いだろうか。ヒーローは、死ぬ以外にヒーローとしての決着のつけようがない。

大道陽子の舞踏会に出席して数日後の矢花正行の暗い表情の浮かび出た顔を見出すためには、雨と風と煤煙とで処々黒くなったこの市役所の五階建の建物の一番上の階層に、表の電車道路とは反対の東北の暗い隅を占める社会部の部屋の真中辺りに並べられた福利課福利係の机のところまで行かなければならない。北は堂島川の川辺に、東は豊公神社の境内の薄白く埃をかぶった竹藪に、南は小さなコンクリート敷の中庭に面したこの社会部の部屋は、三方に背の高い硝子の開き窓をもってはいるが、外の明るい大気の光りは部屋の中央部までは充分入り込まず、その上周囲の白い塗料を用いたコンクリートの壁が、水気や手垢や埃で薄汚くなっているため、昼間でさえときに、白い天井から下げられた大きい円形のすり硝子の傘のついた電燈を点さなければならぬほど薄暗く、小さな幾つもの枠をもった予算書や表面いかめしげにつくられた吏員服務規律や、いつも時勢外れを誇っていると言われる吏員給与令やその他、当人達がその名も知らぬ細々した色々の条文で縛られて魂の発条《バネ》を失ってしまっているような吏員達を収容して、次第にあの変に物軟らかで生気のない、無気力で奇怪な服従を唯一つの才能のように獲得している小役人として仕立てあげて行く場所には全く似つかわしいのである。（「煤煙」）

これは説明ではなく、描写である。『青年の環』の主人公・矢花正行は、大阪市役所の社会部福利課福利係で仕事をしているのだが、そのことを言うために、市役所の場所や「古風ではあるが近代的な姿態をもった大阪市役所の五階建の建物」の描写から始めるのである。

話は一九三九年（昭和十四年）の梅雨時から三カ月間ぐらいの出来事で、わずかそれだけのことが、原稿用紙八千五百枚に及ぶ分量で書かれている。

一九三九年、野間宏は二十四歳になっている。五月にはノモンハン事件、七月には国民徴用令、九月にはナチス・ドイツのポーランド侵攻、第二次世界大戦が勃発している。

時代は、確実に戦争へと向かう。

矢花正行は、部落解放運動の指導者・松田喜一とともに部落の生活改善に取り組む一方、京都大学時代の仲間と左翼運動にも参加している。常に自分がいつ警察から検挙されることになるかを恐れ、生きているという意味では、矢花はまるでマスクを付けているようなものかもしれない。ただ、それは主観的には、まちがいなく誇りであろうが、もう一人の主人公・大道出泉は自ら運動から脱落したものとして、やはり偽悪的なマスクを付け、身を捩《よじ》りながら生きている。もちろん、当時の人々は、時代が戦争へ向かっているかどうかは正確には判断できなかったろう。当時を振り返った哲学者・久野収の思い出を見ておきたい。

ぼくは昭和十二年（一九三七）に捕まってブタ箱生活と未決監房生活のあと、昭和十四年にシャバにでると、もうその当時はろくな本が出版されていなくて、友人がこれくらいしかないよと言って渡してくれたのが、中野重治の『歌の別れ』と久保栄の『火山灰地』でした。ここには彼らの自己批判に基づく省察があったと思います。久保栄の場合、その後、『林檎園日記』や『日本の気象』によって良心的な探究を続けていますが、そうした転向者やインテリの心理を描いた作品は少なく、否定的に描く作品が多かったですね。戦後、こうした彼らの反省がどれほどふかめられたのか。相変わらずの理論信仰、大衆信仰、鉄の前衛党信仰に立ち戻って、大衆的転向の問題や社会民主主義に対する態度などに対する反省がきちんと行われなかったのは、その後の若い人たちのためにもたいへんまずかったと思います。

（「葦牙」一八号（一九九三年一月）所収のインタビュー）

左翼運動も労働者の組織は弾圧され、壊滅状態にあった。久野収が嘆く通りである。戦争へと向かう時代の中で自由を奪われ、やがて野間宏の友人たちも召集され、戦火にまきこまれて行く。野間自身が召集されたのは昭和十六年十月であり、昭和十七年には、バターン、コレヒドール戦に参加、マラリア熱によりマニラ野戦病院に入院し、昭和十八年には、治安維持法に問われ、大阪陸軍刑務所に入れられている。

野間宏が昭和十四年にこだわっているのは、もちろん、その年が戦争へと向かう最後の分かれ道だったからであろう。その時代を『暗い絵』で描き、さらに『青年の環』でくりかえし描こうというのは余程のことである。一番最初に『暗い絵』を読んだ時、戦後の話だと誤解した。それが間違いだと分かった後は、なんで今さら戦前のことを書くのだろうという疑問もあった。

しかし、それは単に昭和十四年が「分かれ道」ということだけではないのではないだろうか。前記の久野収の嘆きは、その当時もひどかったが、その後の「反省」もなかったので、現在の「若い人のためにもたいへんまずかった」ということである。野間宏が戦後も延々と『青年の環』を書き続けた意味は、まさにそこにあるというべきだ。『青年の環』は直接的には昭和十四年を扱っているが、実際的に六〇年代後半の大学闘争までの全共闘運動と時代の底の方ではつながっているように思う。そうでなければ、戦後という時代の中で書き続ける意味などなかっただろう。

そこに流れている時間は、ドストエフスキーの時間以上にゆっくりとしていて緻密でほとんど均一で、そのためにクライマックスへ突進するというスピードがいくらか欠けている。ということは、今の日本の状況、人間も事件も心理も、はるかに近代社会化し、複雑で細分されていて、十九世紀のツァーリズムの圧力の下に異常化された怪物のような巨きさと強烈なタイプの輪郭とをもって格闘し、のたうちまわるという図がみられないということであろう。もっとも資質的には、後でふれるだろうように、野間の中にもどろどろしたものがよどんでいるが、かれの文体にはフランス近代詩の技法によって濾過された一種の澄明さと精密さとがいつも失われていない。

日本文学全集『野間宏集』（筑摩書房・一九七〇年十一月）の杉浦明平の解説文である。誰もが言うことであるが、『青年の環』の小説的な展開はあまりにもゆっくりしている。圧倒的な描写の厚みは、いったい何のためにあるのだろうか、という疑問にも囚われる。しかし、現代小説としての課題を背負い、「俺はも一度、俺自身の底からくぐり出なければならない」という、『暗い絵』の主人公・深見進介の思いを果たすためには、『青年の環』の「描写の厚み」は確かに必要であったと思う。

俺は、腐り、敗れる体をもって、人間というものが、その体の底から生れでてくるのを感じ始めているらしいのや。もっともその胎児が頭のない子供として生れてくるか、手足をむかでやげじげじやいそぎんちゃくのように五十本も百本ももって生れてくるか、ということになると、保証の限りやないけれどもな。（中略）しかしやな、俺は俺のまわりが、これまで、汚穢のものだけによって取り囲まれているのを明らかにするのが、余りにも遅かったように思うよ。（中略）しかし俺はその俺のまわりの一人一人に、一人一人がみな、俺のように腐り、敗れる身のなかに身を置かんことには、ほんとうに生きることも死ぬことも出来んのやということを教えてやれる。この身をつきつけることによってな。

（「炎の場所（一）」）

矢花正行の、高校の先輩であり、『青年の環』のもう一人の主人公とも言うべき大道出泉が、自らの崩壊する肉体から、新たに出現する「人間」のヴィジョンを語っている場面である。学生運動から脱落し、無頼な生活を送っている。先ほどの、杉浦明平の言う「どろどろしたもの」とは、こういうものも指すのであろうか。

たとえば『暗い絵』の冒頭部分の、フランドルの画家・ブリューゲルの絵画についての描写などにも結びつくような話である。

思い合わせれば、バットマンにも全く奇奇怪怪な敵役が登場する。バットマンじたいも、それらと同様だということが「バケモノ」ということであり、結局はダークナイト〈暗黒の騎士〉でしかないということなのだろう。しかし、実は〈ダークナイト三部作〉が成功しているのは、その「どろどろしたもの」に溺れないで、バットマンの存在をシリアスでリアルな方向へと、正しく舵を切ったためなのではないだろうか。バットマンの敵役などいくらもいるし、続編などいくらも作れるだろうが、そういうことではないのだ。ラストには、フィレンツェのアルノ川のほとりにあるカフェでくつろぐ主人公がいる。仮面を捨て、自分の人生を歩み始めた、その姿を涙なしに見ることはできない。

時代の証人

——映画『ブラックホーク・ダウン』と映画『アラビアのロレンス』、そして……

兵士たちは激しい戦闘から逃れ、街外れの道を走る。装甲車の台数が足りないので、多くの兵はそれに乗れず、懸命に走る。敵は追いかけて来るが、ある一定の場所からこちら側にはやってこない。相変わらず銃声は聞こえるが、しだいに遠くなっていく。

さらに走る。道の両側に、兵士たちを迎える人たちも出て来る。兵士たちは助かったなと思う。目の前には、薄汚れたスタジアムが見える。

マレーシア軍の車輌《しゃりょう》部隊は、パキスタン軍の作戦基地に使われている、街の北端のサッカー・スタジアムに全員を連れ帰った。現実離れした光景だった。アメリカのフットボール場や野球場に行くときのように、車に乗ったまま正面の大きなゲートをくぐってスタンドのコンクリートの下の暗がりを抜け、高い空へとのびているベンチのスタンドに囲まれた燦々《さんさん》と日光のあたるアリーナに出ると、疲れきったレインジャーたちは目をしばたたいた。スタンドの下のほうでは、第一〇山岳師団の多数の兵士が座り、煙草を吸ったり、話したり、なにか食べたり、笑ったりしている。いっぽうで、フィールドでは、軍医がおおぜいの負傷者を手当てしていた。

リドリー・スコット監督の、映画『ブラックホーク・ダウン』（二〇〇一年）のラストに近い部分の描写を、原作のノンフィクション小説の方から引用した。もっとも、映画の方では、この場面は車輛部隊の視点ではなく、徒歩の兵士の眼によって描かれていて、彼らの眼に最初に入るのは、むしろ、次のような場面であった。

点滴液の袋をつけて包帯を巻かれた血まみれの負傷者が横たわった担架が、フィールドの半分ほどを占めている。医者や看護婦が重体患者のまわりに集まり、必死で処置を行っている。（中略）遺体を入れたファスナーつきの死体袋が、整然と並べてある。フィールドでは、ひとりのパキスタン軍兵士が、水のコップのトレーを持って、負傷者のあいだをまわっている。彼は、白いタオルを腕にかけていた。

兵士たちは、激しい市街戦から、やっとのことで逃れて来た。そこに現れたのが、片手に白いタオルをかけ、「水のコップのトレー」を持った、ターバン姿の男たちなのだからびっくりする。まさに「現実離れした光景」にちがいない。

戦闘地区から、ほんの目と鼻の先に、そういう安全な場所がある。それこそが現代の戦争というべきかもしれないが、映画のその場面を見て、私も本当に不思議な気がした。それは、彼ら米兵が〈自分たちのではない戦争〉を戦っているからなのだろうか。

調べてみると、この映画『ブラックホーク・ダウン』で扱われた戦闘は、一九九三年にソマリアのモガディシュで実際に起こったものだ。

冷戦の終結とともに始まったソマリアの内戦は泥沼化し、難民の飢餓が国際的な課題となった。国際連合は難民への食糧援助をおこなうため、軍事介入する。そこで、内戦を終結させようと、和平に反対するアイディード将軍の副官二名を捕えるため、米軍は約一〇〇名の特殊部隊で強襲する。当初、作戦は三〇分程度で終了するはずだったが、作戦開始直後、まず一機のヘリコプター、ブラックホークが撃墜され、続けてもう一機も撃ち落される。敵地の中心部へ仲間の救出に向かう兵士たちが、泥沼の市街戦に突入していく。

映画『ブラックホーク・ダウン』が画期的だったのは、その徹底した戦闘シーンの描写である。最初の発砲が始まったところから、戦場の戦闘の描写に徹している。兵士のセリフの中に、「最初の一発で政治はすべて消える」という意味のものがあったが、確かに全編ほとんどヘリコプターの音と、銃声と爆発音が鳴り続ける。ただ、映画の冒頭近くの、ヘリコプターから見える海の美しさは何とも言えない。

賑やかな街なかに突如として降下して来るアメリカ兵、民兵なのか一般住民なのか分からないソマリアの人々、少数精鋭の米兵とまたたく間にふくれあがる民衆、街の要所で燃やされる古タイヤ、――混乱した不正規戦というしかない。

地上部隊は、ようやく最初の墜落地点に到着するものの、約九〇名のレインジャーたちは、翌朝、米軍第一〇山岳師団やマレーシアとパキスタンの国連部隊が来るまで十五時間以上、夜通し戦い続ける。

最終的には、ヘリコプター二機を失い、銃撃戦によって十八名の米兵が死亡し、ソマリアの民兵・市民は三五〇名以上（一〇〇〇名以上という説もある）が亡くなった。作戦そのものは副官を確保し、成功した。しかし、米軍が圧倒的な軍事力をもちながらも、これだけの損害を出したのは、敗北に等しい。事実、これを契機として米軍は全面撤退することになるのだ。

このむなしさには既視感がある。〈自分たちのではない戦争〉に参戦する「むなしさ」とでも言ったらいいだろうか。自分たちは正義を掲げているつもりでも、戦いの過程で、その「正義」が見えなくなっていく。挫折する。

たとえば、ベトナム戦争を扱った映画『地獄の黙示録』（フランシス・フォード・コッポラ監督・

一九八〇年）などがすぐに思い浮かぶ。ただ、地域的なことを考えれば、ここで比較すべきは映画『アラビアのロレンス』（デヴィッド・リーン監督・一九六二年）の方がいいかもしれない。アラビア半島の南、東アフリカの角と呼ばれる地域にあるのがソマリアである。

映画『ブラックホーク・ダウン』は、アメリカの若者たちの話である。彼らはソマリアの現状を見て、彼らの知っている民主主義がなされていないと思う。彼らに戦う根拠があるとすればそれだろう。ところが、彼らが助けたいと思っている人々が、銃を手にして立ち向かってくるのだ。映画の中で、一人の女性が銃を取ろうとしているようすを見て、米兵が「取るな、取るな」と独り言を言う場面がある。結局、その女性は銃を構え、米兵は彼女を撃ち殺すのだ。

一見すると、映画『ブラックホーク・ダウン』と映画『アラビアのロレンス』とは似ているところもなく、まったく関係ない作品のようにみえる。かたや大勢の米兵の生と死が扱われ、かたや伝説的な一人の天才の物語である。一方は全編リアルな戦闘シーンが繰り広げられ、他方は美しい砂漠の中の叙事詩というべきものになっている。

にもかかわらず、やがて、戦いのむなしさに出合い、挫折するという点において、二つの作品はよく似ている。つまらぬ教訓や独りよがりの正義感を振り回していないことにおいても、二作品とも同様である。

映画『アラビアのロレンス』の冒頭は、イギリスの片田舎でのバイク事故とロレンスの葬式の場面から始まる。そこで、すでにロレンスの挫折は暗示されているのだ。

一九一六年十月、イギリス陸軍エジプト基地勤務の地図作成課少尉のロレンスは、アラビア語やアラビア文化に詳しいことから、新たな任務を与えられる。オスマン帝国からの独立闘争を指揮するスンナ派のハーシム家のファイサルと会見してイギリスへの協力を取り付けるための工作である。

ロレンスがアラブ人の基地に到着すると、ファイサルはオスマン帝国軍の襲撃を受けており、まったく反撃できない。ファイサルと面会することができたロレンスは、独立闘争への協力を申し出る。ロレンスが立てた作戦は、ネフド砂漠を横断して、内陸から港湾都市アカバを占拠するオスマン帝国軍を攻撃するというものだった。アカバの砲台は紅海に向いているので、内陸側からの攻撃には無防備なのだ。しかし、それはネフド砂漠を越える者など誰もいないとされていたからでもあった。

誰もが考えたことのないネフド砂漠の横断という発案と、それを自らやりぬいてみせたところにロレンスの天才がある。映画前半部の大きな山場だ。五十人のアラブ人を率いて、砂漠を渡り切ったことにより、彼はただのイギリス士官ではなく、「アラビアのロレンス」になったのだといえる。

一九一七年七月六日、アカバはあっけなく陥落した。ロレンスは休む間もなく、シナイ砂漠を横断し、スエズ運河のイギリス陸軍司令部に向かう。アカバ陥落の報告と、今後のヒジャーズ鉄道襲撃計画を提案するためである。

ロレンスは少佐に昇進する。イギリス陸軍からの兵器の供与を受けたアラブ軍は、オスマン帝国軍への攻撃を本格化する。ロレンスはオスマン帝国のヒジャーズ鉄道の線路に爆弾を仕掛け、機関車を爆破し、そこを襲うという戦法を続けていた。ロレンスの活躍は欧米の新聞などでも広く報道され、有名になるが、ロレンス自身はしだいに、すべてのものが無意味に感じられるようになっていく。映画の中で印象的なのは、爆破に成功したロレンスが新聞記者の相手もいいかげんに、列車の屋根にのぼり、まるで踊るように歩いて行くところを、砂漠に映る影のみで撮影している場面である。アラブ兵は「オレンス、オレンス」と歓声をあげているのだが、結局、そのシーンは新聞報道と同じで、ただの虚名に過ぎないとでもいうような虚無感が漂っていた。

この、ロレンスのむなしさというのは何によるのだろう。

エルサレムでロレンスは辞表を出すが、陸軍は受理しない。それどころか、彼をアラビアに送り返し、ダマスカス侵攻を指揮させる。ロレンスは、アラブ独立のためには、イギリス陸軍より一足早く、ダマスカスをオスマン帝国軍から解放しなければならぬと無理をする。ところが、せっかくダマスカスを占領するものの、アラブ民族会議では互いに己を主張し合うだけで、何もまとまらず終わってしまう。

映画『アラビアのロレンス』では、冒頭の葬式の場面でも、毀誉《きよ》褒貶《ほうへん》は語られる。それは、彼の生前から現在にいたるまで同じだ。そうした賛否両論の中でも、独自な視点を提供しているのが、ヨルダンの歴史家スレイマン・ムーサの『アラブが見たアラビアのロレンス』だと主張するのが、牟田口義郎《むたぐちよしろう》『アラビアのロレンスを求めて』（中公新書・一九九九年十月）である。

ムーサ氏は、ロレンスは骨の髄までイギリス人であったとし、彼が祖国とアラブのはざまで煩悶《はんもん》する悲劇の人であったとする通説を退ける。彼は自分でラッパを吹いて名声を手に入れたが、その一方で、自分の欺瞞《ぎまん》に対する歴史の厳しい判決を恐れる一個の繊細で学識のある人物でもあった。この「内なる声」が彼の後半生の行動指針となる――これがムーサ氏の結論だ。（中略）

では「アラビアのロレンス」はアラブに何を残したか。ムーサ氏の博捜《はくそう》の跡をたどると、彼の業績は「アラブの反乱」を指揮したという戦中よりも、戦後処理の政治段階の方がはるかに大きい。すなわち、植民地相となったチャーチルの指令で反乱の総指揮者であったフサイン・ヒジャーズ王を見捨て、西アジアのアラブ世界をフランスと分割する政策に手を貸し、「かくてイギリスはアラブとの約束のすべてを果たし、中東からきれいに手を引いた」と自画自賛する。とんでもない。イギリスの矛盾した帝国主義的な政策こそ、現在のアラブ・イスラエル紛争の直接の原因であるのに。

ロレンスは、チャーチルとともに、余りにも大きな「負の業績」を現代の中東に残したのである。

チャーチルはさておき、ロレンスに対して厳し過ぎる意見だと思う。戦中のロレンスの活躍が無視できない以上、特にアラブ側からの観点にも目新しさもない。牟田口義郎は、いささかスレイマン・ムーサに引きずられた書き方をしている。とはいうものの、現在の中東問題の直接的な原因は、まちがいなく欧州の植民地政策によっているのだろう。

そして、それは、ソマリアの場合も同じなのである。

ソマリアの北西部は、一八七〇年代まで、エジプトのムハンマド・アリー朝が支配していたのだそうだ。ところが、一八八四年にイギリス軍が駐屯するようになり、ソマリ族の反乱もあり、一時イタリアが実権を握るものの、一九四一年三月にイギリスが奪還する。また、これとは別に遅れて植民地政策に乗り出したイタリアは、インド洋沿岸から内陸部へ勢力を拡大し、一九〇八年までにイタリア領ソマリランドが成立していた。

第二次世界大戦の敗戦により、イタリアはアフリカの全植民地から撤退を余儀なくされ、十年の期限付きで国際連合の信託統治の後、一九六〇年に、まず、イギリス領ソマリランド（北西部）が独立、次いで同年イタリア信託統治領ソマリア（南部）も独立し、両者は統合。ソマリア共和国が成立した。

映画『ブラックホーク・ダウン』は、そのソマリア共和国が一九九一年に南北に分断した二年後の南部モガディシュが舞台になっている。

それから二十年が経っている。

ソマリアは「破綻国家」と呼ばれる状態に陥っている。

二〇〇五年には、エチオピアやケニアなどの周辺国の仲介で暫定連邦政府が成立するも、アルカイダと関係する武装勢力が台頭する。

一方、武器の蔓延《まんえん》と貧困により、紅海からインド洋にかけての一帯で海賊行為が頻発するようになる。

二〇一二年八月には新連邦議会が発足したものの、先行きは不透明なままだ。


さて、私の思いとしては、以上の確認で済んでいる。イギリスもアメリカも、無用な戦闘行為をしたのかもしれないが、ロレンスもアメリカの若者も、精一杯自らを生きたことだけは認めておきたいと思う。ただ、それだけを確認したかった。そして、それは実はアルベール・カミュのアルジェリアに対する中途半端さに対する、私の苛立ちでもあった。

その私の思いを、幾分なりとも鎮めてくれる本に出会った。石光勝《いしみつまさる》『生誕101年「カミュ」に学ぶ本当の正義　名作映画でたどるノーベル賞作家46年の生涯』（新潮社・二〇一四年七月）というものだ。タイトルは、TV番組表の二時間ドラマのように通俗だが、内容がすばらしい。作者はTV会社の常務取締役だったようなのだが、カミュに対する柔軟な知識は並みのものではない。「テレビは現在の証人、映画は時代の証人」とも主張する。

私が驚いたのは、その最終章で映画『ジャッカルの日』（フレッド・ジンネマン監督・一九七三年）を扱ったところである。ド・ゴール暗殺計画の話だったことはよく憶えているのだが、裏で糸を引いていたOASが、〝アルジェリアは永遠にフランス〟を主張し暗躍した、地下軍事組織だったことは意識していなかった。石光勝氏は終章で書いている。

カミュが不慮の死をとげたあと、アルジェリア問題は急転直下、独立に向かって一気呵成に進捗しました。

それを先導したのは、他ならぬド・ゴール大統領でした。彼はアルジェリア政策を急転回して、共和国臨時政府を交渉相手として認めたのです。

62年3月、フランス政府とFLNはスイスのエビアンで会合しました。そこで戦争の終結と、アルジェリア自身による将来の選択を認めることで合意したのです。

次いで4月、これをもとにフランスが国民投票を行った結果、ド・ゴールのこの政策は90％の支持を得ました。そして7月5日、ついにアルジェリアは独立を果たしたのです。

それにしても、なぜド・ゴールとフランスはアルジェリアを手放す決意を固めたの

> か。
> 一言でいえば、彼はフランスの偉大さを達成するために、植民地帝国であることを捨てて、ヨーロッパの指導者たる道を選ぶべきだと判断したのです。
> その背景にはフランス国内の価値意識の変化がありました。たとえアルジェリア戦争に勝ったとしても、投下される出費に引き合わないという経済感覚が国民の間に浸透し始めていました。新しい中間階級の価値観が、伝統的な上流階級《ブルジョワジー》の価値観にとってかわったのです。

そうか、「だから、ド・ゴールが狙われたのか」というのは、この本を読んで初めて知った。石光勝氏は「厳しい見方をすれば、カミュは死に時を得たとさえいえる」とまで言う。そうだ、母国アルジェリアと祖国フランスの共存を心の底から願っていた、ピエ・ノワール（フランス人入植者の末裔）であるカミュには、アルジェリアの独立によって、居場所がなくなってしまうのだから。

カミュの中途半端さというのは、いわば、時代の矛盾の中の苦悩である。そして、それはアラビアのロレンスからソマリアの若い米兵までを、覆い尽くすようなものではなかっただろうか。

始まりについて
――映画『ジャージー・ボーイズ』

クリント・イーストウッド監督の映画『ジャージー・ボーイズ』（二〇一四年）を見た。特に最後、全キャラクターがスクリーンに再登場するフィナーレで、私はほとんど泣いてしまいそうになった。

舞台ならば、よくある舞台挨拶のようなもので、ことさらどうこう言うようなことでもないのだろうが、白髪頭の四人が一瞬のうちにデビューの頃の姿に戻り、次々と人々が登場し、踊り、歌うのは圧巻だった。ギャング役のクリストファー・ウォーケンまでが、音の出ない靴でタップを踏んでいたというのだから、びっくりする。あの、映画『ディア・ハンター』（マイケル・チミノ監督　一九七八年）のクリストファー・ウォーケンである。

もっとも、涙をこらえきれなくなりそうになったというのは、まったく個人的な思い入れによっている。

映画『ジャージー・ボーイズ』のフィナーレは、私に映画『蒲田行進曲《かまたこうしんきょく》』（一九八二年）を思い出させた。映画『蒲田行進曲』では、有名な「階段落ち」によって怪我《けが》をした大部屋俳優のヤス（平田満）が、病院のベッドに横たわっている場面がラスト・シーンで、そこでカットの声がかかり、と同時に、周りのセットが外され、テーマ曲が流れ、全キャラクターの登場となるのである。シリアスな場面が一転して、華やかなフィナーレとなる点では、二つの作品はまったく同じである。いずれも、舞台をもとに映画化されたものでもある。

映画『蒲田行進曲』の監督は深作欣二で、脚本が原作者でもあるつかこうへいだった。舞台版の風間杜夫や平田満に、全盛期の松坂慶子を加えて、華やかで、勢いのある映画になっていたと思う。ヒットし、同年度の映画賞を総なめにしたのも頷《うなず》ける。とはいえ、深作欣二監督は同じメンバーで翌々年、映画『上海バンスキング』を撮るが、こちらは凡作だった。『上海バンスキング』も、もともとはオンシアター自由劇場の舞台作品で、私も見たことがあるが、斎藤憐・作、串田和美・演出の、品があり、しっとりとした舞台だった。ところが、映画の方は、せっかくのイメージが、つかこうへい的タッチの残滓《ざんし》で、どこかちぐはぐなものとなっていて残念だった。後に、串田和美は自らが監督をして映画『上海バンスキング』（一九八七年）を撮る。

実は、私の個人的な思い入れというのは、つかこうへいと、彼が座付き作者をしていた劇団「暫《しばらく》」の方のことだ。

まだ何者でもなかった四人の若者がやがて栄光をつかんでゆく話と、結局、演劇から落ちこぼれ、何者でもないままに現在に至る私とには、どんな接点もありようがないのだが、夢を見た日そのものは忘れようがない。また、つかこうへいと少数の役者は、まちがいなく栄光をつかんだ訳だから、彼らの姿を遠くから見ていた私にも、それなりの思い入れがある。当時、劇団「暫」を通り過ぎていった人々は、百人や二百人をくだらないだろうから、それらの人々も、つかさんたちの成功を、息を詰めるように見ていたのではなかっただろうか。

次に掲げる文章は、そんなつかこうへいさんと出会った日々について書いた断片である。私は、それを「小説つかこうへい」として書き始め、——やがて、熱が冷め、そのまま放り出した。

＊

（断片）

「昔、芝居やってたというのは、言ってはならないセリフだよ」というのが、つかこうへいによる作・演出の、何かの芝居にあったような気がする。それをどこの舞台で誰が言ったのを聞いたのか、あれから四十年近く経ってしまった今ではもうはっきり思い出せない。はっきりしないが、そう言う台詞が耳に残っている。但し、それは擦《す》り切れたレコードの出す音のようで、もはや男女の区別さえつかない。年を取ると、おじいさんなのか、おばあさんなのか分からなくなるように、抽象的で邪魔にならないものになっている。つかさんの芝居はよく知られている通り、「口立て」で、同じ芝居の同じ役でも、上演するたびに全く違うセリフを言うので、調べるにしても、ちょっとややこしいことになりそうだ。

まあ、ということで、言ってはいけないことだと充分に承知はしているのだが、私も昔、ちょっと芝居をやっていた。つかこうへいの所へも出入りしたことがある。たぶん、こんなこと、つかさんが生きていたら書くことはできないだろう。書いてはまずいということではなく、読まれたら恥ずかしいということだ。大した話ではない。ささやかな個人的な思い出だ。いやいや、そもそも芝居などということとは全く無縁な日々を送って来た。活字や映像の遥か彼方に、つかさんの動向をかいま見ることはあったにせよ、それはただそれだけのことだった。ところが、ふいに、つかさんは死んでしまった。びっくりした。同時代を少し後から生きて来た者としては、つかさんには、まだ「この先」があると思っていたからである。そろそろ、新しい展開があってもよかったはずだ。なんだか、連続ドラマが放送の途中で打ち切りになったような、狐につままれたような感じだ。

＊

（断片）

「芝居なんて、遊びなんだよ」と、つかさんは言った。早稲田の学食でカレーを食べながら、だった。つかさんが、ベケットの『ゴドー待ち』をやるということで、あちらこちらに声をかけていたようで、私たちのような小さな学生劇団にも声がかかり、つかさんが座付き作者をしている劇団「暫」の稽古場がある早稲田まで、私たちはやって来ていた。「トモカズ」と「あんちゃん」、「ポチ」と「ソラ」、それに私の五人だ。私たちは、劇団「魚類図鑑」を名のっていた。東京にある大学だが、実は事務棟だけが東京の住所で、他の敷地も建物もすべて神奈川県という、無名の私立大学の学生が私たちだった。都心の大学へ出てきて、ちょっとおどおどしていたのかもしれない。それが、つかさんには、何か変に真面目な演劇青年のように見えたのだろうか。「芝居なんて遊びだよ」と、つかさんはもう一度言った。私は曖昧に頷《うなず》き、つかさんの言葉に耳を傾けた。トモカズはつかさんの後ろにいる女の子と話をしている。つかさんは、何か言っているが、私はよく聞いていなかった。ただ時々頷き、時々笑う振りをした。

たぶん、つかさんと直に話をしたのは、それだけである。もうほとんど記憶がないのだが、翌日から「暫」の稽古に参加することになった。なぜなら、私の次の記憶は、「暫」のアトリエの舞台の上だからである。午前中はストレッチをしたり、モダンダンスの練習などをした。そのダンスの時、私は、つかさんに怒鳴《どな》られた。「そこの後ろの猫背、顔をあげて踊れ！」

午後は、ようやく芝居の稽古。もっとも、われわれ新人は見ているだけだ。ストーリーは、お姫様が城から出て戦おうとするのだが、そこで家来たちとやり取りする場面らしい。スタッフがドーナツ盤をかける。音楽が鳴る。お姫様が長台詞を言って啖呵《たんか》を切る。そこで、音楽が止められ、鎧《よろい》の名称を変える。つかさんの脇に居る男は武具事典のようなものを持っている。いかにも図書館から借りてきましたというようなシールが貼ってある。つかさんが台詞を言う。姫君は反復する。つかさんがまた別な台詞を言う。姫君はまた、反復する。

そこで、もう一度、音楽がかけられ、合図が送られる。お姫様の長台詞。それが終わったところで、横に居た家来が、城から出ようとした姫君を止め、長台詞が始まる。突然、音楽が止まり、つかさんが大声を上げる。ドーナツ盤を投げつける。家来に罵声《ばせい》を浴びせる。舞台は静まりかえる。割れたドーナツ盤が散らばっているのが見える。空気が張り詰める。つかさんの声が響き渡る。「田舎へ帰れ」と言ったかどうか、たぶん言ったと思う。そこで、その家来の台詞は大幅にカットされ、別の家来に別の台詞がつけられる。そんな練習を何度繰り返したことだろう。私たち新人はただじっと見ている。どう考えてもベケットの『ゴドーを待ちながら』のようには見えない。

そもそも、どうして、こんな所に来てしまったのだろう。

私たちが劇団「魚類図鑑」を旗揚げするまでのイキサツを語り始めると、少し長くなりそうな気がする。つかさんのことから果てしなく遠ざかり、戻って来れるかどうか分からない。それでも、いったんは、そこまで戻るしかないだろう。

*

長々と余分な話をした。

さて、映画『ジャージー・ボーイズ』である。ニュージャージー州ベルヴィルの若者たちの、いわばサクセス・ストーリーだ。意外なのは、マフィアとの関係が何ともあっけらかんと描かれているところだろう。イタリア移民の多い、貧しい地区で、その地元から出るためには、軍隊に入るか、マフィアになるか、有名になるしか道がない。ところが、物語は、そういう現実を悲観的に語るわけではなく、〈音楽〉によって果敢に現実へコミットする様子が、あざやかな輪郭を持って語られる。

まずはリード・ヴォーカルのフランキー・ヴァリがバンドに参加するまでが語られ、トミー・デヴィートとニック・マッシが交代で刑務所に出たり入ったりした後、作曲もするキーボード奏者のボブ・ゴーディオが最後に加入して「ザ・フォー・シーズンズ」のメンバーがそろう。

最初はバック・アップとしてしか歌わせてもらえなかったが、バンド名を、たまたま見かけたボウリング場の名称に因《ちな》んで「ザ・フォー・シーズンズ」に改名し、サウンドを改革したあたりで、ツキを呼び、「シェリー」や「恋はヤセがまん」、「恋のハリキリボーイ」というヒット曲で、バンドはスターダムにのし上がる。

しかし、バンドが売れるとともに、コンサート・ツアーに出ることが多くなり、フランキーは家庭生活が崩壊していくし、トミーが負った、高利貸の借金のため、バンドメンバーの心はばらばらになっていく。フランキーは昔からの知り合いのマフィアである、ジップ・デカルロに助けを求める。

成功の話も、破滅の話も、必要以上に深刻にならないでいるのは、挿入されるヒット曲のためでもあろうが、やはりシナリオの力によっていると言うべきだろう。通俗な説教もなければ、一人よがりの思い入れもない。さまざまな人間ドラマはヒット曲の向こう側に透けてみえるが、直接扱われる訳ではない。そのバランスが絶妙だ。

実際、トミーは下品なチンピラというべきだが、そういう悪の要素が物語をリアルなものにしているとも言える。もしも、これがただの良い子の話だったら、誰も興味を持たないだろう。トミーの背負った莫大《ばくだい》な借金を返済するための、フランキーらの音楽活動は、かえって彼らの音楽を磨いたのではないかとさえ思う。

実は、『ジャージー・ボーイズ』はもともとブロードウエイ・ミュージカルだったのだという。

彼らのヒット曲を中心に、バンドの来歴が語られる形式で、ジュークボックス・ミュージカルと呼ぶのだそうだ。さらに、そのバンド名に因《ちな》み、バンドの歴史を春夏秋冬と四つに分け、それぞれ、「春」はトミーがナレーターをつとめ、同じく「夏」はボブ、「秋」はニック、「冬」はフランキーと、次々とナレーター役を引き継いで行くというのは、映画でも同様である。四人のキャラクターの違いも良く出ている。やんちゃなトミー、頭でっかちな作曲家のボブ、すべてを黙って受け流すタフなニック。そして、奇跡のファルセット・ボイスのフランキー。

映画監督のクリント・イーストウッドは、舞台版『ジャージー・ボーイズ』の形式を決しておろそかにせず、素直に映画化したところが良かったのだと思う。

映画『蒲田行進曲』の場合も、深作欣二監督が撮るというのを聞いた時、あの『仁義なき戦い』の監督では完全にミスマッチだと心配したが、意外にもうまく行ったので驚いたものだった。松坂慶子も良かったし、舞台版で活躍した風間杜夫や平田満の抜擢も良かったのだろう。いやいや、そもそも深作欣二監督には、アクションもの以外にも、三島由紀夫原作戯曲の映画化作品『黒蜥蜴《くろとかげ》』（一九六八年）を始めとして、『軍旗はためく下に』（一九七二年）や『火宅の人』（一九八六年）などの文芸映画まである。しかし、映画『上海バンスキング』では、作品世界の解釈を完全に読みまちがえたのではなかったろうか。クリント・イーストウッド監督と同じように、深作監督も守備範囲は広いのだが、あまりにも世界が違い過ぎた。作品の色合いというか、風合いとでもいうものは、実に微妙なものなのだな、と改めて思う。

一九九〇年、ザ・フォー・シーズンズはロックの殿堂入りを果たし、そこでオリジナルメンバーが集まり、ナレーターのフランキー・ヴァリは、バンドの「頂点」はいつだったのか、という記者の質問に答える。それは、「まだ駆け出しの頃、街灯の下で俺たちだけのハーモニーをつくった時だ」というのだ。「あのころに帰るために」今も歌っているとフランキーは言う。

そうだ、始まりこそが、たどり着くべき場所なのかもしれない。街灯の下で、彼らなりのハーモニーをつくった時、彼らはまちがいなく音楽の世界に参入したのだ。成功するとか、しないとかではなく、それはただそれだけで良かったのではないだろうか。そして、その後、全キャラクターがスクリーンに再登場するフィナーレとなる。私がそのシーンで涙をこらえがたかったのは、私が自らの文学の始まりについて、あれこれ思い描いたからにちがいない。私の文学は演劇に挫折することで始まったのだと思う。

Ⅲ

たまに、詩を読む。

私の知っている、いくつかの詩

1　築山登美夫「死後の歳月」

私の知っている、いくつかの詩について書いてみたい。つまり、人は知らないかも知れないが、私自身は、まるで自分の作品のように親しみを感じている詩を紹介しようと思うのだ。――そう考え始めた矢先、遠くから築山登美夫さんの訃報《ふほう》がやって来た。享年六十八歳ぐらいだったかと思う。築山さんのことは、彼が二十代の、詩誌「漏刻」の頃から知っている。お会いしたことはないのだが、その頃から、いつも、間に誰かを介して知っていた。どこで出会ってもおかしくはない場所にいながら、結局は間接的で、遠く、薄い関係のまま、会わないで終わってしまった。詩集も評論集もいただき、親しい思いを抱きながらも、特別な挨拶をすることがなかったのは本当にどうしてだったろうか。

それでは何を
どうすればよかつたのか?
おびただしい意味の鱗《うろこ》が追いたてられている
あなたの赤いまぶたのうらで
はげしく眠つている真昼を
痩《や》せた両腕をつたつて
流れおちる体液の暗闇を
（束の間のあなたの舞踏）
未成熟を名づけられた未来の
呼びこまれた葛藤がどよもす夜から
ありふれた傷と自虐を裂いて
泡立つ死と歌のさなかに
生身のあなたが途切れた夜明けを――
どうすればよかつたのか
それでは何を?

詩「死後の歳月――立中潤の日記のあとに」の第一連を引用した。促音を大文字表記したりするように、築山さんは旧仮名遣いにあこがれた。小林秀雄のように書きたかったのだという。出だしの「それでは何を／どうすればよかつたのか？」というのは、いささか素直過ぎる問いだが、まあ、身近にいればいる程に自責の念が強くなるのは当然のことだろう。同じ同人誌仲間の立中潤が、就職したとたん二十三歳で自死してしまう。それにしても、「おびただしい意味の鱗」という表現は妙に肉感的だし、「はげしく眠つている真昼」というのは、反対に思念的な形容で、その表現の幅が築山登美夫という詩人の力であるのだろうと思う。詩人が自らの〈詩〉の中で、立中潤を弔《とむら》う強さを示してもいる。たんに、身近な友人の死を悼《いた》むというより、詩人として、詩人・立中潤を描いたということだろう。「ありふれた傷と自虐」や「泡立つ死と歌」をきちんと見据えた上で言っているのだから、一連最後の「どうすればよかつたのか／それでは何を？」は、さらに一段階深い思いを示している。「？」が付いてはいるが、こちらは疑問ではなく、修辞疑問であり、反語であると言うべきではないだろうか。どうしようもない死を受け入れているわけだ。

――そこでは人は赦《ゆる》し赦されるほかない
――そこでは人は影響することもされることもできない

――そこからすべての罪ははじまる
（顫《ふる》えるペン先であなたは抹消しつづける）
世界が昏《く》れていったあとにのこされる
昏れることのできない一日
とは何か？

同じ詩の後半部分だ。簗山登美夫さんの〈詩〉を読むことは、立中潤の〈死〉を読むことでもある。実は私も、「赤い字」で書かれた、異様な、立中潤の日記の実物を手に取り、見る機会があった。ああいうものを残されると、残された者がつらい。同じ詩集の、別の詩篇に「ああどこにでもいるおまえ／どこにいてもわたしはおまえと道づれだ」とかいう詩句もあり、これは立中潤のことを指しているわけではないが、立中潤のこととしても悪くはない。
私たちは「昏れることのできない一日」の先を、ずっと長く生きなければならなかった。そんな風にして生きてきた詩人として簗山登美夫さんがいて、今、その簗山さんが亡くなってしまったわけである。「影響することもされることもできない」世界の住人になった、ということになるだろうか。

＊　詩「死後の歳月」は、築山登美夫詩集『海の砦』（弓立社・一九八二年八月）に収録されている。ちなみに、立中潤遺稿の詩・評論『叛乱する夢』（一九七九年三月）と日記・書簡『闇の産卵』（一九七九年十月）も弓立社から刊行されている。

2　黒村通「やがて貘の背後に」

遥か昔、黒村通さんの家に泊めていただいたことがある。イエローブックの座談会が京都であり、その時だったかと思う。もし、その私の記憶が確かならば、中江俊夫さんがゲストで、京都・寺町綾小路「ふじ」で開催されたものである。一九八七年一月発行の詩誌「イエローブック」十一号に載っているので、前年の十一月頃のことだろう。座談会の思い出はまるでなく、ただ黒村さんと奥様の、あたたかさの感触だけが、今も心の底に残っている。朝食の味噌汁が大変おいしかったのである。

やがて傷ついた貘《ばく》の背後では、
ある遊星の酒場らしき場所の、いくつもの騒擾《そうじょう》が揺れはじめ

そして三人の男が顔を寄せ合い、ヒソヒソと囁《ささや》くような談義に入った
獏は血の流れるままに、
かぶりを切なく振り振り、夢想の欠片を
ついばんでいる
私と獏の間には、気の遠くなる程の
駘蕩《たいとう》な距離があるようでもあり
私は、その
意味もなく
小さくなったり、大きくなったりする場面の入口に立っている、
と感じて
涙を流している

詩「やがて獏の背後に」の、三つに分けられている最後の部分を引用した。私は、黒村さんの家の「あたたかさ」と比べて、右の作品の黒い陰《かげ》りに対して意外の念を抱いた。解説で清水昶が言っている。「夢が現実であり、現実が夢であるような、その生理的な痛みの感情を描いているのである。黒村通の、この作品のエピグラムには『そこでは、同時に泣き、語る声が悲惨な時に幸福な時のことを思い出すことほど苦しいことはない、と私は

繰り返している』（ファン・ホセ・アレオラ）とある。パラドクスがパラドクスを呼び、心理劇を生み出す手法であろう。清水昶はドゥルーズまで援用して、「夢と現実のかさなりあった部分」、「その不透明な部分」に線を引いているのだとする。

残念ながら、私はファン・ホセ・アレオラについても知らないし、ドゥルーズの言葉の出典も分からないのだが、清水昶の評言には頷《うなず》かされる。特に「生理的な痛みの感情」という言葉が印象深い。

情景は、紛れもなくSF的世界であり、たぶん登場人物の「私」本人さえ夢だと意識している。西部劇風の〝宇宙もの〟で、安っぽいのに、場面は何故か深刻であり、辺りは暗い。「私」は、「三人の男」を怪しく思い、「顔を寄せ合い、ヒソヒソと囁く」様子に疑惑を抱いている。平行して、「獏」が「夢の欠片」を食べている。また、「獏」が血を流していると描いているが、本当は、夢をみている「私」が傷ついているということなのだろう。その世界が虚構であることは充分に承知しているものの、感情そのものはまぎれもなく本物だという自覚があるということではないだろうか。

川端康成の〈掌の小説〉にも、夢の中の、自身の感情が真実のものだと気づく話があったような気もする。何が書きたいのか自分でもよく分からないが、その「背後に隠れているもの」を見るため、言語活動に「孔《あな》を開ける」ことについて、ジル・ドゥルーズは『批評と臨床』（河出文庫・二〇一〇年五月）で次のように言っている。

書くことは、生きられた素材にある形態（表現の）を押しつけることではもちろんない。文学とは、ゴンブロヴィッチが言いかつ実践したように、むしろ不定形なるものの側、あるいは未完成の側にある。書くことは、つねに未完成でつねにみずからを生み出しつつある生成変化にかかわる事柄であり、それはあらゆる生き得るあるいは生きられた素材から溢れ出す。それは一つのプロセス、つまり、生き得るものと生きられたものを横断する〈生〉の移行なのである。

表面的な意味からの遁走《とんそう》のようである。「私と獏」との「駘蕩な距離」も気になる。黒村通さんの家庭の「あたたかさの感触」は、悪夢を見るほどに、まちがいなく「幸福な時」の中にあったのではないかと想像してみたりする。

詩「やがて獏の背後に」は、黒村通詩集『やがて獏の背後に』（白地社・一九八八年十二月）に収録されていて、栞として、清水昶「だれか故郷を思わざる　黒村通ノート」が付いている。ちなみに、ファン・ホセ・アレオラ（一九一八〜二〇〇一年）は、メキシコの作家、詩人、言語学者、役者だそうだ。

3　渡辺真理子「ドシャ降り」

大学時代、東京の町田市にある映画館で、今の用語で言うならフリーペーパーの記事を書いていたことがある。もちろん無給だが、編集室として一部屋を数人で自由に使い、時に入場券も貰《もら》ったように思う。

学生だけでなく、いろいろな人の出入りがあり、中でも目立っていたのが二十代の人妻で、ある日、「高橋和巳の小説を読んで徹夜しちゃったわ」と言ってやってきた時の色っぽさと言ったらなかった。「小股の切れ上がった」という言葉があるが、そんな、すらりとした粋な女性であったような気がする。いま考えれば、何歳も大して違わなかったのだろうが、その着物姿の女性は遥か年上に見えたものだ。

渡辺真理子さんと知り合ったのは、昭和五十九年、千葉の同人誌「光芒」の合評会の時で、私よりも年下ではあったものの、どういうわけか、数年前の、町田市の粋な女性を思い起させた。渡辺真理子さんの着物姿を見たこともあったが、何よりも次のような作品を読んでもらえば、「小股の切れ上がった」感じが、ご理解いただけよう。

知ってるわよ
もうじき大地震が来るってうわさでしょ
非常食　そんなもん用意して何になんの
生きのびて避難所行ったたって
よそさまの赤ン坊が泣いてりゃゆずるよりないわよね
そんな為に用意しとくわけ

どのみちね
生き残る奴ァ生き残る
死ぬ奴ァ死ぬ
決まってんのよ　神様の心づもりは　酒屋のおじさんが
そう言うの
悪い奴程生きのびるって　けど　神様の目ってのは違うよ、ってさ

人間から見てクズ　が
神様からごらんになってそのままクズ　たァ限らない

渡辺真理子さんの処女詩集『ひとりよがりのラブレター』の一篇「ドシャ降り」の、中ほどを引用した。

全体は、まるで小説で、歯切れのいい会話体に、女性の生きざまが示されている。女が、どうしようもないクズの男に、どういう訳か関わりを持ってしまう話だ。「まだ螢がいるよ」と、誘われて田舎へ行って飲んでいたのはいいが、「ドシャ降り」になって、雷まで が鳴る始末。男は「俺は帰るぞう」と言い出すのだが、「へべれけ」。しょうがないから、少しはましな「私」(語り手の女)が車のハンドルをにぎる。酔っぱらい運転だし、「ドシャ降り」の中、どこで事故にあってもおかしくはないのに、男は高いびきで、「確かに届けたわよって」奥さんに車のキイを渡し、「私」(語り手の女)は誰も待っていない家へ帰る。その後が、右に引用した部分である。

何かの事件や新聞記事なのか、何かの小説や映画がヒントになっているのか、全く分からないものの、フィクションであることは一目瞭然である。フィクショナルな物語ではあるが、そういう男の「心づもりってヤツを/知りたいとおもっちまうのよね」という、「私」(語り手の女)の心情だけは本心なのだろうと思わせる。

女の、いさぎよさということで言えば、たとえば映画『トゥルーロマンス』(一九九三年・米)のヒロインであるアラバマ(パトリシア・アークエット)のように、振り切っている。クエンティン・タランティーノ脚本で、トニー・スコット監督の映画『トゥルーロマンス』そのものが、銃撃戦もあり、多くの人が死に、大量の血が流される過激な話なのだが、よく考えてみれば、表面的な過激さと反対に、その内実は、ほとんど御伽噺《おとぎばなし》であることも分かる。ヒロインは、これ以上ないくらいにロマンチストで純情なのだと考えるべきだ。

その意味で言えば、渡辺真理子さんの詩「ドシャ降り」の「私」（語り手の女）も、これ以上ないくらいにロマンチストで純情であるに違いない。

渡辺真理子さんが、今どうしているのか知らない。ジュニア小説を書き、エンターテイメント系の小説の新人賞を受けたところまでは知っているのだが、その後、どうなったのだろうか。

＊ 渡辺真理子詩集『ひとりよがりのラブレター』（漉林書房・一九八四年十月）は全二十一篇で、八歳時の詩も収録されている。

4　相原京子「不良になりたかった日」

相原京子さんと、藤井章子さんと私の三人で、新宿の酒場で会ったことがある。どうして、そんな顔ぶれで飲み会をすることになったのか、具体的には憶えていないのだが、たぶん私が藤井章子さんに頼んで、相原京子さんを紹介してもらったのではないだろうか。藤井さんとは詩誌「光芒」で知り合い、その縁で第一次の「詩的現代」に入り、相原さんの作品に親しみを持っていたから、たぶん、そうだったろう。どうすれば、あんな風にフラットに言葉を投げ出すことが出来るのかが、本当に不思議だった。相原さんの詩のファンだったと言ってもいい。「詩的現代」誌の中でも、気になる存在だった。――で、初めて会った時、そういうことを、そのまま言ったのだと思う。すると、相原京子さんは、「私はただ感じたままに書いているだけですよ」と冷たく言い放ち、胡散臭《うさんくさ》そうに私を見たのだったのではないか。確かに、それはそうだろう。初対面で甘い言葉を吐く奴にロクな奴はいないものだ。

不良になった教え子に会った
髪を黄色く染め　長くスカアトを引き
私を斜に見て
おはようございますと言った
私は
黙礼を返した

ほんとは　今すぐにでも
何かしでかしたいと思った
不良にでもなりたい不良に
（私は　なんと　清く正しいんだろう）

夜　泣いていた
なんて　私は　と思いながら
泣いていた
そうして
教え子に
不良になるのも　そんなに　悪いことじゃない
と
ほんとに　思っている
言っても　仕方ないかと
思いながら
台所で　吐いた
そのうち　眠っていった

詩「不良になりたかった日」の中ほどを引用した。

相原京子さんの作品は、素直で真面目である。一途に世界を信じようとしている。謙虚で、あたたかい。読みやすいが、自らのこだわりを譲らない。その、こだわりが、何だかユーモラスである。相原京子さんの詩は、「生活の断片」であり、「生の断面」である。もしくは、彼女が「呼吸する場所」のように見える。

右の詩は、一見、分かりやすいように見えて、よく考えてみると、実は、分かりづらい。「断片」や「断面」が示されているだけで、全体として何を言おうとしているのか、少なくとも前面には示されない。

そもそも「不良」は、必ずしも好きで「不良」をやっているわけではない。「なろう」と思って「なる」ものでもない。作中の「私」が、好きで「清く正しい」訳ではないのと同じである。「不良」は仕方なく「不良」であり、一本道を歩くしかないのだ。一方、「私」も「何かしでかしたい」と思いながら、結局のところ、自分を変えられないのである。

作中の「不良になった教え子」も、可愛いものではないか。「おはようございます」と、「斜に」せよ、ちゃんと挨拶をしている。実は、引用していない部分で、先生である「私」は、「トイレでタバコを吸った」ことを反省したりしている。隠れて「規則を破る」自分と、あからさまに「髪を黄色く染め　長くスカアトを引き」、自らを表現する「不良になった教え子」が、対照的に描かれているわけだ。先生にだって、悩みはある。「不良にでもなりたい」くらいの苛立ちもある。ところが、その、具体的なもんだいの方へ目を向けないところに、相原京子さんの詩の、独特な味わいがあるのではないだろうか。相原京子さんは、間違っても社会的なもんだいなどに、それをつなげない。

まあ、埴谷雄高なら「自同律の不快」というところだろうか。別の言い方をすれば、「獣になれない」のである。本能と直感のままに行動出来ないのであろう。そういう自分自身に対する違和感が、最終的には「吐く」という行為につながっているようにみえる。自分自身に対する「苛立ち」だけが、くっきりと浮かび上がる。

＊ 詩「不良になりたかった日」は、第一次の「詩的現代」第十九号（一九八四年八月）所収。

5 山本陽子「よき、の、し」

山本陽子の作品には、詩の極北を見る思いがする。どういうことがあって、こういう表現が書かれることになったのか。どうして、それを書き続けなければならなかったのか。そのことを考え始めると、身震いすらする。作者には、ジャンルとしての、世の中で通用している「詩」を書く、などという意識は全くない。読者を拒否するような、抽象的で難解な表現に、実際、どうつき合ったらいいのか、途方に暮れる。ただ、それでも、彼女の作品を読むことを止められないのは、言葉の奥底から、何か、波動のようなものを感じるからである。それを、うまく説明できないのだが、自らの実感を裏切りようもない。言葉は解体されつくし、ほとんど意味というものを成していない。いやいや、むしろ逆に、彼女の、独特な言葉そのものが自らの体系を、新たに創り出そうとする運動が見えるということでもあろうか。

彼方に見えるのは、すべての崩壊である。ただの言葉遊びでは、こういう作品を書くことはできない。

あらゆる建築をうちこわし、
いかなることばを
あとにのこすな、
すべてをもえつき、
もやしつくせ、

全けき白さをひっさらって
　死のとりでをひとこえよ
よきをひだにふくみのみ
さまざまなる夜をはらめ、
　死のこちらには死がひそみ
種のうちには絞られた精気、
濾過《ろか》した夜に
　血清があった
やさしく勇気みついかりを決して決して
あとにおとすな、

詩「よき、の、し」の一部分を引用した。この作品は、必ずしも分からないわけではない。まず、気になるのは「よき」であろう。「よき」は「予期」であろうと思われるが、「うちこわし」「もえつき」「ふくみのみ」「ひそみ」等々、多用される連用形との連想で、「良き」や「善き」などのようにも見える。また、助詞「を」の、誤用か、とみえないでもない使い方である。たぶん、そこにあるのは、ラディカルな動作性ゆえの破格であり、バランスを崩しても、うねる作者の思いであろう。自動詞と他動詞との混同もある。それらは、文脈をことさらにねじり、意味をぼかし、全体的に不思議な流れをつくり出している。それは決して、あざといものではなく、自らの意識のみに忠実たらんとする行為であろうことがうかがえる。全体は「予期」された「死」を見据えた地点での、決意にも似た、心の中での格闘であることが想像される。

詩誌「あぽりあ」での、ごく短期間の活動を経て、定職を離れて、その死の入院までの九年間、ビル清掃会社でパートを勤めていたそうだ。ほとんど、引きこもりという状態で、最後は、レスキュー隊が隣の部屋からベランダ伝いに救助に入ることになる。一九八四年に四十一歳で亡くなっている。

詩誌「あぽりあ」時代、坂井信夫は彼女の、判読不能な原稿を清書し直して印刷所に入れたという話もある。『山本陽子遺稿詩集』（私家版・一九八六年五月）の編集・刊行にも、坂井さんは力を尽くしている。また、全四巻の『山本陽子全集』（漉林書房）を七年以上かけてまとめ上げたのが渡辺元彦氏である。特に、全集第三巻（一九九四年八月）の「重要語彙辞典」、第四巻（一九九六年四月）の「索引」が労作であろう。パラパラ捲《めく》るだけでも、それは分かる。渡辺氏に、そうさせるだけの魅力が、山本陽子の作品にあるということであろうか。

【よき】「よき」は良き、ではない。この語は最初から重要な語で、最後の方まで使われる。漢字に直せば、予期である。未知のものへの恐れとおののきを示す語といえよう。この語の背後には、感性的なふるえが常にある。山本陽子が捨てなかった所以だ。この「よき」は「虚球」へ到る導火線の役を果たした。

以上、渡辺元彦氏作成の「重要語彙辞典」からの引用である。詩「よき、の、し」の鑑賞のようにも読める。山本陽子の再評価も必要だが、渡辺元彦氏の仕事も報われるべきものだと思う。

＊　詩「よき、の、し」は、詩誌「あぽりあ」二号（一九六七年六月）に発表。

6　中上哲夫「ジャズ・エイジ」

中上哲夫さんのことを、私はどこで、どうして知ったのだろう。何も思い浮かばない。最初に読んだ詩が何だったのかも分からない。いつの間にか、中上哲夫さんの詩が私にとって親しいものになっていた。不思議なことだ。

　中上哲夫さんとは一度だけ会ったことがある。いや、見たといった方がいいだろうか。十年くらい前、富沢智さんの〈榛名まほろば〉で、中上さんの〈詩の朗読とトーク〉のような企画があった時、出かけて行って、挨拶だけをした。一方的に親しく思っていたものの、考えてみれば特に話すべきこともなく、用事もあったので、自分の名前だけを告げて帰った。

　中上哲夫さん自身は、どう考えているのか知らないが、やはり路上派の一人としての印象が強い。一九六〇年代、ビート・ジェネレーションの詩人（ジャック・ケルアック、ウィリアム・バロウズ、アレン・ギンズバーグ）の影響を受けた、日本の詩人たちがそう呼ばれ、「固有名詞の多用、歩行の（疾走の）ビートに乗ったリズム」（中上哲夫）を特徴としていた。代表的な詩人として、諏訪優、八木忠栄、泉谷明、経田佑介、木澤豊、天野茂典、原田勇男、清水節郎などがいて、その中心部に、中上哲夫さんもいたのではなかったろうか。

　路上派としての中上哲夫さんの詩なら、例えば、詩集『下り列車窓越しの挨拶』（一九六六年）や詩集『旅の思想、あるいはわが奥の細道』（一九七六年）を見た方がいいだろう。

　　夜通し、ジャズのシャワーを浴びたあとの
　　ずぶぬれの体が

海へ向かう一番電車にとび乗ったものさ
(一人でさびしく
あるいは大勢でわいわいがやがやと)
さんざん泳ぎまわって
ぼろ雑巾のようになったら
灼《や》ける砂の上に
丸太ん棒のように
ごろんと体を投げ出したものさ
八月の紫外線にちくちく突つかれながら

くらげやひとでのように干上がってしまうぞと
いわれたけれど
無茶と無頼の二十代は
無頓着だ
体のことを気づかうときは
老いが始まるときだと

詩集『ジャズ・エイジ』（花梨社・二〇一二年九月）から引用した。書き下ろし詩集であり、各詩篇に題名はないのだが、その2の第一連と第二連である。

ここには、もう路上派としての詩の特徴は、ほとんどない。「固有名詞の多用」も影を潜め、「歩行」の、特に「疾走」の「ビートに乗ったリズム」は消えている。それでも、この詩篇は、間違いなく中上哲夫さん以外の誰も書くことが出来ないような、具体的で、映像がすぐに浮かぶような、明度の高い、歯切れの良い言葉がある。

内容だけで言うなら、まあ、ふざけた話ということになるだろう。「夜通し」遊んだ後、「一番電車」で海へと向かう。「さんざん泳ぎ」回る。まさに、「無茶と無頼の二十代」だというしかない。もしも、同じ電車にでも乗っていたら、いいきなものだと横目で見たことだろう。

もちろん、そんなことは、この詩の登場人物たちも、作者も〝百も承知〟なのだ。でも、その程度のハチャメチャが許されないとしたら、どうして生きる必要があろうか。たぶん、「夜通し、ジャズのシャワー」を浴びるしかない、鬱屈《うっくつ》と生命力が、そこにあるのだ。朝から、海で「さんざん泳ぎ」回るしかない、アンニュイとパワーがそこにあるのだ。そういう若さを、「老いが始まる」地点から顧みているから、「無茶と無頼の二十代」が輝いている。

ベタな直喩がかえって新鮮である。「ぼろ雑巾のように」や「丸太ん棒のように」とか、

「くらげやひとでのように」とかいう比喩そのものが、「無茶と無頼の二十代」の暗喩にもなっているようだ。都会の「夜」から、海辺の「八月の紫外線」へ展開し、それら一切を過去として眺める構成も侮《あなど》れない。うまいものだ。

どんなに惨《みじ》めに思える生涯でも
実はそうではない
棚にジャズがあるかぎりは

これが、この作品の、最後の連である。なんだか、涙が出そうになる。

書評一束

新・日本現代詩文庫148『天野英詩集』

妙な言い回しになるが、天野英は「逆さまのランボー」ではないか。ご存知の通り、アルチュール・ランボーは十九世紀のフランスにおける、早熟な天才詩人で、二十歳で〈詩〉を放棄してしまう。ところが、天野英は逆に、七十歳時に刊行された詩集『泉』辺りから、その活動を本格化させている。七十四歳で詩集『冬の薄明の中を』を出し、八十歳を目前に新・日本現代詩文庫『天野英詩集』をまとめたわけだ。もちろん、それ以前に詩集がなかったわけではない。三十二歳時の第一詩集『神話的フーガ』、五十歳時の第二詩集『風がゆれる』が、あるにはある。ただ、自らの〈詩〉に意識的になったのは、どう見ても七十歳前後ではないか。そういう観測が可能なのは、これが「詩文庫」であり、そこに詩集抄やエッセイ、年譜などがあるからだ。特に、エッセイ「ランボーの詩の魅力」が、彼の

〈詩〉を読解する助けになる。「詩とは、何か予測しうるある解のようなものではない」という主張とか、ユングの「まさに最初は意外なもの、恐ろしいほどに混沌としたものこそ、深い意味をあかすのだ。」(「元型論」)という引用の言葉とか、成程、ランボー的ではないか。多声的な「架空のオペラ」とか、「描写の蔑視」とか、「言葉の物質性」とかを話題にしてもいい。詩集『地獄の季節』は訣別の書であったが、天野英という人は、アルチュール・ランボーとは逆に、転職を重ねながら〝実業の世界〟を渡り歩き、七十歳前後で〈詩〉と本格的に出会う。まるで、「逆さまのランボー」のようだ。

(「詩と思想」二〇二〇年七月号)

志村喜代子詩集『後の淵』

詩集は二部に分けられている。特に第一部を読んでいると、詩「ゆたりたらり」の「ゆたりたらり　幽明歩きをほどこせば／骨たちの呻《うめ》きは楽になりましょう／臓腑《ぞうふ》の　みれんも溶けましょう」とか、「ひたいの三角巾　エロス燻《くすぶ》らせ」などという、それぞれの、詩行の表現からも想像される通り、濃密な〝なまめく〟気配が息苦しいほどである。第一部は、作者の母親や兄、夫などの身近な人々の「死の歳月」が中心的に扱われるが、詩の中では、その生と死が溶け合ってしまっている。いやいや、世界そのものが溶けていると言ってもいいくらいだ。もちろん、作品によりその濃度は違うし、第二部も、対象が少し客観的なものに変わるだけのことで、ほぼ同じような光景が描かれる。「あとがき」には、「降らまくは後、かれはてむ後、なつかしき後、逢ひ見ての後、醒めての後、などなど万葉・古今・新古今のいにしへから、わたしを魅きつけてやまないのは、（……後。）」とある。リアルな死の向こう側を「透視」しようということであろうか。以下、引用する作品は第一部のもので、まあ、「月」の満ち欠けを描いているわけだが、何とも肉感的ではないだろうか。「秘するは／月々の　卵《らん》／／天空に生んだ／／生みつけて／きっぱり／欠けていき／ふくらみ／欠ける／孵《かえ》らない不透明な殻は／ほのあかい皮膜から／剝《は》がして／／無音の脈拍を搏《う》ち」。詩「新生」の前半部分である。

（二〇一九年五月号）

佐々木貴子詩集『嘘の天ぷら』

何かびっくりすると、「ウッソー」とか叫ぶことがある。「嘘」には「ニセモノ」や「虚構」などという意味もあろうが、詩集タイトルの「嘘」は、びっくりする方ではないか。作品に登場する〈鬼〉や〈天狗〉などを、何かの比喩だと考えてはならないのではないだろうか。本当に〈鬼〉が飼われ、毎週木曜日に〈天狗〉が校門の前で待っていたりするから、びっくりできるのだ。そもそも、作者自身が冒頭の詩「飼育」を、「僕は鬼を飼っていた。心の中に、などではない。家の物置小屋に飼っていた。」と始めている。リアルな鬼だよ、というわけだ。つくづく、うまいなあと思う。世界がしっかり構築されているから、読んでいて気持ちがいい。もちろん、不思議な話には違いがないが、するりと受け取ることができる。重い話なのに、さっぱりしている。作中の人物は〈透明〉になったり、〈漂白〉されたり、なんとまあ、〈人柱〉にされたりもする。舞台の中心は、学校だ。時には、教室の前に「厚い氷」が張っていたりするし、先生が「焼け」たりもする。また、「母さん」をソファーと〈交換〉するし、「家族を臭わせてはいけない」という校則もある。全二十四篇の底にあるのは、生きる意味に対する「ノー」という心情ではないだろうか。様々なバリエーションによる、静かなニヒリズムの物語は、逆説的に言えば、人間が生きているのは、本当はどうしてなのかを問うているように見える。才気を感じる。

（二〇一九年三月号）

樋口忠夫詩集『埋もれた時を求めて』

傘寿《さんじゅ》を迎えた作者の第二詩集。ヨルダン砂漠、エーゲ海、マッターホルン、モルダウ川、ロカ岬、マドリード等の多くの名所や、布教弾圧を逃れる使徒ペトロ、碓氷峠を越える防人《さき》、危殆《もり》に瀕《きたい》するアイヌ文化、戦時下の国民学校、そして現代という様々な時代が描かれている。とは言うものの、語られるのは、ただ〈生と死〉についてばかりであると言っていいだろう。どこへ行っても、何を見ても、思いのすべては自身に戻ってくる。表題の詩「埋もれた時を求めて」には、「埋もれた時を求めて詩にとどめたい思いが目覚めてくる」という一行があるが、そこで本当に語りたかったのは、それとなく示されている〈娘の死〉の方なのかもしれないと思ったりもした。特に、詩「じられたび」の印象が深い。「幼い娘に『じられたび聞きたい』とせがまれ／何のことか分からないまま謎解きに思案のあげく」、それが、ようやく一九五二年の仏映画『禁じられた遊び』の主題曲だと分かった。昔を思い出しながら、「亡き娘」の、かつての遊学の地（マドリード）を訪ねた旅で、たまたま「忘れがたい調べ」を聞く話がある。そういう、「はかり知れないはるかな時空の間《あい》」にこそ、ポエジーがあるということではないだろうか。「亡き娘がかつて篤い思いで学んだ地に在って／奇しくも『じられたび』を耳にしようとは……／長い時を超えてうつつに響き合うものがあった」という場面には、本当にしみじみする。

（二〇一九年四月号）

小野ちとせ詩集『微かな吐息につつまれて』

それは、生きてあることの神秘と言ってもいいし、はかないが故に、美しい生命のありさまなのだとしてもいい。詩集『微かな吐息につつまれて』というタイトルは、主題それ自体の提示なのであろう。「吐息」は、まさに命そのものの喩であり、大自然のいとなみ、さらに、宇宙という観点から考えれば、それこそ「微かな」とか形容するしかないものであろう。詩集は、「母を亡くし、大切な人も何人か亡くし」、「私を取り巻く世界」の変化、もしくは、それらの物語を描いた第Ⅰ部と、「七年前の晩夏」に訪れた「広大なアラスカの地」での見聞に基づく第Ⅱ部に分かれている。とは言うものの、そういう二つのことがらが、実は、同じことを指し示していたのだなという、深い〝気づき〟こそが詩集の編まれた意味なのかもしれない。作者自身も、「両親とアラスカを、奇しくも本詩集で繋ぐことができた」としている。例えば、陶芸の方に、土くれから出来上がった茶碗が、茶碗として存在できるのは本当に短い間で、やがてまた、茶碗は土くれに戻るしかないという話を聞いたことがある。もちろん、私に骨董についての知識も趣味もないのだが、そう言われて、茶碗一つを愛でる人の思いに、少し触れたような気がした。得難いものの価値に気づくのは、いつも、それを失ってしまった後のことが多い。「摘み取られたものも／穫り込まれたものも／たちまち　ほどなく　色褪せて／土の色へと　かえってゆく」（詩「水のキャンバス」）というように、この詩集は始まる。

（二〇二〇年六月号）

中地中『孤高のニライ・カナイ』

題名にある「ニライ・カナイ」は、沖縄の、海の彼方にあると信じられている理想郷のことで、来訪神信仰の一つだという。中地中氏の大著は、第1部が「詩集　孤高のニライ・カナイ」で、第2部が「理想郷の再考および久高島の祭祀概説」という論文である。「久高島《くだかじま》」は、琉球王国時代において最高の聖域と位置付けられ、イザイホーの祭祀でよく知られ、門外漢の私ですら知っている。中地中氏が、わざわざ「イジャイホー」と表記されているのは、発音に近づけてのことであろうか。「詩集」の方では、沖縄・奄美諸島に伝わる伝統歌謡『おもろさうし』が引用される。「明けもどろの花／咲い渡り／きよらやよ／あれよ／みよや」の一節だけでも、その魅力が分かろうというものだ。「明けもどろ」は、美しい朝焼けの意で、「明けもどろの花」となると太陽そのものを示す。明け方のころの、朝日に染まり始めた美しく荘厳な景色が見えるような気さえする。残念ながら、私はまだ沖縄の地を踏んでいない。この『おもろさうし』が、戦後、アメリカに流出、一九五八年に返還された話などを聞くと、改めて、私たちがどれほど沖縄をなおざりにして来たのか、考えさせられる。中地中氏も「後記」で書いている。「戦争が物理面だけではなく、精神面、心理面において、それまで定着していた人間の営みの秩序を崩壊」させたのだ、と。「神聖な島は、もはや神が宿らぬ土と藪と森だけの孤島になった」とも嘆いている。中地中氏の主題も、そこにあろう。

（二〇一〇年三月号）

村椿四朗詩集『詩雑誌群像』

詩とは、「比喩」の機能を前面に引き出して、暗喩や換喩《かんゆ》の働きによって「まとまりのある意味を生み出そうとする言語活動」である、と中沢新一が言っている。もっとも、荒川洋治が「口語の時代は寒い」とつぶやいた辺りから、ライト・ヴァースの詩が中心となり、「比喩」機能を前面に立ててないような作品が多くなって来た。それでも、やはり詩作品は暗喩と換喩の働きで出来ていると、この詩集『詩雑誌群像』の作者は考えているようにみえる。そうでなければ、こんな不思議な表題を持った詩集にならないであろうし、

「あとがきに代えて」として、評論めいた二つの文章を収録したりもしないだろう。この詩集は、決して「詩の雑誌」をテーマとして書かれているわけではない。まちがいなく、「詩の雑誌」に載るような、様々な詩があるばかりだ。そこに作者の、したたかな批評があるのかもしれない。関東大震災から八〇年代あたりまでの芸術コードは「直線的に続く」という作者の意見が興味深い。「時代をとらえる方法は、最後は個人の側にはなかった」という指摘もある。詩作品のどれにも、企みと工夫とがあり、読んでいて刺激を受ける。「未知のような闇でなく／迷走するようなサイレン音でなく／遠吠えするような犬の声でなく／ジェット機のような爆音でなく／無言の追い立て背にし／きょうも高層ビルに生活する」（詩「エトランゼ」）のが、詩人の決意ということであろうか。（二〇一九年五月号）

『詩と思想　詩人集2019』

アンソロジー詩集の書評など、本当は出来るはずもない。それも「特定の詩的傾向、思想信条に偏らない編集姿勢」に貫かれているなら、なおさらだ。今回収録されている四百三十五名の詩人たちの作品を、すべて読むだけでも大変で、まして論ずるなどというのは不可能である。私に出来るのは、ただ私流の読み方をご覧いただき、笑っていただくことぐらいであろう。まず、作者の年齢順に並べられている、このアンソロジーの自分の前に、どれくらいの詩人がいて、自分の後ろには何人ぐらいいるのか、何となく眺める。続いて、実際に知っている人、手紙のやり取りをした人、名前のみ知る人とか数えてみたりする。知らない人が多い。世の中の広さに改めて驚く。であればこそ、何度か会い、親しく話をさせていただいた詩人の作品を読むことが、街角での偶然の出会いのような喜びの如くだ。知り合いである先輩と、後輩の作品について一言だけ書く。菊田守さんとは〈若い芽のポエム〉というコンクールの選考で、何度もご一緒させていただいた。菊田さんは六月に永眠。その詩「梯子酒《はしご》」は、会社の同僚と何軒も飲み歩く話で、病で余命いくばくもない同僚に思いを寄せる、あたたかな人柄がよく出ている。また、川島洋さんの詩「落雷」は、都会のオフィスから「雲のはらわたを走りぬけた蒼白な痙攣《けいれん》」をとらえた珠玉《しゅぎょく》の一篇だ。もう三十年以上昔から、川島さんの詩的感性は充分に承知しているつもりだが、相変わらず鋭い。

（二〇一九年十二月号）

高橋英司『詩のぐるり2』

たぶん、高橋英司の〝語り口〟そのものを楽しめない読者は、このエッセイ集の意味が分からないことだろう。著者本人は「読みもの」と言っているので、そう呼んだ方がいいかもしれない。全体は、〈エッセイ集〉〈パロディ詩集〉〈感想集〉〈書簡集〉という枠組みで構成されている。最後の〈書簡集〉も、有名人宛の手紙を偽装しているだけだから、〈エッセイ〉か〈感想〉か、もしくは、それらをまとめて「読みもの」と分類した方がいいだろうか。間に〈パロディ詩集〉があるように、著者はすべての表現において、読者を楽しませたいのである。自虐ネタや「詩人あるある」話も、読者を楽しませるためで、それ自体が〝芸〟になっているようにも思う。少しだけ引用してみる。《町にたった一軒残っていた本屋が閉店した。（中略）立ち寄り先がなくなって、ますますネット通販に頼るようになる。アマゾンだけが儲《もう》かり、アルバイト従業員と宅配業者の過重労働に輪を掛け、ブラック企業化が進む。間接的に悪事に手を貸しているような気もするが、文化環境が劣位なのだから仕方がない。》なるべく、穏《おだ》やかな話題を掲げた。もちろん、著者は本屋以外に「立ち寄り先」のないような孤独を抱えているわけでもなく、著者の住む「山形」が僻地というわけでもないし、ネットだけで生きているわけでもない。どこに住んで、何をしていようと、我々を追い込んでいる〈時代〉を凝視する姿がそこに見える、と言うのは過大評価だろうか。

（二〇一九年十月号）

林嗣夫詩集『洗面器』

記憶の中にしか残っていないような、懐かしい場面に出会った。詩「笊」では、「遠い冬の日／畑の下の谷川で／祖母がよく里芋を洗っていた」情景が描かれている。笊の中に、たくさんの里芋を入れて、水に浸しながら、揺すりながら洗うわけだ。特に、どうという場面ではない。ただ、実感がある。それを畑から見下ろす「わたし」は、まだ少年であろうし、冷たい空気も感じる。イモ洗いの音まで聞こえてくるようだ。祖母は、その背中しか見せないのだが、記憶の中ではまだ生きている。詩が生まれる瞬間ではないか。まさに「取り逃したくない／無名の『時』がある」（詩「ふとした折に」）具体例だと読んでいたら、林嗣夫という詩人は、なかなか〝食わせ者〟で、里芋洗いが私たちの人生そのものの比喩であり、「この世のすべてのもの」は「大きな笊」で揺すられて、幾十年後の話へと詩を展開させる。新年会の後、作中の「わたし」は二次会で古い居酒屋にたどり着き、「やさしく洗われたひとりのひと」と里芋の煮っころがしなど挟みながら、親密なひと時を過ごす。やられました。いやはや、上手いものだ。湿った感情を軽くいなす。「手練《てだ》れ」というのは、こういう人のことを呼ぶのだろう。「熟成」などという一般的な言葉は使いたくないが、「時」の重みというものを感じざるを得ない。こういうことを詠嘆調でなく、教訓的にでもなく描くところが凄い。歳を重ねることも悪くない、と思わせてくれる。

中井ひさ子詩集『そらいろあぶりだし』

散文詩集である。とは言うものの、「散文詩」とは、そもそも何であったか。この詩集では、死者も出てくるし、「実物シンデレラ」まで登場する。それも平然と、当たり前のように振る舞う。「七年前に逝った父は相変わらず無口だった」し、「昨年、逝った飼い犬のサンゴ」も尻尾を振る。出て来た「お化け」が、自らを「あなたの若い時でしょ」などとも言う。「仲良しだった従姉妹《いとこ》の静ちゃん」は何故か出て来ないが、「若い頃の顔」を遺影にしている。お客として訪ねてくれたシンデレラ以外にも、アリスや星の王子さま、クマのプーさん、果ては『遠野物語』の中の狼と鉄の物語にまで話は及ぶ。ゆるいし、自在過ぎないかとか、ツッコミすら入れたくなる。これは「散文詩」というより、「随筆詩」とか「エッセイ詩」とでも呼んだ方がいいのではないだろうか。詩「宝物」には、「言葉の貯金」として、「先輩や友達からの励ましの言葉、褒《ほ》め言葉、たとえお世辞だなと思っても嬉しい言葉」を貯《たくわ》える話がある。詩「スナック『ドラマ』」では、世田谷線沿線のスナックでの、ご近所さん達の生態に庶民の姿が活写されているし、詩「久しぶりの奈良だ

（二〇一九年十二月号）

った」では、作者自身の子供時代がしっとりと描かれている。好みで言えば、私は、そういうごく普通の話の方に惹かれた。若草山で、友達の「澄子ちゃん」が真顔で言う、「あのな、人に好かれたいんやったら、自分が先に好きにならんとあかんよ」と。作者は「こくんとうなずいていた」という自らの過去を振り返る。いいなあ。

（二〇二〇年三月号）

家坂利清『短歌スコアよ　名歌を選べ』

世の中には、面白いことを考える人がいるものだ。短歌の鑑賞を、言わば「見える化」しようとする〝試み〟が、この本のモチーフであろう。著者の家坂利清氏は、「短歌に興味をもってから五十年余」でありながら、「結社に属して勉強したことはない」ので、自らはアマチュアだと言う。とはいえ、「高野《たかの》公彦《きみひこ》短歌教室」で勉強されているようなので、「趣味」と片付けるわけにもいくまい。家坂氏は、たぶん、基準の公平さのようなものを求めているのではないだろうか。ＡＩがゲームの対戦相手をしたり、小説まで書こうとしている時代なのだから、数値化して短歌を「鑑賞」するというのは、方法の一つかもしれない。家坂氏の考案した「短歌スコア五項目」は、「1新鮮さ、2分かりやすさ、3深さ（人生観や自然観）、4歌い出しの魅力、5訂正すべき箇所があるか」である。5番目のスコアは、定型であるが故であろうか。自由詩では少々難しい項目である。さて、「分析の対象になった歌・六十一首」の運命は？　その「判定結果」は本書を読んでいただくしかない。五項目、各2点で、合計7点以上を「名歌」としている。「啄木が6点ではファンに申し訳ない？」とあるが、啄木歌を、その人生抜きに評価することはあり得ないので、一首の独立性としては弱いのも当然であろうか。反対に、「分かりやすさ」で減点された塚本邦雄の前衛短歌が、にもかかわらず、「句割れ、句またがり」という新しい短歌形式の、その衝撃力の故に、6点と食い込んで評価されるのも面白い。

（二〇二〇年五月号）

網谷厚子『日本詩の古代から現代へ』

いざ、日本語というものを客観的に振り返ると、不思議なことだらけで、なぜ、自分がこの言語を曲がりなりにも使いこなせているのかが、信じられないように思ってしまう。たとえば、古い日本語としての〈古文〉を読むためには、文法を意識しなければどうにもならない。ただ、言葉の意味を調べるだけではダメだ。そもそも「膠着語《こうちゃく》」である日本語の場合、どこまでが一つの単語なのかを判別することさえ難しい。品詞という概念や、活用という現象に対する理解がなければ、街灯のない夜道を歩くようなものだ。さらに、漢字仮名混じり文の背景として、〈漢文〉に対する知識も必要不可欠であろう。『日本詩の古代から現代へ』の著者・網谷厚子さんは、私たちが詩人として日本語に対するために、やはり、日本語に対する意識を最低限は持たざるを得ないと、改めて感じさせてくれる。いやいや、むしろ、「古代から現代へ」貫くものとしての〈日本詩〉をとらえ返すことで、私たちの〈詩〉を豊かなものにできるかもしれない。西欧から〈近代詩〉が輸入される以前にも、日本語の〈詩〉がなかったわけではない。〈翻訳詩〉という格闘もあった。特に印象深く読んだのが「助詞〈は〉の躍動」や「助詞〈を〉の働き」、「跳梁跋扈《ちょうりょうばっこ》する〈人称代名詞〉――田村隆一詩について」などである。萩原朔太郎『郷愁の詩人　与謝蕪村』も取り上げられ、蕪村も朔太郎も個別に論じられているし、岡島弘子さんや岩佐なをさんなどの現代詩人にまで筆は及ぶ。

（二〇一九年十一月号）

加藤思何理詩集『花あるいは骨』

賛辞を呈《てい》したいと思ったら、既に、作者自身がその詩の中で、自ら書いていてくれたので、手間が省けた。「久しぶりに会った読書家の叔父に、最近何か面白い本を読んだかと訊ねてみると、叔父はこう答える。／――ああ、読んだよ。『花あるいは骨』という詩集だ。独自のスタイルを確立しているし、おまけに素晴らしく想像力に富んでいる。」とある通り、「独自のスタイル」だと思う。奈緒也とか、知亜季、砂記子、ミズモリスズカ（水森須須果）などという登場人物が様々な役柄で現れ、「シカリくん」まで出て来るのだから、「小説だ」と言ってもいい。もし、この詩集が「小説」として書かれていたら、「なんと詩的だろう」と評することが出来ただろう。そんな風に、反転に、反転を繰り返すスタイルは、まるで稲垣足穂の作品のように新しい。異次元的である。これはメートルの世界ではなく、マイルとヤードの世界なのだと言ってもいい。十九世紀の出来事のようでありながら、どこか未来的である。この「挿話や物語や空想や妄想の火花の胚胎《はいたい》」が、「古式ゆかしい活版印刷」であったら、さらに煌《きら》めいたことだろうに。そんな異次元に、デヴィッド・リンチの名があったりするので、ほっとする。シュルレアリスムをこよなく愛する映画監督だ。同様に、明るい陽光を感じさせる色調で有名な画家・ディヴィッド・ホックニーの名前。札幌駅や白い時計台。人は、この詩集を逸脱や頽廃のように見るかも知れないが、そうではない。この作者は未来を望む飛行者なのだ。

（二〇二〇年四月号）

秋川久紫『フラグメント　奇貨から群夢まで』

書評の〝場〟で、その内容ではなく、造本について書くのは不謹慎なことかもしれない。撫で回すとか言うのも、あまり品が良くないのだろうが、そうせずにはいられないほど、すばらしい「本造り」である。赤と黒のバランスも良いし、銀色の地もシックだ。私は、繰り返し手に取り、ページを捲《めく》り、その感触を楽しむ。紙の本でしか味わえない喜びだろう。まるで、内容ではなく、形式ばかりにこだわっているようで、そういう私を批判する人もいるかもしれないが、そういう人は、具体的な〝もの〟の価値が分からない人ではないだろうか。もちろん、私は、知的で批評的な詩集『フラグメント　奇貨から群夢まで』の内容にも充分魅了された。ただ、その「形式」にこだわる内容を説明するのは難しい。全部で二十三ある「エスキス」（草稿？）の中の一つ、「ハニーチュロスと奇観墨画をめぐるエスキス」から、その一部分だけでも引用しよう。《晴天を見限り、螺旋《らせん》階段からの滑走を真似てこのスイーツを口に含むと、断面のヘキサグラムの形状に魔除けの効用が秘められているからなのか、硬くサクサクした食感が未だ恋とは呼べぬ淡い想いに似ているためなのか、僕が今まで積み重ねて来た失態の数々が、あの虹の彼方に投影されては消えていくんだ。》「断片」だけで、「形式」自体は引用できない。それが残念だ。スイーツ以外にも、経済用語や会計用語、ＩＴ用語などが、漢語や古語と一緒に作り出している、現代詩の「奇観」が凄い。

（二〇一九年十月号）

田中眞由美詩集『待ち伏せる明日』

もちろん、それが〈東日本大震災〉とか、〈原発事故〉とか、具体的に名指しされているわけではない。ただ、それが何年前になろうと、二〇一一年三月十一日を、簡単に忘れられないだろう。「非日常が／日常と／入れ換わる」（詩「非日常の日」）ことになった「非日常」が、これからもずっと続くのである。作者が憂いているのは、〈めるとだうん〉や〈節電〉だけではなく、〈クローン技術〉や〈遺伝子組み換え食品〉の他、電力ダム建設のため土地を奪われたインドネシアの農民の話にまで及ぶ。プラムディヤ・アナンタ・トゥールというインドネシアの作家を、私は知らなかった。いずれにせよ、私たちの「明日」に対する不安は増すばかりであるが、簡単に絶望するわけにもいかない。私は、ふいに魯迅の短い小説『小さな出来事』を思い出した。民国六年（一九一七年）のある日、作者らしき人物が乗った人力車が人身事故を起こす。老婆がぶつかってきたのである。大した怪我《けが》とも思われないので、「なんともないよ、やってくれ」と作者らしき人は言う。ところが、車夫はごく当然のこととして老婆を助け、警官のいる派出所へ向かう。魯迅は一方では、鈍感な精神を持つ民衆を鋭く批判したものだが、もう一方で、正しい行動を当たり前のように行う民衆を見て、自らを恥じることが出来た人でもあった。たぶん、この国でも、私などの知らないところで、絶望を希望に換えている多くの人々がいるに違いない。

（二〇一九年六月号）

房内はるみ詩集『窓辺にいて』

何かの渦中にいる時、当然のことながら、意識は独楽《こま》のように澄んでいる。その回転の速さは、まるで止まっているように見えることだろう。人が何かを考え始めるのは、行動と静止の〈あわい〉であるのかもしれない。おそらく、「窓辺」というのは、そういう〈あわい〉のことを指しているのではないだろうか。「町の仕事が終わると／松林の奥の家に帰る」（詩「冬の家路」）というのは、空間的な〈あわい〉の例。「暮れていく空の下／半分は翳り　半分は光っている／秋の葉」（詩「領域」）というのは、時間的な例。詩人はどういうわけなのか、今年の花火を見に行かないで、過去の花火を思い浮かべるだけだ。あるいは、何の目的もないのに、「陽の光がとどかない場所」を求めるように「底瀬」という地名に固執する。ある日は、母親が暮らす施設を訪れ、「しずかな人はシルバーカーをひいて／廊下を行ったり来たりしている」姿を見て、「よりそい歩きながら／わたしもまた　行き場所を見つけられないでいる」。詩人が立っている〈あわい〉こそ、本当は〈生〉

と〈死〉との裂け目なのだ。詩人自身が自覚していることを、改めて指摘したところでどうなるものでもない。「わたしの家はもうすぐです／けれどもほそい道はなおもつづいて／きっぱりと力強くのびていきます」（詩「朱光」）という、巻頭の作品に詩人の「きっぱりと」した覚悟を読んでおけばいいのだろう。「ほそい道」の先では、もう「夕暮れ」が始まっている。詩人にしか見えないものだ。

（二〇二〇年三月号）

新・日本現代詩文庫142『万里小路譲詩集』

一冊の詩集が持つ衝撃力というものを、私たちは文学史の中において幾つか知っている。そもそも、「一冊の詩集」という言い方そのものが、何ともまぶしい。とは言え、今や「一冊の詩集」というより、「詩文庫」の時代なのかもしれない。高度な情報化社会においては、一人の詩人についての活動を知ることが、いともたやすいことになってしまった。逆に言えば、詩人自らが主体的に〈詩集〉ではなく、〈詩文庫〉を意識することこそが、自らの〈詩〉の、本当の姿を示すことになるのかもしれない。新・日本現代詩文庫142『万里小路譲詩集』を読んで思ったのは、不思議なことに、そういう一般的な感想であった。ここで、彼の詩そのものについて論評することは難しいが、その詩作品の底にあるものは、「詩文庫」に収録されている彼自身のエッセイ等が、それとなく示してくれているようにも思う。同じような論調のものが、幾つかあるが、例えば、「生まれ、生き、死ぬ。（中略）これ自体は智恵ではなく、人間存在の摂理である。智恵とは、その摂理を認識し、諸事に対し適切に振舞いうる叡智のことではなかったか。」（「一文の智恵」）などという一節がある。そして、まるで、それと対応するように、「湧き起こり　消えるものだと／思うことはできないか／――人の世も」などという詩「風」（全行）があったりする。あるいは、こういう作品の背後には、詩人・吉野弘が潜んでいるのかもしれないし、ジャズ音楽が隠れているのかもしれない。

（二〇一九年七月号）

佐々木久春詩集『無窮動』

詩集全体は、四つの章に分けられているが、やはり最後のⅣ章「日本最後の空襲　土崎」に、目を奪われた。詩「あの日」には、「秋田県の土崎は、一九四五年八月十四日夜から十五日未明に爆撃を受けた。大阪、小田原、熊谷、伊勢崎、岩国、光と共に日本最後の空襲であった」という注記が付けられている。体験者の証言が作者によって集められ、それが自ずと〈詩〉となっているところが凄い。この具体性が、なによりも大切なのだと思う。アメリカが日本の降伏を受託したのが十四日の午後十一時だと言われているから、タイムラグというには、あまりにも悲惨な出来事だろう。「十四日の晩方　藤田渓山さんから　無条件降伏したからって電話をもらったんで安心して寝たのよ　そしたらドーンときた　第二波まで二十分位あったね　土崎女学校の庭に逃げた　爆弾が落ちて来る　夕立の音みたいにザーッ　シュシュシュシュって」（詩「稲葉医師のはなし」）などの「夕立の音みたいに」という比喩も怖い。そういう、どうにも納得し難い作者の思いが、自然や人生に対峙した「Ⅰ　時をつかむ」や「Ⅱ　時の刻み」、「Ⅲ　季節の風」という各章の詩篇の底にも潜んでいるのであろう。詩集の題名「無窮動」の意味は、音楽の、曲の始めから終わりまで繰り返される旋律のことらしい。〈詩〉とは、〝癒し〟でもあると示しているのだろうか。詩集の表題になっている佳作「無窮動」を引用出来ないのが残念だ。

（二〇一九年五月号）

桑田窓詩集『メランコリック』

第二詩集であるらしい。「あとがき」によれば、二〇一六年に第一詩集が刊行されていて、収録の作品数が99作ともある。これは詩集としては収録数が多い方だろう。そして、

「18か月で30数作品の詩作をすること」を目標にして、この詩集『メランコリック』の刊行になるわけだから、その短期間に、なにごとか、作者を駆り立てた出来事があったのだろうか。これは小説の場合の話だが、ある人の説では、第一作よりも第二作こそが重要だなどとも言う。その意味では、作者にとって本質的なものが、この第二詩集で問われているのかもしれない。詩集の中身の方は、様々なバリエーションがあり、「若き日のうさぎは悩むよもすがらページをめくった次の詩まで」などという、まるで短歌のような、長い題名の詩まである。生きることの倦怠感が主題であろう。作品の多くは、どこかレイ・ブラッドベリの小説を思い起こさせるような、幻想と詩情を合わせ持っている。とはいえ、同じ傾向の詩ながら、そういう作り込んだ作品よりも、数篇ある、素直な感じの詩の方が印象に残る。たとえば、詩「よもぎ色した港町」では、次のように思い出が描かれる。「糸のような雲のアーチの下の／大人に続く細い道を／振り返れば今も／子どもの私が膝を抱えて／通学路の草むらに座っている／そんな私の周りの／色あせた草に／自分だけ都合のいい絵の具で／きれいな緑色をつけた」。虚構の「緑色」が、オシャレだ。

（二〇一九年六月号）

『ヤニス・リッツォス詩集』（東千尋　編訳）

恥ずかしいことだが、私はヤニス・リッツォスという詩人を知らなかった。いやいや、知っている詩人の数の方が少ないのだから、今さら、卑下するまでもないだろう。ヤニス・リッツォスが優れた詩人であることは、その詩を読んで、すぐに分かった。ただ、自分が分かることと、それを人に説明できるかどうかは、やはり、全く別の事柄である。「或る一連の詩――時として完璧な詩がある――／その意味がぼくにはわからない。が、わからないという／そのことにぼくは励まされる。」（詩「必要な説明」）などという一節に、私は救われるような思いがした。一九〇九年五月一日、ギリシアで生まれた詩人には、サナトリウムでの入院経験があるし、第二次世界大戦では左派レジスタンス組織で活動し、戦後、強制収容所に送られたりもしている。それも、一度だけではない。波瀾万丈《はらんばんじょう》の人であることに、改めて、びっくりする。二十五歳時に刊行された第一詩集以降、折に触れて多くの詩集を出し、一九九〇年十一月十一日に死去。享年八十一歳。「詩集成」だけでも十五巻となるようであるし、今回の『ヤニス・リッツォス詩集』は「詩集二十八冊から精選」されているのだという。「夕方、貧しい女たちがパン屋の前に／一列にならんでずっと待っている。詩人たちが／星の前に一列に並んで待っている、／道端の小草でさえ／何一つむだでない。」（詩「スケッチ」部分）などという詩作品を前にすると、私はただただ「いいなあ」と溜息をつくしかない。

（二〇一九年八月号）

長津功三良詩集『わが基町物語』

誰にも、思い入れのある場所というものがあるだろう。「基町」は「もとまち」と読むようであるが、そこは「広島城横　第五師団輜重《しちょう》隊跡の　被災者用急造公営住宅と／他に　川岸を不法占拠して建てられた　掘っ建て小屋群／惨《みじ》めな　饑餓の街　であった」（詩「序章　二」）という。同じ詩で、さらに、その地が描写される。「街は　瀬戸内海の島々まで　見渡せ／高い建物は　倒壊を免れたコンクリートの　残骸のみ／兵隊から戻った父親が　棲みついたのは／伝手《つて》で入った　市営住宅／玄関土間と　四畳半に　六畳に　一間の押入れ」で、「夏　暑く　冬　寒いバラック」であった。復員した父親がそこで新聞販売店を始め、少年時代の作者がその仕事を手伝う、そういう敗戦直後の話が中心だ。生まれも育ちも広島なのに、縁故《えんこ》疎開していた関係で、被爆しなかったことが作者の〝負い目〟になっている。それが、この詩集の主題だろう。大きな事故や災害に遭いながらも、たまたま生還出来た人々が抱えることの多いトラウマである。「被爆せず／あれから　重

く　大きな荷物を　背負いながら　生きてきた」（詩「序章一」）と言い、さらに「自分なりに　生涯の　引け目を　背負っている／それは　暗く　昏《くら》く　昏く　重い」とは述べながらも、同時に、そこに戦後の「わが青春前期」を生き抜いた作者の意地があるのだろう。広島カープが負けた翌日の新聞を、「ろくすっぽ　見ない」という気持ちも分かる。

（二〇一九年四月号）

中原道夫詩集『忘れたい、だから伝えたい』

印象的な詩集名だ。普通であれば、「忘れたい」だから「伝えたくない」とでも言うところではないだろうか。その〝ねじれ〟に、主題が象徴的に、あざやかに示されている。詩集全体は、三つの章に分けられている。「あとがき」の言葉を借りれば、Ⅰ章が「軍国少年として生かされてきた」少年時代の記憶であり、Ⅱ章が「アウシュヴィッツ・テレジンの旅」から生まれた詩篇で、Ⅲ章は作者が「見聞きした体験」によっている。まとめて言えば、いずれも「命に係わる作品」ということになるわけだが、やはり、第Ⅱ章の詩篇が印象深い。どの時代の、どの命にも違いなどあろうはずもないのに、なぜなのか、アウシュヴィッツの惨状に目が向かってしまうのは、本当にどうしてなのだろうか。「名前を

奪われ　髪の毛もすべてを削がれ　囚人服に身を包んだ私は　母ではなく　女ではなく
　人間ではなく　ただアウシュヴィッツのガス室に運ばれていく〈番号〉に過ぎなかった」
（詩「声　―テレジンの少女の絵より」）という作品があるが、まさにその通り、殺されることよりも、人間としての存在を消されることこそが悲惨の極みなのであろう。「獣にはない人間だけのもつ残忍さ」（詩「テレジン収容所の地下道」）に、改めて心が痛む。逆に言えば、アウシュヴィッツ・テレジンへの旅を契機として、作者は、自らの少年時代の戦争体験を振り返り、様々な「命」に関わる詩篇へと向かったとも言えそうだ。

（二〇一九年三月号）

解説

愛敬さんの眼差し

高橋英司

愛敬さんの詩や文章を、寝転がって読んだことはないが、正座をしたり、机に着いて読んだこともない。読み物として楽しむほど易しい内容ではないのだが、特別難しいわけでもない。楽な姿勢の取れる椅子に座って、緊張を解いて、何気なく読み始める。途中、よくわからない部分に出くわすが、気に留めず、どんどん進んでいく。やはり、(筆者のようなぼんくらな頭脳にとっては)、結構難しい。しかし、研究書でもお堅い評論でもないのだから、という理屈で、読みこなせない内容でも、ぐいぐい流して行ってしまう。こういうお気楽な受容の仕方は少々おかしいのではないか、と自分でも疑いながら、これは、愛敬さんの文体、文章の運びが、こっちをそのようにさせてしまうのだ、と考える。譬えるなら、行き先を告げられないまま、新幹線に乗車してしまった気分で、快適なのだが、今どこ、次はどこ、と通過した駅をいちいち確認したりしてしまう。新幹線だから、目的地はともかく、向かっている方角は、おおよそ見当がついているのに、である。

巻頭の序詩「私のブルース」を読んでみる。小林旭主演の古い日活映画で、どこにもない嘘っぽい虚構の物語を不思議に思わない「きみ」が、実録ものの東映ヤクザ映画と出会う「彼」を見る。彼は彼で七〇年代を振り返り、きみはきみの物語をもう一度語る。「私」は二人のラストシーンから、演戯的なことばで歩き始めるというのだ。要約的に書きながら、わかったようでわからないと思いつつ、寓意的に示された方向へ向かっていくのだと感じている。寓意の意味するところは、日活のモダニズムと東映の実録ものであり、言うなれば、現代詩の二つの潮流、あるいは正邪、善悪、正常・異常といった二項対立を超える弁証法的な思考として理解した（誤読なのかもしれない）。愛敬さんは「根っからの批評家」だから、巻頭で補助線を引いたのである。

そして、ブルースなのだから、歩く姿には、孤独な影が背中に漂っている。哀しみを背負っているのだろう。やがて、身をひるがえして、日活映画のように、何処へともなく去って行く。キャー、カッコイイ、と手を叩く読者が少なからず存在する。一件落着。まるで「荒野の用心棒」である。風が吹いている。愛敬浩一の風である。この愛敬風が魅力的なのであって、作風として、詩にも批評にも、同じように吹いている。

この風がどこから巻き起こるのかというと、筆者が思うに、〝見えてしまう感覚〟ではないか。色のついた眼鏡かもしれない、見当違いの方角を向いているのかもしれないが、

"見える"　"見えてしまった"感覚は、手順を経て思索を進めて行く探求心とは異なり、何処に向かうものなのか、風の吹くままだが、傍目には興味深く見える。多くの批評家はそんなものだ、個人の洞察力が決め手だ、と言ってしまえば、風は通り一遍にしか吹かなくなってしまうが、愛敬風は、ねじれ、よじれ、逆巻いたりするので、油断がならない。筆者が、途中の駅を確認したくなるのはそのためである。

黒澤明の映画『椿三十郎』をめぐって、愛敬さんは、「三十郎は、おのれ自身を叩き切ったのだ」と書いた。と書いても、ン？　となってしまうから、いかに有名な映画であっても、誰もが観ているはずでもなく、昔観たけど忘れてしまった人のために、簡単に内容を復習する。藩政を牛耳り不正を働く一派を正すため、正義感に燃えた若侍たちが結束して密儀をこらす場に、浪人・椿三十郎は巻き込まれ、彼らに加勢する話だった。荒れ果てた神社の社殿の奥で、椿三十郎は、若侍たちの密儀を聞き、その計画の甘さ、幼稚さにあきれ果てる。彼らと何の関りもない三十郎だが、若侍たちの純粋さ、間抜けさに、危なくて見ちゃいられねぇ、という心境になって、騒動に巻き込まれて行く。

愛敬さんは、「巻き込まれた」と書いた。若侍たちを危機から救うために、三十郎は一歩踏み出した。巻き込まれたくはないが、若侍たちの先が〝見えてしまった〟から、人情として仕方がないのである。この構図が、愛敬さんの批評の姿勢のように思えてくる。愛敬さんは椿三十郎なのである。事あるごとに、自分なりに〝見えてしまう感覚〟が生じる。

当然、言及したくなる。「根っからの批評家」とは、こういう存在である。

黒澤映画の『椿三十郎』では、もの凄い血しぶきが噴き出したのに、森田芳光版では血しぶきがない。愛敬さんの眼差しは、この違いに気づき、感覚的に、森田芳光監督の解釈に到達した。血しぶきがないのは、三十郎の怒りが内面化されたから、というのである。三十郎は、ふとした縁で若侍たちを助けたが、彼らが正義の者である保証はない。立場を変えれば、あるいは、全く別のきっかけがあれば、謀反を企む若侍たちを成敗した側に回ったかもしれない。三十郎は、四〇秒間に三〇人を叩き斬ったのである（ウィキペディアによる）。このような途方もない殺戮を正当化する根拠はどこにあるのか。斬られる側も三十郎も同類なのではないのか。三十郎は、自分が「巻き込まれた」状況を斬った、己の内面を斬ったのだと思う。だから、愛敬さんは、「三十郎は、おのれ自身を叩き切ったのだ」と書いたのだと思う。

愛敬さんは、この「巻き込まれる」生き方にこだわっている。『この世界の片隅に』に言及して、巻き込まれる側の普通の人びとが、少しずつおかしくなったことを指摘する。ある状況の中で、普通の人びとが、「普通」や「当たり前」を忘れて行った。具体的には、ドラマの中で、戦時下、主人公・すずの嫁ぎ先に、幼馴染の男友達が訪ねて来る場面である。

アニメ版（一六年・のん主演）でも、実写版（一八年ＴＢＳ・松本穂香主演）のテレビでも、『この世界の片隅に』は話題になり、好評だった作品なので、まだ記憶に新しいと思う。内容の紹介は省略するが、ごく普通の凡庸な女性の話である。主人公・すずを訪ねて来た幼馴染は水兵である。次の出撃では生きて帰れそうもないので、今生の別れにと思って会いに来た。男は一泊する。すずの嫁ぎ先の家族は、それを許容する。男は水兵であり、まもなく死ぬかもしれない存在であり、米と手土産を持参して来た。すずの夫は、妻のすずと男を納屋に送り出し、一夜を過ごさせる。このことについて、すずは夫に腹を立て、男には謝るのだ。「……うちはいつか、こういう日が来るのを待っておったんかね。そんな気がする。でもこうして、あんたが来てくれて、こんなにそばに居ってのに、うちは、今、あの人に腹が立って仕方がない。……ごめん。」男女関係は回避される。「ただのボンヤリ」であるすずは、芯のある強い女性なのである。すると、男は言う。「普通じゃのう、すずは。当たり前の事で怒って、当たり前の事で謝りよる。ええなあ、そういうの。そうじゃないことだらけじゃけの。すずが普通でうれしい。安心した。ずっと、この世界で、普通で、まともでおってくれ。」愛敬さんは、ここが作品の主旋律だと指摘した。

筆者は、映画やドラマを観る時、ほとんど劇中に没頭し、場面の意味を解釈したりしないので、戦地に向かう男に妻を提供する夫の心情は辛いだろう、などと受け取って、不思議に思わなかった。『この世界の片隅に』の主筋は、戦時下を生きる若夫婦が絆を深めていく話（「この世界の片隅に、うちを見つけてくれてありがとう」という主人公のセリフ）で、エピソードは従たる位置づけかと思っていた。また、日常の中の原爆を描いた点に感心していた。ところが、劇中の幼馴染の男や愛敬さんは、ご時勢に巻き込まれるのは普通じゃない、と読み取っていた。状況に巻き込まれて生きるのは、真っ当ではないと認識していた。この視点を、筆者は持たなかった（恥ずかしい）。愚行をなした後になって、あの時はどうかしていた、などと反省するのはバカである。

この問題を通して、愛敬さんが論じているのは、小田実著『世直しの倫理と論理』（岩波新書）という本である。筆者は、その本は未読なので言及できないが、愛敬さんの文章を読んできて、考えたことは、巻き込まれる側の普通の人であっても、いかに巻き込まれずに生きていけるか、ということだった。天皇や国家のために命を捨てるというのは、本心ではないだろう。滅私奉公は嘘だろう。大砲に竹槍で立ち向かうのは冗談だろう。そのように〝見えて〟いた人は、戦時下においても多かったに違いない。しかし、巻き込まれ、騙されたふりをして、生きるしかなかったのだろう。そこで、「普通」や「当たり前」の感覚を貫くことは、一般庶民の間でも、強い意思が必要だったのだ、と思った。

ついでに、感性面で、愛敬さんに共感したことを一つ。「最後のヒッチコック」という文章で、愛敬さんは、「最近の映画と比べ、ヒッチコック監督の映画の〝古くささ〟が何とも心地よい」と書いた。この部分を読んで、筆者は、はたと膝を打った。ヒッチコックを知らず、初めてヒッチコックの「北北西に進路を取れ」を観た時、ずいぶん昔の映画だなど思ったことを思い出す。その後、ほとんどのヒッチコック作品を観たが、この印象は変わらなかった。愛敬さんは、同じことを言ったのだなと感じた。その答えを知りたいと思った。文章の最後の方で、「『古くささ』や『時代遅れ』という評語も、つまり通俗ではないということである。ヒッチコックの映画は、いかにも大衆受けするような作風にみえるが、それはむしろ、ヒッチコックの絶望の深さゆえなのだと言っておきたい。」そして、さらに「そうだ、それは『古くささ』や『時代遅れ』ということではなく、ヒッチコックの映画が『古典』であるだけのことだったのだ。」と。なるほどなあ。

■初出一覧

序詩　私のブルース　「詩的現代」29号　二〇一九年六月

Ⅰ　毎日、テレビを見る。

〈つかこうへい以後〉と〈ゲシュタルト崩壊〉――二つの恋愛TVドラマ　「詩的現代」25号　二〇一八年六月

「うそ、やん」と言う高岡早紀　――ドラマ『平成細雪』　「詩的現代」26号　二〇一八年九月

日常へ　――山崎努版のドラマ『雲霧仁左衛門』　「詩的現代」31号　二〇一九年十二月

ドラマ『この世界の片隅に』を見て、小田実論へ向かう　「詩的現代」28号　二〇一九年三月

稲森いずみと山口紗耶香の涙　ドラマ『モンテ・クリスト伯――華麗なる復讐』　「詩的現代」27号　二〇一八年十二月

Ⅱ　時々、映画へ行く。

□　日本映画

映画『細雪』を読む　「詩的現代」18号　二〇一六年九月

歩くこと、映画と小説の『ノルウェイの森』　「い」7号　二〇一一年四月

「青春」という切り口で、大島渚の映画を読む　「詩的現代」31号　二〇一九年十二月

内面化された〝怒り〟について　――映画『椿三十郎』　「詩的現代」30号　二〇一九年九月

二つの時代劇映画　『十三人の刺客』と『桜田門外ノ変』　「い」6号　二〇一一年一月

文久二年・時計・品川　――映画『幕末太陽傳』　「詩的現代」1号　二〇一二年五月

□　外国映画

最後のヒッチコック　「詩的現代」26号　二〇一八年九月
お嬢さん探偵が走る　――映画『疑惑の影』と『舞台恐怖症』をめぐって　「詩的現代」29号　二〇一九年六月
恋愛映画について　――映画『ラ・ラ・ランド』、もしくは映画『私をスキーに連れてって』「詩的現代」32号　二〇二〇年三月
映画『妻への家路』から考え始める　「詩的現代」22号　二〇一七年九月
描写の厚み　――映画〈ダークナイト三部作〉を見て、野間宏論へ向かう　「詩的現代」4号　二〇一三年二月
時代の証人　――映画『ブラックホーク・ダウン』と映画『アラビアのロレンス』、そして……　「詩的現代」12号　二〇一五年三月
始まりについて　――映画『ジャージー・ボーイズ』　「詩的現代」11号　二〇一四年二月

Ⅲ　たまに、詩を読む。
私の知ってる、いくつかの詩
1　築山登美夫「死後の歳月」　「天蚕糸」7号　二〇一八年七月
2　黒村通「やがて獏の背後に」　「天蚕糸」8号　二〇一八年十月
3　渡辺真理子「ドシャ降り」　「天蚕糸」9号　二〇一九年三月
4　相原京子「不良になりたかった日」　未発表
5　山本陽子「よき、の、し」　未発表
6　中上哲夫「ジャズ・エイジ」　未発表
書評一束　「詩と思想」二〇一九年三月～二〇二〇年七月

あとがき

あまり確かな話ではないが、イタリアの電話帳の職業欄には「魔女」という項目があるそうだ。まあ、もう〝魔女狩り〟などなくなったということであろうから、微笑ましいかぎりである。

さて、「詩人」という職業があるのかと言えば、もちろんない。とは言え、日本現代詩人会とか、日本詩人クラブなどという組織もあるので、やはり、「詩人」も微笑ましい部類に入るのだろうか。

そもそも昔は、「詩人」だって、石を投げられるような、アウトサイダーな存在だったはずである。と同時に、「詩人」とでも呼ぶしかない異能の人も一方にいて、その場合、人々は敬意をこめて「あの人は詩人だ」と言うこともあった。

その、いずれの意味においても、私が自らを「詩人」とするのは、僭称でしかないことは言うまでもない。ただ、そのように「似非・詩人」というか、「贋・詩人」の仮面でも被らないことには、超えられない社会的なコードがあることも確かだと思われる。

そもそも、本当は「詩人」がテレビを見たり、映画へ行ったりするのではなく、テレビを見たり、映画へ行く人が、ごくまれに詩を読み、詩を書くこともあるというのに過ぎない。

いやいや、もはや、ほとんどの人々が詩を読むこともなく、まして、詩を書くことなどないのだから、「ごくまれ」であれ、詩に関わることじたいが、やはり、異様なことになるのかもしれない。それに、「詩人」が詩を論じても、そもそも誰が読むというのだろうか。自家中毒に陥りそうな「詩論」を書くことも出来ないので、映画やテレビドラマについて語ることになるわけだ。詩どころか、小説や評論について論じようにも、それらが共有されていない現在の状況は、もうベストテン番組が無くなった歌謡界のようなもので、互いに孤立しているだけではないか。本も読まれないのに、読書論ばかりが書店に並んでいるというのは、一体どういう皮肉なのか。せめて、そういう時代に対する〝苛立ち〟だけは共有したいものだ。

最後に、一つお断わりしたい。Ⅲ部で引用した詩作品には、私の判断で、多くの〝よみがな〟を勝手に付けさせていただいているが、ただただ、多くの人々に読んでいただきたいがためである。

このような、わがままなものを刊行するのに当たって、土曜美術社出版販売社主・高木祐子様のご高配にあずかり、「詩と思想」編集長・中村不二夫様にもご相談させていただき、感謝しております。また、急な願いにもかかわらず、「解説」をご執筆いただいた高橋英司氏に友情を感じています。ありがとうございました。

二〇二〇年七月

愛敬浩一

著者略歴

愛敬浩一（あいきょう・こういち）

1952年群馬県生まれ。和光大学卒業後、同大学専攻科修了。日出学園高等学校（千葉県）教諭、高崎商科大学附属高等学校（群馬県）教諭、日本私学研究所客員研究員（兼任）等を経て、現在、群馬大学非常勤講師。他に、群馬詩人クラブ幹事、第16回国民文化祭群馬大会現代詩部門予備審査委員、「詩の街　前橋若い芽のポエム」推薦委員（前橋教育委員会主催）、前橋文学館賞選考委員、群馬県高等学校文化連盟文芸専門部幹事、「暮鳥・文明まつり」詩の選考委員、群馬県文学賞（評論・随筆部門）選考委員、H氏賞選考委員等を歴任。2002年には、『詩を噛む』（詩学社）にて群馬県文学賞（評論部門）受賞。著書として、詩集『長征』（紫陽社）、詩集『夏が過ぎるまで』（砂子屋書房）、詩集『それは阿Qだと石毛拓郎が言う』（詩的現代叢書）、詩集『赤城のすそ野で、相沢忠洋はそれを発見する』（詩的現代叢書）、現代詩人文庫17『愛敬浩一詩集』（砂子屋書房）、新・日本現代詩文庫149『愛敬浩一詩集』（土曜美術社出版販売）等多数。専門は中世歌謡（閑吟集）と近・現代詩、文章表現。日本現代詩人会会員。

〈新〉詩論・エッセイ文庫10
詩人《しじん》だってテレビも見《み》るし、映画《えいが》へも行《い》く。

発行　二〇二〇年九月十日

著者　愛敬浩一
装丁　高島鯉水子
発行者　高木祐子
発行所　土曜美術社出版販売
〒162-0813　東京都新宿区東五軒町三―一〇
電話　〇三―五二二九―〇七三〇
FAX　〇三―五二二九―〇七三二
振替　〇〇一六〇―九―七五六九〇九
印刷・製本　モリモト印刷
ISBN978-4-8120-2422-5　C0192